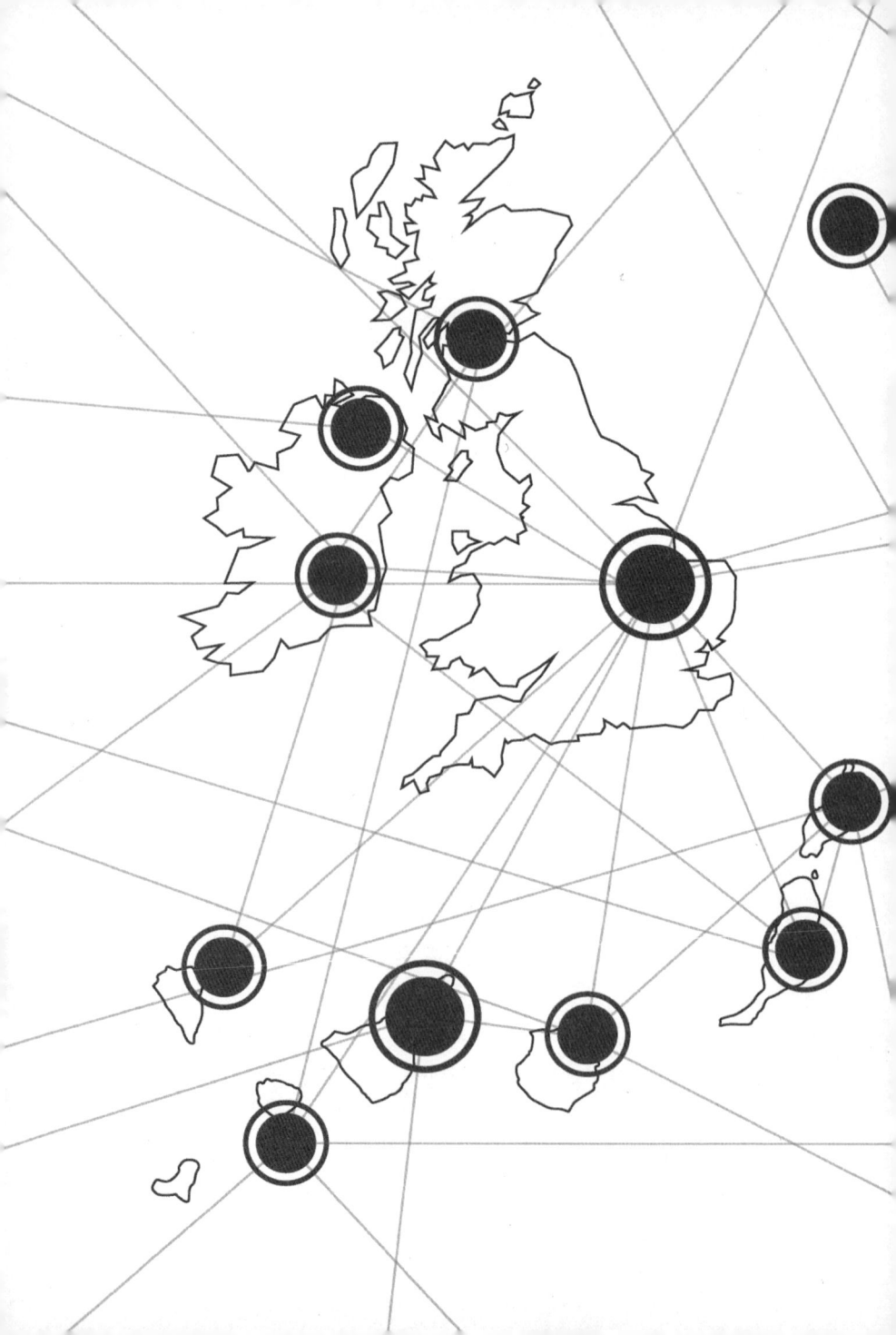

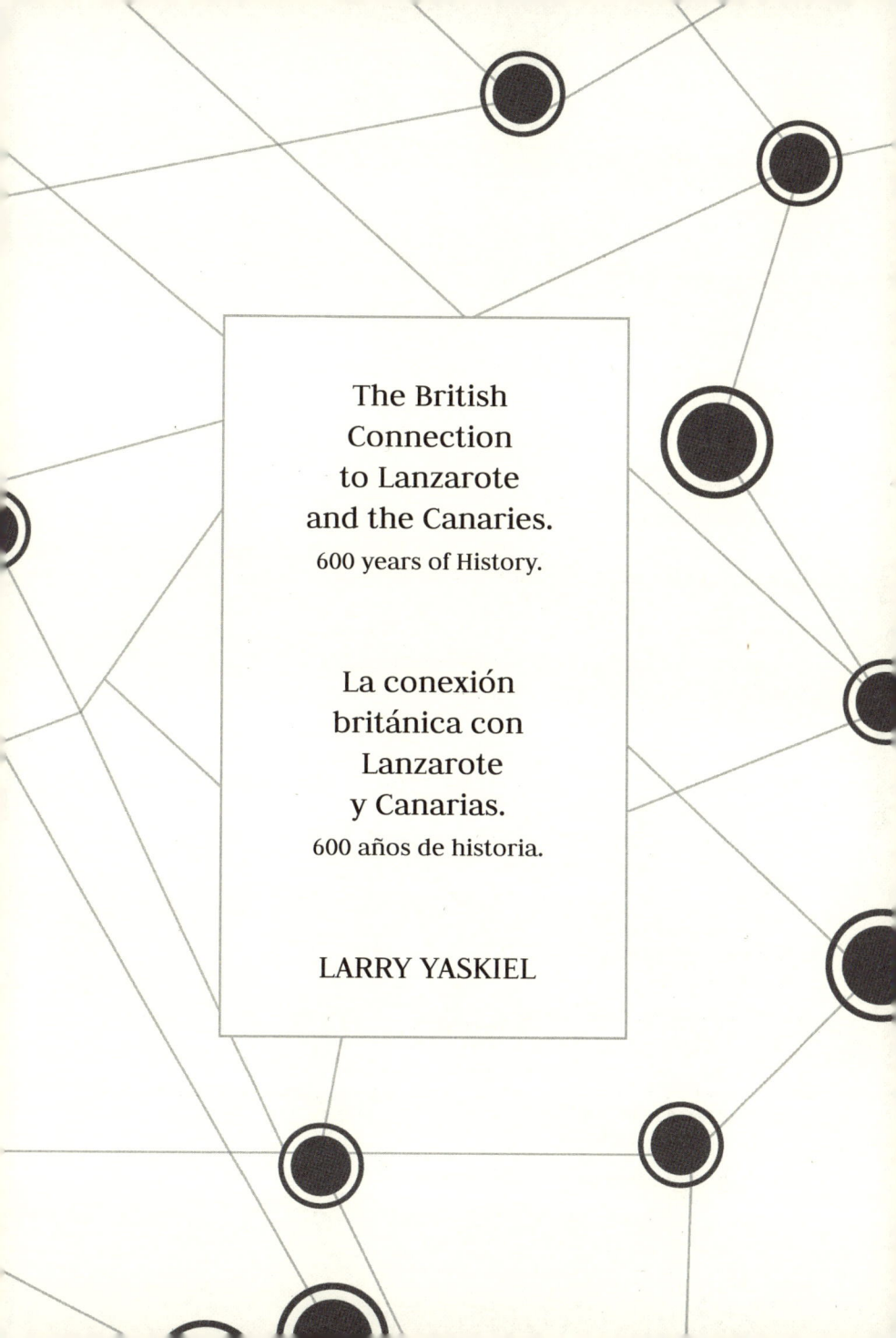

The British
Connection
to Lanzarote
and the Canaries.
600 years of History.

La conexión
británica con
Lanzarote
y Canarias.
600 años de historia.

LARRY YASKIEL

Production / Producción: Ediciones Remotas.
www.edicionesremotas.com

Printing / Impresión: Lugami Artes Gráficas.

© Cover photo / Fotografía de portada: Archivo de fotografía histórica de Canarias. Fedac/Cabildo de Gran Canaria.
@ Photos / Fotografías: Rubén Acosta, Paul Casanova Garcia and Larry Yaskiel.

© Texts / Textos: Larry Yaskiel, Peter Nevitt and José Juan Romero.

Spanish translation / Traducción al español: José Juan Romero.

© Design / Diseño: Ediciones Remotas.

ISBN: 978-84-948033-3-8
Depósito legal: GC 192-2018
Edición: primera, mayo 2018

All rights reserved. Total or partial reproduction, of this book by any existing means is forbidden without prior written consent of the publisher, Ediciones Remotas.

Todos los derechos reservados. No se permite la reproducción total o parcial de este libro, por cualquiera de los sistemas de difusión existentes, sin la autorización previa por escrito de Ediciones Remotas.

Dedicated to my dear wife Liz, a true partner
in all my work and my best friend.

In memory of my dear mother Anne Ellinson,
who was born in Mile End Road, London.

§

Dedicado a mi querida esposa Liz, una verdadera compañera
en todo mi trabajo y mi mejor amiga.

A la memoria de mi madre, Anne Ellinson,
que nació en Mile End Road, Londres.

INDEX

PROLOGUE   17
     By Peter Nevitt

1. INTRODUCTION: Larry Yaskiel, an ambassador for the
     world of rock. By José Juan Romero   21

2. 15TH AND 16TH CENTURIES
     2.1. The Normans   31
     2.2. Orchil   32
     2.3. General Description of Lanzarote in 1402   35
     2.4. John Day   35
     2.5. Naval battles and piracy in Canarian waters   36
     2.6. *A Pleasant Description of the Fortunate Islands of
         Canaria* by Thomas Nichols (1583)   38
     2.7. Francis Drake attacked Santa Cruz de La Palma   41
     2.8. Earl of Cumberland (1598)   41

3. 17TH AND 18TH CENTURIES
     3.1. Lansdowne Manuscript   43
     3.2. Sir Walter Raleigh on Lanzarote   44
     3.3. Canary Wines in the works of William Shakespeare   45
     3.4. Jews in the Canary Islands   47
     3.5. Privateer Woodes Rogers and Robinson Crusoe   48
     3.6. English troops defeated on Fuerteventura at Battle
         of Tamasite   48
     3.7. History of the Canary Islands, by George Glas   50
     3.8. Trade in Canary Wines "funded" the American Revolution   54
     3.9. The barrilla plant - sodium carbonate: 1769-1794   55
     3.10. Rabbit Fur, "Conejo-Conejero"   56
     3.11. Nelson and the Battle of Santa Cruz de Tenerife in 1797   57
     3.12. Alexander Von Humboldt   58

4. 19TH CENTURY
4.1.	Cochineal dye	61
4.2.	The Volcanic Eruptions of 1824 and Florence Du Cane	62
4.3.	Is La Graciosa the *Treasure Island* of R. L. Stevenson?	63
4.4.	Anglo-Canarian pioneers of commerce and tourism	65
4.5.	Visit to the Green Caves by Karl von Fritsch	70
4.6.	English translation of *Le Canarien*	72
4.7.	Olivia Stone Pioneered the Canary Islands as a Holiday Destination	72
4.8.	John Whitford	76
4.9.	Yeoward's Banana Plantations	80
4.10.	El Hierro – Greenwich Mean Time	81
4.11.	Ellerbeck Guide (1892)	81
4.12.	Samler Brown Guide (1894)	82

5. 20TH CENTURY
5.1.	*The Guanches of Tenerife* (1907)	83
5.2.	Bannerman	84
5.3.	Agatha Christie	85
5.4.	La Tiñosa - Canary Wharf	86
5.5.	Stanley Pavillard	87
5.6.	The Canary Islands in World War Two	87
5.7.	Winston Churchill's visits to Gran Canaria (1959)	89
5.8.	The Beatles Holiday on Tenerife in 1963	90
5.9.	Culture and celebrities	94
5.10.	Report about commerce by Peter J. Nevitt	95
5.11.	Evolution of British Tourism	96
5.12.	Topham, a long Irish saga in Lanzarote	98

6. 21TH CENTURY
6.1.	Travellers and explorers in the Canaries throughout history	101
6.2.	David Cameron in Lanzarote	101
6.3.	The Whistling Language of La Gomera declared "Intangible Cultural Heritage of Humanity" by Unesco in 2009	102
6.4.	Arrivals of passengers	106

6.5. Will Brexit Effect the Holiday Market?	107
6.6. British residents in the Canary Islands	108

7. THE CANARY ISLANDS AND THE UNITED STATES OF AMERICA
7.1. The Founding of San Antonio (Texas, 1731)	109
7.2. The Canary Islanders of Louisiana	114

8. ACKNOWLEDGMENTS 119

9. BIBLIOGRAPHY AND ARCHIVES 121

10. PHOTOGRAPHIC ANNEX 125

ÍNDICE

PRÓLOGO 145
Por Peter Nevitt

1. INTRODUCCIÓN: Larry Yaskiel, un embajador del mundo del rock. Por José Juan Romero 149

2. SIGLOS XV Y XVI
2.1. Los normandos	159
2.2. La orchilla	160
2.3. Descripción General de Lanzarote en 1402	163
2.4. John Day	164
2.5. Batallas navales y piratería en aguas Canarias	164
2.6. *Una agradable descripción de las Islas Afortunadas de Canarias* de Thomas Nichols (1583)	166
2.7. Francis Drake ataca Santa Cruz de La Palma	169
2.8. Conde de Cumberland (1598)	170

3. SIGLOS XVII Y XVIII
   3.1. El manuscrito de Landsdowne 171
   3.2. Sir Walter Raleigh en Lanzarote 172
   3.3. Vinos canarios en las obras de Shakespeare 173
   3.4. Judíos en las Islas Canarias 175
   3.5. El corsario Woodes Rogers y Robinson Crusoe 176
   3.6. Tropas inglesas fueron derrotadas en Fuerteventura en la batalla de Tamasite 177
   3.7. *Historia de las Islas Canarias*, por George Glas 179
   3.8. El comercio de los vinos canarios "financió" la Revolución Americana 183
   3.9. La planta de la barrilla – carbonato de sodio: 1769-1794 184
   3.10. Piel de conejo y conejeros 185
   3.11. La batalla de Santa Cruz de Tenerife de Nelson en 1797 186
   3.12. Alexander Von Humboldt 187

4. SIGLO XIX
   4.1. El tinte de la cochinilla 191
   4.2. Las erupciones volcánicas de 1824 y Florence Du Cane 192
   4.3. ¿Es La Graciosa *La isla del tesoro* de R. L. Stevenson? 194
   4.4. Pioneros anglo-canarios del comercio y del turismo 195
   4.5. Visita de Karl von Fritsch a la Cueva de Los Verdes 202
   4.6. Traducción al inglés de *Le Canarien* (1872) 203
   4.7. Olivia Stone estrena Canarias como destino vacacional 204
   4.8. John Whitford (1890) 208
   4.9. Las plantaciones de plátano de Yeoward 212
   4.10. El Hierro – Hora media de Greenwich 213
   4.11. Guía Ellerbeck de Canarias (1892) 213
   4.12. Guía de Samler Brown (1894) 214

5. SIGLO XX
   5.1. Los Guanches de Tenerife (1907) 217
   5.2. Bannerman 218
   5.3. Agatha Christie 219
   5.4. La Tiñosa y *Canary Wharf* en Londres 221
   5.5. Stanley Pavillard 221
   5.6. Las Islas Canarias en la Segunda Guerra Mundial 222

5.7.	Winston Churchill visita Gran Canaria (1959)	224
5.8.	Los Beatles en Tenerife en 1963	225
5.9.	Cultura y celebridades	229
5.10.	El informe sobre comercio de Peter J. Nevitt	230
5.11.	La evolución del turismo británico	232
5.12.	Topham, una larga saga irlandesa en Lanzarote	233

6. SIGLO XXI
6.1.	Viajeros y exploradores en Canarias a lo largo de la historia	235
6.2.	David Cameron en Lanzarote	236
6.3.	El silbo gomero, declarado Patrimonio Cultural Inmaterial de la Humanidad por la Unesco en 2009	240
6.4.	Llegadas de pasajeros	238
6.5.	¿Tendrá efectos el *brexit* sobre el mercado de vacaciones?	241
6.6.	Residentes ingleses en Canarias	242

7. CANARIAS Y LOS ESTADOS UNIDOS
7.1.	La fundación de San Antonio (Texas, 1731)	243
7.2.	Los canarios de Luisiana	248

8. AGRADECIMIENTOS 253

9. BIBLIOGRAFÍA Y ARCHIVOS 121

10. ANEXO FOTOGRÁFICO 125

The British Connection to Lanzarote and the Canaries.
600 years of History.

PROLOGUE

It is a great honour to write this prologue for Larry Yaskiel's book on the research involving over 600 years of history between the Canary Islands and Great Britain - *The British Connection to Lanzarote and the Canaries. 600 years of History* is a perfect fitting title for years of hard and precise work put in by Larry with the unbiased assistance from his wife Liz.

For over thirty years Larry and Liz Yaskiel have permitted me to participate in their professional and personal activities which has resulted in an everlasting friendship - it is certainly a great privilege for me to know them and in appreciation, be the first to congratulate them for the excellent results of so many years of dedicated studies and research. It was an unexpected but pleasant surprise to be invited to write the prologue of this book.

My position as Commercial Attaché for the United Kingdom in the Canary Islands between 1985 and 1990 and, without losing commercial responsibilities, as Consul for the United Kingdom in the Province of Las Palmas from 1990 until my retirement in 2006, placed me in an advantageous position to appreciate a lot of Larry's work.

It is common knowledge that the relations between the United Kingdom and the Canary Islands have always been beneficial for both. Today's comments on the subject will probably be reduced to those about the importance of the ports which were built by the British, the exports of Canary Island produce to the United Kingdom, the establishment of electricity and water for domestic use and, of course, tourism. But there is a lot more to say about the historical ties. This is where Larry Yaskiel takes over!

The historical and current relations between the Canary Islands and the United Kingdom are clearly patent in the information sourced by Larry - information which has been found and studied at the British Library and several Antique Bookshops in and around London. Many hours, totalling days and months, have been spent in these places to acquire such clear and detailed description of so many events related to the respective "islands".

I can never forget the narratives that Liz and Larry shared with me about their investigations, their travels and difficulties in obtaining what they were looking for, and the excitement produced by finding out so much about the history between the United Kingdom and the Canary Islands. So much effort was put into the research which resulted in this revealing and informative book on the connections between them.

Larry Yaskiel must be considered as a great journalist and cultural researcher. Some summaries of his bigger findings have been published in the Lancelot English Edition magazine which, in perfect harmony with his own private investigations, and the dedication of Liz Yaskiel, is edited and published on the island of Lanzarote for over three decades. The continuous positive reactions from readers are witness to Larry's hard work and his investigations have also been used by the Canary Island's Educational services in the schools of Lanzarote thus improving local knowledge of a wide selection of historical events.

Larry has carefully investigated a long list of aspects related to the topics covered in his book that make it difficult to believe that so many different issues are common to both Britain and the Canary Islands, a fact probably unknown to the vast majority. No such thorough and precise information from a variety of sources has ever been published in a single volume.

Peter Nevitt.
Commercial Attaché for the United Kingdom in the Canary Islands between 1985 and 1990 and Consul for the United Kingdom in the Province of Las Palmas from 1990 until 2006.

1. INTRODUCTION

Larry Yaskiel: an ambassador from the world of rock

Larry Yaskiel retired from the world of rock music in 1979, having worked as an executive for international record companies for close to 25 years. Lanzarote was the reason. And ever since he and his wife Liz moved to the island from their home in London, the couple have done everything possible to promote its charms among their fellow countrymen. The international promotion they have obtained for the island since establishing the island's very first English-language magazine in the year 1985, equals the achievements of any ambassador. Called Lancelot, it is a subsidiary of a local media group of the same name.

Larry Yaskiel suddenly decided on early retirement when he and his wife Liz came to Lanzarote on holiday in 1979 quite by chance. He was thoroughly worn out after a tour of America with a group he managed called The Pirates; a quarter of a century of nerve-wracking pressure in the music business had finally caught up with him. 'La vida loca' had run its course. During his 25 years in the music business he had worked for record companies such as Pye, Polydor, Warner Brothers and A&M.

In October 1966, Larry was appointed Managing Director and partner in Stigwood Yaskiel International, SYI, based in Hamburg. Three months later in January 1967, Stigwood, manager of Eric Clapton and the Bee Gees, merged his company with Brian Epstein, who managed the Beatles.

The German offshoot, SYI, was backed financially by two of Europe's most important record labels, Polydor, a subsidiary of Siemens Industrial, and Phonogram, a subsidiary of Phillips Electric, who wanted the new company to promote and market their entire roster of international artists. Among the best known were Jimi Hendrix, The Who, Eric Burdon and the Animals, James Brown, Dusty Springfield and Manfred Mann.

Within a few months of operation, Stigwood Yaskiel artists were responsible for over 60% of all record sales by international artists in

Germany. However, everything came to an abrupt end with the tragic death of Brian Epstein in August, 1967 at the age of 33, through an accidental dose of barbiturates and alcohol. According to Beatles publicist Derek Taylor, the Beatles then asked Robert Stigwood to manage them, but they could not come to an agreement over the terms and the partnership was dissolved. The two German record companies then asked Larry Yaskiel to continue as head of SYI which was renamed Antenna Public Relations.

In 1984, after a few years of taking it easy, the publisher of a local Spanish weekly publication offered Larry a job writing an English paper for tourists with his wife Liz in charge of advertising, graphics and photography. Answering his call for help, Larry's best friend in the music business, journalist Roy Carr, came to Lanzarote for ten days to give them a crash course in journalism. Award-winning writer Roy Carr was the editor of the New Musical Express, the world's best pop music weekly and the author of the discographies of the Beatles, the Rolling Stones and David Bowie.

One day in 1998, some twenty years after his arrival on Lanzarote, Larry received a letter out of the blue from a highly respected German rock music journalist called Bernd Matheja. He was writing a book about British and American groups recording German versions of their biggest international hits, in which Larry Yaskiel is credited as co-author of over twenty-five of the lyrics. He was seeking information about many of the artists that Larry had worked with in the 1960s when he was international head of Pye Records, London, German subsidiary, Deutsche Vogue.

Entitled *1000 Nadelstiche* (*1000 Needle Pricks*), the 350-page book was published by Bear Family Records in the year 2000 (hardback in 2007) accompanied by 12 CDs of the recordings. The contents include several photographs of Yaskiel with artists as well as a list of songs he translated into German using the pseudonym 'Montague'.

Among the best known titles: *She Loves You* by John Lennon and Paul McCartney, *Memphis Tennessee*, *Rock and Roll Music* and *Roll Over Beethoven* by Chuck Berry, *Needles and Pins* and *Sugar and Spice* by The Searchers, *Sunny Afternoon* by The Kinks, *Have I the Right* by

The Honeycombs, *The Hippy Hippy Shake*, *Downtown*, *Skinny Minnie* and *Woolly Bully*.

The book was highly praised in the German press including a six-page review in Rolling Stone and an excellent write up in Der Spiegel. Its title, *1000 Nadelstiche* is based on Yaskiel's German translation of the song *Needles and Pins* recorded by The Searchers.

Photographs and a gold record on the wall of his house in La Tiñosa remind Larry every day of his years in the music business. They recall the signing of Supertramp; Humble Pie with Peter Frampton; Leo Sayer; gold silver and platinum discs for Deep Purple's *Smoke on the Water*; Barry Gibb's 21st birthday party; a photo of Yaskiel with Stigwood in Munich on the opening night of the Bee Gees tour of Germany, their very first appearance in Europe; Jimi Hendrix at a TV Festival in Berlin; recording the Searchers in Pye Studios, London and during their concert at the Star Club in Hamburg; with Carole King at the launch of her album *Tapestry* in London. A stage adaption based on her life and music called *Beautiful*, has been voted the best musical both on Broadway and in London since its launch three years ago.

Also hanging as testament to his long and successful career are two photographs with Spanish pop star Miguel Ríos. One taken in London in 1970 when *Song of Joy* the English version of his Spanish hit *Himno A la Alegría* reached the top of the UK charts. Larry picked up the rights to the record after it had been rejected by EMI. The second photo is of the two together on Lanzarote in 2003 where Miguel Ríos was giving a concert on World Tourism Day. They had not seen each other for 33 years. Following the success of his record in the UK, *Song of Joy* topped the charts in Germany, Canada, South Africa, Japan and Australia. Before leaving Lanzarote, Miguel Ríos invited the Yaskiels to visit him in his holiday home next to the Alhambra. He also said that when he writes his biography he would like Larry to contribute a paragraph about the international success of Song of Joy.

The magazine carried out extensive research on Canarian immigrants who founded San Antonio, Texas and St. Bernard, Louisiana which resulted in their present day descendants visiting the islands, many of them the first members of their families to do since their ancestors departed in the 18th century.

Under the auspices of the Canarian Government's CEP on Lanzarote (an official centre where teachers are given additional training and teaching resources), Lancelot has also made a major educational contribution to the island's schools where over 145 articles from various issues of the magazine are used as an aid for the teaching of Canarian culture in the English language. Included are 10 different articles based in interviews with the late César Manrique, with whom the author and his wife had a close working relationship for the last seven years of his life. They consider themselves highly privileged to have been able to view the true essence of Lanzarote through his eyes. As far as the island's history is concerned the author of this book looks on writer and historian Agustin Pallarés as his mentor right from the first issue of Lancelot. They also extend their gratitude to thank Teguise historian Francisco Hernández Delgado for his help with information over the past three decades.

This book, *The British Connection to Lanzarote and the Canaries. 600 years of History*, is the result of information gathered between the years 1985 and 2017. Its author can be best described in a term coined by the Portuguese writer José Saramago about himself, 'Lanzarote and the Canaries are not his homeland, but are his home.'

The book by Larry Yaskiel weaves together around fifty subjects of historical note which link the United Kingdom with the Canary Islands. Every episode illustrates the keen interest a great nation has taken in these Isles throughout history, inspired by the capacity of the British to appreciate the values of our homeland and participate in its development.

These narratives presented in chronological order, describe a variety of people and events relating to a wide range of issues, which took place to a large extent, but not exclusively, on the island of Lanzarote, which has attracted considerably more tourists from the United Kingdom than any other country in Europe. In turn, the United Kingdom is also the country of origin of most foreign-born residents living on the island.

Details of historical episodes over seven centuries in chronological order explain how a specific literary and commercial bond between the Canary Islands and the United Kingdom was established and has been maintained up until the present day. Reference is made to well-known historical personalities including William Shakespeare and Winston Churchill, as are others such as Sir Clements Markham, President of the Royal Geographical Society. This enthusiasm displayed by the British to gather information about the Canaries, led to visits to the Islands by academics and merchants who contributed greatly to their development as well as to reducing their isolation.

A prime example of this interest was the publication of the translation of a manuscript into English by the British Museum describing the arrival of the Normans in the Canaries in the early 15th century. Other subjects include details of the unique features of the landscape and the natural hospitality of the local inhabitants towards visitors. There is this anecdote of an English tourist who publicly called on the highest authorities in Spain to ensure that the remains of the ancient Guanches be treated with respect and not uprooted from their places of burial.

Also featured are details of publications and the very first guide books for visitors to the Canaries as well as the activities of Anglo-Canarian merchants who first recognised the potential of local agriculture which led to the installation of electricity, telecommunications and transport in large cities such as Las Palmas.

The British presence in the Islands anticipated the globalisation of the Canaries and this book notes little-known connections between the Canaries and historical events. They include the Spanish colonisation of Mexico and cochineal cultivation in Guatiza; the American Revolution and Canary wines; Napoleon and Canarian barrilla dye; the book *Treasure Island* by Robert Louis Stevenson and the Isle of La Graciosa; the Spanish Inquisition and England; World War Two and the Canaries and, of particular interest, the founding of a major American city by Canary Islanders.

A word about the author, who has spent more than thirty years of his life collecting the data found throughout this work. His name is Larry Yaskiel, who at the age of forty-two, following a successful career in the highest echelons of the pop music business in England, decided to embark on a new career in the world of journalism. He and his wife Liz moved to Lanzarote where they founded the island's first English-language tourist magazine in 1984 for Lancelot, a locally-owned weekly.

By an amazing coincidence, the year they started was exactly 100 years since the visit to Lanzarote of Olivia Stone in 1884. She was the first writer in history to recommend the Canary Islands as a tourist destination!

The personality of Larry, an intellectual with an unquenchable thirst for knowledge, stopped him from limiting the contents of the magazine to information on sightseeing and where to eat well, but from the very first issue also included articles on the culture and traditions of Lanzarote. In his quest to learn about the island's history he read all the literature available. One must take into account that this was all BGE 'Before the Google Era' with no internet or e-mail, his tools were letters, phone calls and faxes.

The author of this work started out with information generously provided to him by local historian Don Agustín Pallarés, who told him that the original manuscript of *Le Canarien* —written in 1406— documenting the arrival of the Normans, was the property of the British Museum in London.

Larry wrote to the museum asking if there was any additional documentation on the subject and if he could obtain copies. They replied that the work had been translated into English in 1872 by R.C. Major, who had added his own 70-page commentary containing more information; there was also a translation of a second version of *Le Canarien*, known as the Egerton Manuscript as well as a report of a visit to Lanzarote by the Duke of Cumberland in 1598 and that microfilm copies of the original could be purchased.

Larry ordered copies of each, but as he had no facilities to convert them into print, he donated the microfilms to historian Francisco Hernández for the Teguise Archives, who in return printed out copies in paper for him.

He then asked the museum if he could search for any other documents and was told that it was only possible if he supplied a file number. The official explained that the museum had 28 volumes of indexes of documents on Spain, four of which were devoted to the Canary Islands and that the British Museum archives contained the equivalent of 26 miles of books, and even with a file number, it took 5 days to track down each work. (This was 1985, BGE!).

In response to Yaskiel's question about how could he obtain further information, they replied that the museum could supply him with a list of retired personnel who had official access to the archives and were authorised to search for information on behalf of clients in return for a fee which varied between thirty to fifty pounds sterling an hour. This was the source of all other documents in the British Museum quoted in the book.

In addition, the author found two booksellers in London who specialised in out-of-print English language books on Spain and the Canary Islands from whom he obtained over twenty-five works published in the 19th and 20th centuries providing details of local history.

The most important book was *The Guanches of Tenerife* by Sir Clements Markham, published in 1907. An appendix at the back contained a Bibliography of the Canary Islands listing all 236 manuscripts with file numbers, in the archives of the British Museum commencing from the year 1341. Among renowned authors: Alonso de Espinosa (1594), Antonio de Viana (1604), Abreu de Galindo (1632), Sabine Berthelot (1835), Viera y Clavijo (1868), Millares Cubas (1874) and René Verneau (1878).

As revealed in this book, Larry discovered the intensive interest shown by distinguished British scholars over the centuries in the history of the Canary Islands and cites three major works they translated into English: *La Historia de la Conquista de las Islas Canarias* by Abreu de Galindo, translated by George Glas and published in 1764. To which Glas added his own history of the original inhabitants of the islands of Lanzarote and Fuerteventura as well as 300 words of the language of the Guanches translated into Spanish and English.

Le Canarien translated by R.C. Major in 1872, with an introduction of 70 pages, as mentioned above. *Del Origen y Milagros de la Santa Imagen de Nuestra Señora de la Candelaria*, translated by Sir Clements Markham and published in 1907. To which Markham added 160 words and 9 sentences of the Guanche language derived from the works of Espinosa, Galindo and Viana.

Finally, on this theme Larry Yaskiel emphasized the role of the Hakluyt Society, a literary association founded in 1846, dedicated to publishing manuscripts of voyages by English travellers and English-language versions of voyages by travellers of other nationalities. The only works translated from Spanish into English published by the Hakluyt Society were both about the Canary Islands, *Le Canarien* and *Los Guanches de Tenerife*.

The name Hakluyt, of Welsh origin, is derived from an English explorer, Thomas Hakluyt, (1552-1616) who collected works by English travellers. He was educated at Christ College, Oxford University, where the 400th anniversary of his death was celebrated in November 2016 with an international seminar at the Bodleian Library. Hakluyt died in the same year as Shakespeare and Cervantes.

The author of this book, a fellow countryman of Thomas Hakluyt, settled on Lanzarote with his wife over three decades ago. As a journalist and researcher, he was determined to learn everything he could about the history and culture of the Canary Islands as well as the literary and commercial links which connected them with the British Isles, in order to share them with many thousands of readers all over the world.

José Juan Romero

2. 15TH AND 16TH CENTURIES

2.1. The Normans

Great Britain and the Canary Islands share a decisive historical experience: the Normans. In Britain, the Norman Conquest took place in the year 1066, an event that marked the future of the country forever. In Lanzarote, the arrival of the Normans took place 350 years later, becoming the first step for the annexation of the entire archipelago to the crown of Castile, which later, along with other kingdoms, evolved into Spain.

Two Norman noblemen, Jean de Bethencourt and Gadifer de La Salle, led an expedition to Lanzarote in 1402, the first stage in conquest of all seven Canary Islands. They were accompanied by two priests, P. Bontier and J. Le Verrier, who wrote a chronicle known as *Le Canarien* which contained everything of note that occurred from the time of the arrival.

The title page reads as follows: *"Jean de Bethencourt (1362-1425) was a Norman courtier landowner who was Councillor and Chamberlain in Ordinary to Charles V and Charles VI. He bore the titles, Lord of the Manors of Bethencourt and Grainville la Teinturière."* (Teinturière translates as dyeing, because the village was known for making dyes for the textile industry.)

The original French manuscript stored in the British Museum in London was translated into English in 1872 by R.H. Major, the curator. In a 70 page introduction he writes, *"before setting sail from La Rochelle, expedition leader Jean de Bethencourt met with the Earl of Crawford and Lord de Hely"*. A few lines later he added, *"Certain English gentlemen were on board when their ships reached Lanzarote."* This establishes beyond doubt that the English connection with the island commenced with the arrival of the Normans.

The reader must bear in mind that that in addition to the original French text that Major was translating in 1872, he had access to the entire collection of manuscripts on the subject of the Canary Islands stored in the archives of the British Museum. They add up to 120 works handwritten in French, Spanish and English which date back to the year 1341. Included are the writings of Juan de Abreu de Galindo (1632) and José de Viera y Clavijo (1772) as well as of every other major Spanish and British historian.

Additionally, R.H. Major was highly knowledgeable on the subject being the Keeper of Maps and Charts at the Museum and the secretary of the Royal British Geographical Society. Details found in many of them were the sources to many parts of his Introduction to *Le Canarien* including the remark *"certain English gentlemen were on board when their ships reached Lanzarote."*

To answer the query as to how Englishmen were involved in this Norman adventure, we have to go back to 1066 when William, Duke of Normandy, invaded England with his army and won the Battle of Hastings. He crowned himself King William I of England and in order to consolidate his throne, ordered the execution of the entire English aristocracy and the confiscation of their lands. William replaced them with Norman noblemen who later were referred to as Anglo Normans i.e. Englishmen of Norman origin. So that when Jean de Bethencourt arrived on Lanzarote 350 years later in 1402, the "certain English gentlemen aboard" were in fact Anglo Normans. It is interesting to note that for 400 years after the Norman Conquest, French was the only language spoken at the court of the King of England!

2.2. Orchil

According to *Le Canarien* in the early 15th century: *"The island of Lanzarote is an excellent and charming island, and might well be extensively visited by merchants. Much business might be carried on for there are two harbours in particular which are exceedingly good and easy of access. Orchil (a dye) grows here, and a large and profitable trade is carried on in it."* The two harbours were Arrecife and La Tiñosa, now Puerto del Carmen.

Orchil is a violet dye obtained from orchil lichens which was of major importance for dyeing textiles, one of the most important industries in the Europe of the 14th and 15th centuries. The lichen which grows wild along the island, played the most significant role in attracting two people to Lanzarote who then brought it to the attention of the other European Powers.

The first, at the beginning of the XIV century, was Lanzarotto Malocello of Genoa —after whom the island was named— he was a major trader in textiles and dyes. Then came Jean de Bethencourt in 1402 as described above. In addition, the first book ever written in a foreign language about the Canary Islands, was published in London in 1523. Author Thomas Nichols, an Englishman who traded between the Canaries and England, wrote that Lanzarote exported dyes. The medieval textile and dye trade was one of the most important factors in the medieval English economy, a Dyers' Guild had already been established in London in 1188 and the term 'orchil' was first used in the early 1300s.

In the 14th century, Genoa was a self-governing city-state and a major commercial power. The Malocellos were one of the town's leading ten merchant families and traded in textiles and dyes and, as such, held a great deal of political power. According to Italian authors Sandro Pellegrini and Alfonso Licata, who have written books on the life of Lanzarotto Malocello, for many years, Italian sailors en route to Africa had noticed islands in the sea with an abundance of clearly visible purple-blue plants on the shoreline and called them the *Purpuraie* i.e. the Purple Isles.

This led two brothers called Vivaldi, who were leading figures in the textile trade, to sail there on behalf of the industry. But they never returned and the Genoa Council commissioned Lanzarotto Malocello to try and find them which is how he ended up on Lanzarote at the beginning of the 14th century, but the Vivaldi brothers were never found. A map drawn up by cartographer Angelino Dulcert in 1329 of an unknown island in the Atlantic contained the notation "the island found by Lanzarotto" and was stamped with the crest of Genoa. His name translates into Lancelot in French and Lanzarote in Spanish.

Lanzarotto remained on the island for twenty years and built himself a castle overlooking Teguise on Guanapay Hill, currently the site of the Piracy Museum. Some scholars believe that the tower above its drawbridge is part of the original castle. There is no record of what

Malocello did during his stay, there but it seems logical to assume that he cultivated and traded with the dyes that grew wild on the coasts of Lanzarote and other isles exporting them back to his family's business in Genoa.

When Mallocello left Lanzarote, he did not return to Genoa but moved to Normandy where another branch of the merchant family lived. It is more than likely that they were the source of the information that Bethencourt received about the orchil weed several decades later when he was on the verge of bankruptcy. He suddenly hears about a little-known island called Lanzarote with an inexhaustible supply of dyes.

Because of the precarious state of his finances, Bethencourt was unable to afford the cost of outfitting an expedition to Lanzarote and approached the French court with an offer to annex the Canary Islands to France if they would finance his voyage, but was turned down. He then asked the Spanish monarch who accepted his offer. This answers the question asked by many, if the Canary Islands were annexed by Normans, why do they belong to Spain and not France? Up until today, orchil is called "the dye of the Canary Islands" in French.

Lilianne Bettencourt, the wealthiest woman in France until recently, whose late husband was a descendent of Jean de Bethencourt, is the majority shareholder in L'Oreal cosmetics, a profession closely connected to dyes. Could this multi-national cosmetics company have its origins in the 15th century dye works of Jean de Bethencourt for which Lanzarote turned out to be such a vital source of supply?

In the seventeenth century George Glas published his book on the history of the Canary Islands. Chapter 3 of George Glas's work is entitled *"Of the Climate, Soil and Produce of the Islands of Lanzarote and Fuerteventura."* In it he writes, *'A great quantity of orchilla –weed, an ingredient used in dying, well known to our dyers in London grows on the rocks along the sea coast. This weed dyes a beautiful purple and is also much used for brightening and enlivening other colours. It also grows in Madeira, the Cape Verde Islands and on the coast of Barbary, but the best and the greatest quantity is found on Lanzarote and Fuerteventura.*

I cannot conceive how the Europeans came to the knowledge and use of this weed; for immediately on the discovery of the Canary Islands they searched for it as if it were gold. One would imagine that a book existed at that time that gave an account of the orchilla, the place of its growth, its use and the method of extracting its dye." Glas makes a reference to orchilla eleven times in his work, which is dealt with in more detail in a later chapter.

2.3. General Description of Lanzarote in 1402

Le Canarien says, *"As for the island of Lancerote, which is called Tite-Roy-Gatra in the language of the original inhabitants, it is of the size and shape of the island of Rhodes. It contains many villages and fair houses, and used to be well peopled, but the Spaniards and other corsairs of the sea have so frequently made captures among them and thrown them into slavery, that now there are but few remaining, for when Jean de Bethencourt arrived there were scarcely three hundred people. These he conquered, though with great trouble and difficulty, and, by the grace of God, had them baptized.*

There is a great abundance of springs and reservoirs of water, as also of pasture land and good land for cultivation. A great quantity of barley grows there, of which they make excellent bread. The country is well supplied with salt. The inhabitants are a fine race. The men go quite naked, except for a cloak over their shoulders which reaches up to the thighs, they are indifferent to other covering. The women are beautiful and modest. They wear long leather robes which reach down to the ground".

2.4. John Day

According to historians, in 1480 a certain John (Juan) Day lived on Lanzarote. We believe this to be the very first recorded case of an Englishman living anywhere in the Canary Islands. Day was a merchant active in the dye trade travelling between the Canary Islands, Seville and Bristol. The name John Day translates into Spanish as Juan Día. Add a 'z' which is often the case with names in Spain, and we have Díaz, which is quite a widespread surname on Lanzarote.

2.5. Naval battles and piracy in Canarian waters

Following many years of attacks on the Canary Islands by the Portuguese, The Treaty of Alcázobas (1479) opened up an era of peace between Spain and Portugal. However in 1522, Jean Fleury (Juan Florín) of Dieppe captured the treasure of Montezuma, being sent by Cortés to the Emperor Charles V, when in Canary waters. Fleury did not live long enough to enjoy the plunder because he was taken prisoner when in Canary waters and beheaded at Toledo (it should be stated that there are different and even conflicting accounts of this episode). In 1543, Jean Alphonse de Saintonge captured the fort of La Luz in Las Palmas de Gran Canaria but was killed in a battle with Don Pedro de Menéndez de Avilés who was commissioned by Charles I to drive pirates from the coasts of Spain. The frequency of these raids was due to the fact that the Canary Islands were the regular port of call for the "Indies Fleet" which brought to Spain the gold and silver from the mines of the New World, and this made the archipelago too tempting a prey to ignore.

In November 1551 French privateer François Le Clerc, known as "Peg Leg" (following the loss of an arm and a leg in a sea battle in Guernsey) landed 700 armed soldiers on Lanzarote and sacked the capital Teguise, burning the granary containing the island's food supply.

A year later, in February, a squadron of French privateers arrived from La Rochelle and cruised in Canary waters for nearly two months, seizing every ship they encountered. On the 19th of April, a fleet of Canary Islands' ships sallied forth en masse and after a day-long battle returned to port towing five enemy ships. Santa Cruz de La Palma, which had become the most important port in the islands for the trade with the Indies, was attacked by "Peg Leg", who set fire to the town destroying the island records. In 1570 Jacques de Sores, a Calvinist, captured a Portuguese vessel off the coast of La Palma and put to death forty Jesuits who were going as missionaries to Brazil. A year later another French privateer, Jean Capdeville, appeared off the coast of La Gomera with five ships and sacked the capital San Sebastián, and before retiring, set the town on fire.

Calafat the Moor came to sack Lanzarote in 1569 and two years later another corsair from North Africa burned down the town of Teguise. In

1586 yet another Moorish pirate, Morato Arráez, appeared off Lanzarote with seven galleys. The Marchioness of Lanzarote took refuge in the Cueva de los Verdes (the Green Caves, now a tourist attraction) but was captured and not released until a ransom had been paid. In 1618, corsairs set fire to the capitals of two of the Canary Islands, Teguise on Lanzarote and San Sebastián on La Gomera.

Historians tell us that in all fairness, it must be said that the corsairs were taking revenge for years of slave raids on North African towns by the governors of Lanzarote, Fuerteventura and La Gomera. The Marquis and Lord of Lanzarote, Agustín de Herrera, commanded no less than fourteen expeditions to the African shores.

John Hawkins (1532-1595) was as much a merchant as a man of war who began his career peaceably enough by shipping wine and sugar to England from the Canaries. He was also the first Englishman to engage in the slave trade on the African continent. When he turned privateer, although he was plundering ships in Canarian waters, he was still very popular among the population of several of the islands.

Hawkins had a partner on Tenerife called Pedro de Ponte with whom he would share his plunder. De Ponte had connections with a chain of commercial agents in the Americas who divulged the sailing schedules of Spanish ships carrying gold and silver from the New World back to Spain, who would be calling at ports in the Canary Islands and he passed the information on to John Hawkins.

In 1595, Hawkins and Francis Drake, who was his second cousin, attempted an attack on Las Palmas but were frustrated by the town's defences. In later years, Hawkins enjoyed a brilliant career in the Royal Navy and ended up an Admiral of the Fleet. Sir Walter Raleigh's father was married to Isabel de Ponte, which might explain the relationship between Hawkins and Pedro de Ponte.

Attacks by individual privateers on the Canary Islands were replaced by those of regular navies. The 26th of June 1599 saw the arrival off the coast of Las Palmas, Gran Canaria, of the Dutch Admiral Pieter Van der Does with a large force of 100 ships and 8000 soldiers. He captured the town after a heavy bombardment, but it was wholeheartedly defended and the attack was unsuccessful. Three weeks later he did the same on the island of La Gomera.

In the spring of 1657, the English Admiral Blake arrived at Santa Cruz, Tenerife, with a fleet of forty ships, with the intention of capturing a squadron of the Spanish "Indies Fleet" consisting of eleven vessels which lay anchored in the roadstead. The Spanish commander set fire to his own ships, and Blake, seeing his prey escape from his clutches, had to retire with heavy losses, under the gunfire of the ports.

2.6. *A Pleasant Description of the Fortunate Islands of Canaria* by Thomas Nichols (1583)

This book was published in London in 1583 and it is the very first book about the seven islands in history. Thomas Nichols was a merchant from Bristol trading in orchil dyes, textiles and wines who based himself on Tenerife and visited all the islands, writing a short chapter about each. He says that on his first visit he was thrown into prison because he was not a Catholic and for him, the *"Fortunate Islands"* became the *"Unfortunate Islands!"* As author, he calls himself the Poor Pilgrim.

Isle of Tenerife: *"The Isle of Tenerife stands 27 and a half degrees from the equator, and is 12 leagues northeast of Canaria. It is the most fertile of all the islands and there is an area of one league of ground between two townships called La Orotava and Realejo which must be the most beautiful in the whole world.*

The island is 17 leagues in length and in the centre is a hill called Pico de Teide whose summit measures more than 15 leagues which means 45 English miles and it often emits fire and brimstone. Within two miles there is nothing but ashes and pumice stones with a cold area below covered in snow the whole year round. Somewhat lower, mighty trees called vinato [probably viñátigo] *grow whose wood never rots in water. There is another wood known as barbusano.*

The island also brings forth another tree known as the drago which grows high among the rocks. When cut at the bottom a liquid the colour of blood pours out which is much prized among apothecaries. A certain moss grows on the high rocks called orchil which is bought by dyers. There are 12 sugar houses called ingenios which make great quantities of sugar.

The ground produces sweet water out of the cliffs or mountains, every kind of corn and fruit and excellent silk, flax, wax and honey, sugar and firewood. Also an abundance of very good wine much of which goes to the West Indies and other countries".

Isle of Canaria: *"There are three towns, Telde, Galder and Guia and the main city is called Civitus Palmarum* [nowadays known as Las Palmas] *which has a beautiful cathedral. It is ruled by a governor and three judges to whom the inhabitants of all the islands may appeal if they have a grievance.*

Canaria was named for the amount of dogs that were found there. According to French historian André Thevet, King Juba carried two large dogs back to Mauretania with him and thereafter the name Canaria was used to describe the island (from the latin word "cani").

Others say the name is derived from a square cane which grows there which when touched emits a liquor as white as milk which is rank poison and some of the first colonisers died from having contact with it. It cannot refer to sugar cane because both wine and sugar were only cultivated after their arrival.

Some believe that the inhabitants of the islands originally lived in Africa under Roman rule but were punished by having their tongues cut out for blaspheming the gods. They were then taken to the seashore and placed in boats without oars which drifted until reaching these islands."

Isle of Lanzarote: *"Lanzarote was the first island conquered by the Spaniards with certain English noblemen in their company. In the 16th century the island was ruled by Agustín de Herrera, Earl of Fuerteventura and Lanzarote. The only commodities are goat's flesh and orchil, a red or violet dye made from lichens. Boats sail weekly from the island to Grand Canary, Tenerife and La Palma laden with dried goat's flesh called `tussinette´, which is served instead of bacon and is very good meat.*

They mainly eat goat's flesh and goat milk, bread is made from barley with goat's milk added and called 'gofio,' which I have eaten several times as it is considered to be wholesome. The island stands in 26 degrees and is 12 leagues in length."

Isle of Fuerteventura: *"The Isle of Fuerteventura belongs to the Lord of Lanzarote and stands 50 leagues from a promontory named Cabo de Guer on the mainland of Africa and 24 leagues distant from Canaria eastward. It* is reasonably fruitful in wheat and barley as well as cows, goats and orchil. Both Fuerteventura and Lanzarote have very little wine".

Isle of La Gomera: "La Gomera stands west of Tenerife, six leagues in distance, but is a small island only 8 leagues in length. It is an earldom, whose ruler is the Earl of Gomera but in the case of any controversy the inhabitants can appeal to the king's superior judges who reside in Canaria. The island has one town called Gomera with an excellent harbour where ships bound for the Indies often take on refreshment.

They also grow sufficient grain and fruit for their own needs. There is one ingenio sugar house and plenty of wine and other sorts of fruits which Canaria and Tenerife have, but the only commodity it yields is orchil. The island stands 27 degrees distant from the equator towards the Arctic Pole".

Isle of La Palma: "La Palma stands 12 leagues distance from La Gomera northwestward. This island is fruitful of wine and sugar and has a proper city called Palma from which large consignments of wines are sent to the West Indies. The city has a fair church and a governor and aldermen to execute justice and a second pretty town called St. Andrews.

The island has four ingenios which make excellent sugar, two of which are called Los Sauces, and the other two, Tazacorte. There is little corn bread but more is provided by Tenerife and other places. The best wines grow in a place called Brenia, which yields 12,000 butts yearly of malmsey".

Isle of Yron called Hierro: "The island stands 10 leagues distance from La Palma westward and belongs to the Earl of La Gomera. It is six leagues in circuit with a very small population. The chief commodities are goat's flesh and orchil. There is no wine but an Englishman from Taunton has planted a vineyard among the rocks, his name is John Hill.

The island has no fresh water but a great tree with leaves like an olive grows in the centre which has a cistern at the foot of said tree. This tree is continually covered with clouds through which the leaves regularly drip sweet water into the cistern below and this water satisfies the needs of everyone living on the island as well as for the cattle".

The above work by Thomas Nichols was translated into Spanish by historian Alejandro Cioranescu and published in both languages by the University of La Laguna in 1963.

2.7. Francis Drake attacked Santa Cruz de La Palma.

In 1585 Santa Cruz de La Palma was attacked by an armada of 24 ships commanded by the English pirate Sir Francis Drake resulting in the destruction of the harbour port. This incursion precipitated the start of the Anglo-Spanish War (1585-1604), an intermittent conflict between the kingdoms of Spain and England that was never formally declared.

George Glas wrote in 1760 that Santa Cruz de la Palma was the best port in the Canary Islands as a sailing vessel can get in and out of it all the year round, and the anchorage is safe.

2.8. Earl of Cumberland (1598)

In 1598, George Clifford, III Earl of Cumberland, stopped off at Lanzarote on his way to capture the island of Puerto Rico *"as a West Indian station, which would be useful for interception of Spanish lines of communication and as a base from which to capture rich galleons."* As regards Lanzarote, his plan was to capture and hold to ransom the wealthy Marquis there, who was thought to be worth £100,000.

"On the Thursday before Easter, the 14th April, the fleet came to anchor before the island." Although they captured the castle [now the Piracy Museum] and town of Teguise, the wealthy governor eluded Cumberland's men. Although they found no treasure, the sailors did find and consume several vats of (young) wine and returned to their ships with severe stomach pains.

3. 17TH AND 18TH CENTURIES

3.1. Lansdowne Manuscript

"*A brief description of the Canary Islands*" written about the reign of James I (1603-1625).

"*After Tenerife and Grand Canary, Lanzarote is the next Canary Island as to trade. A sandy soil produces a large amount of wheat and barley in temperate years, but of late, for want of rain, they have shipped no produce to Tenerife as there is hardly sufficient for their own needs. Their food is barley, toasted and then ground known as `gofio´, this cereal has remained a popular food throughout the Canary Islands up to the present time.*

Rain water is stored in great ponds as there are only a few springs. The island suffers greatly for want of rain, large amounts of cattle die and the inhabitants must often walk very long distances to collect water for use in their own homes. Camels, of which there are an abundance, are used for ploughing the fields and transporting corn, each camel can carry from five to eight hundredweight. They are hardy in feeding and are only given to drink once in three days.

There are a great amount of goats and plenty of cheese is made from their milk. Their main trade is with Tenerife for both corn and cattle. The Island is ruled by a marquis known as the Count of Lanzarote. No customs dues are levied on imported goods but the value of one fifth must be paid on all products shipped from the island.

Practically no trees grow on the island, the 'syringa' is a small shrub which they dig up in the fields by the root. There is little or no fruit. Puerto Naos, its only harbour is where Westindiamen (a three-masted sailing ship) commonly go to winter, and it is capable of containing 30 ships. It is a bare place and at low water not passing six or seven foot. It ebbs and flows some ten foot so that at spring-tide a ship of considerable size may go in.

There is no fortress for its defence but there is one castle some six miles into the interior which overlooks the chief town (Teguise) which consists of some one hundred and twenty houses. The castle is well located above the town but has only some six or seven guns. There are some small villages and a scattering of houses as the inhabitants fear an invasion by the Moors, who in former times, ransacked the whole island carrying away many captives.

In the south of the island there are many sandy bays. To the north it is very rocky, some salt-ponds can be seen there which could produce great amounts of salt but which look abandoned at the present time. A short distance out to sea are the islands of La Graciosa and Alegranza which are both uninhabited. During the spring great amounts of goats are taken over there for several months, they are also sometimes occupied by the crews of warships. Between the south of the island and Fuerteventura is the Island of Lobos, which is uninhabited but full of rabbits".

3.2. Sir Walter Raleigh on Lanzarote

During Sir Walter Raleigh's last voyage in 1617 he called at Lanzarote to take on board provisions on the way to South America. Whilst on the island a skirmish took place between some members of his crew and the local inhabitants during which two sailors were killed. This incident found its way into Raleigh's trial for treason on his return to England later that year. Having been found guilty he was hanged at the Tower of London.

Although it had nothing to do with the actual charges Raleigh was facing, the skirmish was introduced by the prosecutor as evidence of *"Raleigh's behaving like a pirate."* Evidence was given claiming that Raleigh had encouraged his men to attack the locals. He stated, *"On the 8 September 1617, Sir Walter Raleigh came to anchor off the Island of Lanzarote, as you know one of the Isles of the Canaries. Whilst there, one Captain Bayley sailed one of his ships away claiming he feared that Sir Walter would 'turn pirate.' In my opinion he will in the end be sorry and ashamed for what he has done and for the scandal he has passed upon his general by sending in a report casting a doubt on his character."*

Another witness called Weekes testified on his behalf saying that Raleigh had arrived peacefully, landed 400 men and sent word to the governor to allow him to load water and other necessities he required and his men got involved in a fight without his knowledge. According to Weekes, despite the loss of life Sir Walter Raleigh had left the island without avenging their deaths which *"several of his captains urged him to".*

3.3. Canary Wines in the works of William Shakespeare

Between 1596 and 1601, less than twenty years after the first English-language book about the Canary Islands was published, William Shakespeare made numerous references to Canary wines which he called Malmsey, known in Spain as Malvasía. He also made several mentions of Sack, a generic name for fortified Canary white wine. This would indicate that in the late 16th and early 17th centuries, the man on the street in England was totally familiar with wines from the Canaries, otherwise the playwright would not have made so many references to them. In addition, the word wine occurs eighty-six times in all of Shakespeare's plays, but the only location of origin mentioned is Canary.

The origin of the word *"malvasía"* found on the label of Canary wine ("malmsey" in English and "malvoisie" in French) is not completely clear even today; what we know for sure is that it is related to a Western Mediterranean location where this kind of grape used to be plentiful in ancient times.

The most notorious reference to Malmsey Wine in literature occurs in *King Richard III*, Act 1, Scene 4. This scenario is based on an historical incident that took place during the Wars of the Roses (1455-1487) when there was a dynastic struggle between two rival factions of the Plantagenet family for control of the throne of England. Shakespeare tells us that King Richard accused his brother Clarence of treason and had him imprisoned in the Tower of London. Whilst he was confined there, the king ordered his murder at the hands of two men. The tragic fratricide is described as follows: *"When the assailants approached the unsuspecting Clarence, he asks them for a cup of wine. To which they responded 'You shall have enough wine my lord, anon.' They then stab* him to death and, 'Throw him into the Malmsey butt.' to conceal the body." (The word "anon" is old English for soon).

As Poet Laureate, Shakespeare received an annual stipend of one hundred gold guineas and two hundred and fifty-six gallons of Canary wine. In *Henry IV*, Part II, Falstaff is described as *"Malmsey-nosed"* and in another chapter we are told that his favourite drink was *"blood-warming Sack."* Falstaff: *"If I had a thousand sons, the first humane principle I would teach them should be to forswear thin potations and to addict themselves to Sack."*

In *Henry IV* the playwright even refers to Falstaff as *"Sir John Canary."* This is possibly the reason why some Shakespearean scholars believe that the character Sir John Falstaff, or Sir John Canary, is actually the playwright's own alter ego. To paraphrase an ancient proverb, *"Whose wine I drink, whose song I sing."*

Malmsey, Canary or Sack are mentioned most specifically in five plays: *The Merry Wives of Windsor, Henry IV, Part II, Love's Labour's Lost, Richard III* and *Twelfth Night*. In *Love's Labour's Lost*, Malmsey is mentioned in a bit of banter between Berowne and the Princess of France, *"Metheglin, Wort, and Malmsey"*.

Henry IV, Act 1, Scene 2, Falstaff: *"Now Hal what time of day is it lad?"* Prince Henry: *"Thou are so fat-witted with drinking of Canary Sack, and unbuttoning thee after supper and sleeping upon benches afternoon... What a devil hast thou to do with the time of day? Unless hours were cups of Canary Sack and minutes capons... I see no reason why thou should be so superfluous to demand the time of day."*

Other quotations:

Henry IV Part 2, Act 2: *"But, i'faith, you have drunk too much canaries, and that's a marvellous searching wine!"*

Merry Wives of Windsor, Act 1, Scene 3: *"I will to my honest knight Falstaff, and drink canary with him."*

Twelfth Night, Act 1, Scene 1. *"O knight, thou lack'st a cup of canary: when did I see thee so put down? Never in your life, I think; unless you see canary put me down."*

White Canary Sack is used four times in *Henry IV* and once in *Twelfth night*. Finally, the word "canary" is also the name of a dance in *Love's*

Labour's Lost and *All's Well That Ends Well* as in the expressions "dance canary" and "canary to it with your feet". There is a dispute among commentators whether the word sack is derived from the French word "sec", meaning dry, or from the Spanish word "sacar" to draw out, i.e. drawing out wine from a cask.

3.4. Jews in the Canary Islands

According to historian Viera y Clavijo, the Spanish Inquisition established itself in the Canary Islands in 1504 because of the large numbers of Jewish people who had found asylum there after being expelled from Spain in 1492. Agents of the court of the Inquisition were searching for *"conversos"*, Jews who had agreed to change their faith and convert to Christianity and would attend mass and go to confession in church but in the privacy of their homes they would carry out the prayers and perform the rituals of their former religion.

When caught, they were cruelly tortured until they confessed to the sins of *"heresy and Judaism"* before being sentenced to death and burnt at the stake at Las Palmas, and all their possessions were seized. According to author Lucien Wolf in his work *"Jews in the Canary Islands"*, (London, 1923) that was the fate of Luys Fernández of San Bartolomé and is the only case recorded about an inhabitant of Lanzarote.

Wolf's book is based on original manuscripts formerly belonging to the Holy Office of the Canary Islands, purchased by the Marquis of Bute, *"Calendar of Jewish Cases in the Inquisition on the Canary Islands."* The 248 pages of the work consist of depositions of informers and witnesses before the Bishop, and afterwards, the Court of the Inquisition between the years 1499 and 1525.

In the mid-17th century the first Jewish community was established in London by Canary Islander Antonio Fernández Carvajal and consisted of refugees from Spain and France. In 1701, they opened the Bevis Marks Synagogue in the City of London, the first in England which is now, over 300 years later, the oldest Jewish place of worship in continual use in the whole of Europe.

The community also bought land for a cemetery in Mile End Road East London which opened in 1657 and in which Antonio Fernández Carvajal was buried. Among other notables in the graveyard is Benjamin D'Israeli, grandfather of British Prime Minister Benjamin Disraeli (1804-1881) who was a close friend of Queen Victoria. The cemetery, which forms part of the Queen Mary University of London's Mile End Campus, was awarded a Grade II listing by English Heritage as a site of historic interest in 2014.

Spain has introduced a law which allows descendants of Jews expelled in 1492 to apply for a Spanish passport. This has prompted many members of the Jewish community in Britain who were opposed to Brexit to apply for dual nationality.

3.5. Privateer Woodes Rogers and Robinson Crusoe

In 1708, Woodes Rogers, the English privateer who was later Governor of the Bahamas, threatened to bombard Puerto de La Orotava (later known as Puerto de la Cruz), Tenerife. After protracted negotiations he agreed to withdraw in return for supplies. On that same journey, on 1st January 1710, he was to rescue Alexander Selkirk, who had been abandoned on a desert island off the coast of Chile for four years. His story was the basis for the book *Robinson Crusoe* by Daniel Defoe.

3.6. English troops defeated on Fuerteventura at Battle of Tamasite

In 1740, the British decided to launch an attack on Fuerteventura but were defeated in the Battle of Tamasite close to Gran Tarajal Bay. This episode, which resulted in the death of 90 Englishmen, took place during the 10 year War of Jenkins' Ear (Guerra del Asiento) between Great Britain and Spain which had commenced in October 1739 and eventually merged into the War of the Austrian Succession.

The war was precipitated by an incident that took place in 1738 when Captain Robert Jenkins of the Royal Navy appeared before a committee of the House of Commons in London during a discussion about Spanish attacks on British overseas possessions.

He claimed that the Spanish coast guard had boarded his ship in the West Indies and arrested him. They then confiscated his belongings, cut off one of his ears and towed the ship out into the middle of the ocean and left him there marooned. After concluding his evidence, Jenkins held up the severed ear up above his head in full view of the whole chamber.

The members of Parliament were outraged and voted to retaliate by attacking a Spanish possession in the Atlantic, namely Fuerteventura, the second largest of the seven Canary Islands.

These type of attacks were not carried by ships of the Royal Navy but by privateers, a practice that involved ships from one country being authorized by their government to attack shipping from another country in return for a share of any booty. The targets of such raids regarded the perpetrators as pirates and inhabitants of Fuerteventura still regard the invaders of 1740 as pirates.

According to Antonio de Bethencourt Massieu in his book, *Ataques ingleses a Fuerteventura* (1992) the two pirate attacks on Fuerteventura in 1740 occurred within a month of each other. The first involved a band of 50 pirates who landed in Gran Tarajal Bay and marched inland with drums and banners to loot the village of Tuineje. They were unaware that at that very moment, the local militia were mustering their troops in defence of the island which had recently been fortified by castles and towers at Caleta de Fuste and Tostón from which a lookout had spotted the the arrival of the English sloop.

Melchor Cabrera Bethencourt, the future Colonel of the island, led his troops against the invading privateers killing 30 and capturing a further 20. According to Scottish author George Glas, the islanders attacked the English with clubs and stones, using a wall of camels to shield them from musket fire. Six weeks later 300 men mounted a second attack on the island at the same spot but they were all killed during the Battle of Tamasite.

Glas notes in his writings that, owing to the audacity of launching a second attack in such a short time frame, the locals were in no mood to show leniency: *"The natives, enraged to find the island disturbed again in so short a time, determined to give these second invaders no quarter."*

The reader should note that besides being the author of an essential work as regards the History of the Canary Islands, George Glas, was also a noted captain of his own vessel with a reputation of knowing more about the waters of the Canary Islands than any other sailor. He was also involved in commerce on the islands at the time of the Battle of Tamasite. An entire chapter is devoted to his writings as follows.

In October 2017, archaeologists of the University of Las Palmas of Gran Canaria began an investigation to locate the remains of the Englishmen who died during the conflict 278 years ago. They are working under the auspices of the Cultural Heritage Department of the Canarian Government, the Cabildo of Fuerteventura and the Ayuntamiento of Tuineje.

The Battle of Tamasite is celebrated every year on Fuerteventura with great festivities including a re-enactment of the battle in Tuineje, Gran Tarajal and Tarajalejo. Many British holidaymakers and expats join the local population in celebrating the event.

3.7. *History of the Canary Islands*, by George Glas

Scotsman George Glas (1725-1765) was a remarkable man who achieved greatness both as a merchant adventurer and as an author before his tragic death at the age of forty. His book, published in 1764, centres on the conquest of the Canary Islands with a detailed description of the aboriginal inhabitants of Lanzarote and Fuerteventura including 300 words of their language. The work, which has remained a major source of reference for scholars, was translated into Spanish by La Laguna University in 1982.

Glas tells us that no vines were produced on Lanzarote until the eruptions of Timanfaya, 1730-1736. He writes *"a volcano broke out and covered many fields with small dust and pumice-stones, which have improved the soil to such a degree that vines are now planted there, which thrive well and yield grapes. Upon the rocks on the sea coast grows a great quantity of orchilla weed, a whitish moss yielding a rich purple tincture used in dyeing and well known to our dyers in London."*

The Captain General of the Canaries was very suspicious of Glas, believing that his vast knowledge of Canarian waters coupled with his ability as a seaman enabled him to compete more than favourably with the local fishing fleet and Canary Islanders were given the death penalty for working on his boat. Glas had publicly stated that there was a greater abundance of fish in Canarian waters than off the coast of Newfoundland. The authorities also suspected that Glas intended to capture Spanish possessions on the North African coast on behalf of Great Britain to be used as a base to invade the Canary Islands. Glas was arrested on Lanzarote and taken to Tenerife where he was imprisoned for over a year, but following overtures from the British Government, he was released.

In September 1765, George Glas decided to return to England with his wife and daughter aboard a ship he had chartered called the Earl of Sandwich in order to carry a cargo from Tenerife to England on behalf of the London trading firm of Cologan, Pollard and Cooper and their associate Robert Jones. The merchandise consisted of cochineal, wine, raw and manufactured silk, a large quantity of Spanish coins worth 106,000 pounds sterling and some ingots of gold, gold dust and jewels.

Glas had handled shipments for the Cologan company for many years. Of Irish origin, with head offices in London and Tenerife they were among the biggest exporters of Canary Island products, especially wines, through their branches in Dublin and Paris as well as in the British colonies in North America. Details of the connection between the senior partner John Cologan and the American Revolution follow in the chapter headed "3.8. Trade in Canary Wines..."

When the four-man crew discovered the amount of bullion he was carrying, they decided to steal it. As the boat approached the Irish coast they stabbed Glas to death and threw his wife and daughter into the sea. The mutineers then sank the boat close to Waterford Harbour, County Wexford, and went ashore with 250 bags of gold coins. However, the next day the vessel rose to the surface with the blood-stained body of Glas on deck. The murderers were captured and following their trial, were hung in Dublin Jail.

A second edition of George Glas's book about the *History and Origin of the Canary Islands* appeared in Dublin in 1767 two years after his death. This posthumous version, which is identical to the first volume as far as the history of the Canary Islands is concerned, adds the account of his death at the hands of a mutinous crew whilst sailing back to England from Tenerife.

The two volume work was published in Dublin by D. Chamberlaine, Dame Street and James Williams, Skinner Row. The following is an edited extract, courtesy of the National Library of Ireland.

"In the month of September 1765 the Earl of Sandwich sailed from Orotava for London and had on board John Cockham, master; Peter McKinley, boatswain; George Gidley, cook; Richard Quintin, Andros Zizerman and Benjamin Gillespie, the cabin boy, with Captain Glas, his wife and daughter and their servant boys as passengers.

Before the ship left the Canaries, Gidley, Quintin, Zizerman and McKinley entered into a conspiracy to murder the master and everyone else on board and possess themselves of all the treasure the ship was carrying. On the night of Saturday 30 November, the four conspirators, who were stationed on the night watch, killed the master with an iron bar and threw him overboard. The noise roused the others on board from their beds and they rushed up the steps led by Charles and James Vincent who were stabbed to death. They then waited for Captain Glas who rushed up the steps carrying his sword but on reaching the deck he was seized from behind by McKinley who together with the other three mutineers managed to grab his sword and killed him with it and threw his body into the sea.

The loud noise brought Mrs Glas and her child on deck, who seeing what had taken place, begged for mercy, but Zizerman and McKinley came up to her, and she and her daughter being locked in each other's arms, they laid hold of them and threw them into the sea. By this time the ship time had reached the English Channel on course for London but following the mutiny they immediately turned the boat round and sailed for the coast of Ireland with the two young servants still aboard. On Tuesday 3rd December at about two in the afternoon, they arrived off the harbour of Waterford and Ross and were determined to sink the ship to hide all incriminating evidence of the crime.

In order to secure themselves and their treasure they hoisted out the cock boat and loaded her with bags of dollars two tons in weight, then knocking out the ballast port they quit the ship leaving the two boys to perish with her. One of them begged to be taken on board the small vessel but on being refused he leaped into the sea and held fast to the boat's gunwale but both his hands were chopped off with an axe and he immediately drowned. Soon after they left the ship she filled with water and sank, the crew watching as the other boy was washed overboard to drown in the sea.

The boat having reached the harbour's mouth, they rowed for about three miles and being afraid to go ashore with such a quantity of treasure, they landed at Broomhill Bay, County Wexford within two miles of Duncannon. There they buried 250 bags of coins and proceeded up the Ross River with the remainder of their dollars, ingots of gold, jewels and gold dust and landed at Fisherstown within four miles of Ross. The four then refreshed themselves at an ale-house at Ballybrassil where they exchanged 1,200 dollars, hired six horses and bought three cases of pistols before setting out for Dublin where they arrived on the 6th of December, and stopped at the Black Bull Inn in Thomas Street.

News reached Dublin that a richly laden vessel without a soul on board was driven on to the shore of County Waterford at the same time as the band of ruffians had arrived laden with gold coins. Chief Magistrate of Ross Charles Tottenham accompanied by members of the constabulary apprehended the villains at the Black Bull Inn and arrested them. They then examined Richard Quintin, Andros Zizerman, George Gidley and Peter McKinley separately and each confessed to the murders gave details of the spot where they had buried the rest of the treasure in the hope of avoiding the death penalty. All four were found guilty and hanged. For years afterwards the skeletons of those wretched men hung on the gallows of Dalkey Island as a warning to what awaited 'evildoers on the high seas."

In 2014, Bodegas El Grifo on Lanzarote, introduced a red dessert wine named George Glas. The vineyard dates back to at least 1775, only 11 years after George Glas's book was published in 1764!

The father of George Glas (1695-1773), a preacher known as John the Divine, had a serious dispute with the ministry of the Church of Scotland over an interpretation of the Trinity. He emigrated to America where he founded his own church which still exists today and the members are known as Glassites.

3.8. Trade in Canary Wines "funded" the American Revolution

The Declaration of the Independence of the United States of America on 4 July 1776 was toasted with a glass of Canary Wine. This hitherto unknown episode of the history of the American Revolution was revealed by Carlos Cólogan Soriano in his book *A Corsair in the Service of Benjamin Franklin* published in 2014.

Carlos Cólogan, historian and author, who lives in Tenerife, is the direct descendent of John (Juan) Cologan, an Irishman who established himself in Tenerife in the 18th century. He built up a trading company in La Orotava for the export of Canary Islands products and soon expanded to open offices in London, Dublin, Paris and in America.

The company's most successful product by far was Canary wines which sold very well in the thirteen states of the British colony for very many years. But Great Britain introduced the Navigation Act whereby all cargo from Spain to the 13 colonies had to be transported aboard a vessel flying the Blue Ensign with a British captain and crew which had sailed from an English port.

The cost of shipping this way plus excessive import taxes all but doubled the cost of Canary Wine by the time it reached the American market. Portugal, an ally of Britain, faced no such restrictions and took over the entire market by selling their Madeira wine for at least one third less than their Canary rivals.

Then John Cologan had a brainwave. *"Let's ship our wine to American labelled as Portuguese to allow us to compete with those of other regions unfettered with severe taxes and duties."* He and his wife were very close to Benjamin Franklin who had established himself in Paris officially as a representative of the 13 British colonial states in America. Whereas in fact, he was organizing the shipping of products to America through privateers to avoid the British commercial blockade.

One of the best known of these was Captain Bligh of the Bounty and George Glas whose story was related in the previous chapter. The 100,000 gold coins for which he was murdered by the mutineers were the proceeds of merchandise Glas had delivered on behalf of John

Cologan and was on his way to returning it to the company and to collect more cargo.

The trade in disguised Canary Wine for over 20 years was highly profitable and a silent partner in the enterprise was Robert Morris, the financier of the American Revolution and one of the original signatories of the Declaration of Independence. Which is why he and Benjamin Franklin toasted its successful outcome with a glass of Malvasía poured from a bottle labelled Madeira.

The information in the book by Carlos Cólogan is based on 100,000 pages of the contracts and correspondence of his ancestor John Cologan's firm. The documentation, which has been meticulously catalogued by the author, comprises the largest collection of commercial documents of historical value in private hands in Spain. As a tribute to the Irish origins of the Cologan family, the printing of the work was concluded on 17 March 2014, St Patrick's Day.

The company of John Cologan features in later chapters regarding the export of barrilla, cochineal and rabbit fur from Lanzarote to England in the 18th and 19th centuries.

3.9. The barrilla plant - sodium carbonate: 1769-1794.

Barrilla grew, and still grows, close to the seashore of Lanzarote and other Canary Islands. Up until 1793, the ashes of this plant of salty areas were the source of carbonate of soda used in commerce. During the 18th century barrilla was the main ingredient in the manufacture of soap and glass. The English market absorbed most of the Lanzarote crop which reached an annual production total of 1,400 tons and fetched 33 pounds sterling a ton on the London market.

A Lanzarotean merchant had sent samples of locally cultivated barrilla to a London chemist called Benjamin Jennings for analysis. Highly impressed by its quality, Jennings gave precise instructions for its cultivation, harvesting and subsequent burning to obtain the highest possible quality soda ash. Lanzarote's product was considered the best on the market.

The soda ash was shipped from the port of La Tiñosa, now known as Puerto del Carmen, to the London firm of Cologan, Pollard and Cooper, who due to its excellence had a full order book for the Lanzarote product. Many of the island's first fortunes were made in the barrilla trade by merchants who then built some of the finest home's on Arrecife's main thoroughfare. An area of the coast adjoining the Playa Chica in Puerto del Carmen is still named "Paseo de la Barrilla" to this very day because farmers would bring their dried out barrilla to the rocks on the seashore to pound out the leaves before burning them.

Unfortunately the boom was brought to an end by the wars of the French Revolution. Barrilla had become so expensive that Napoleon offered a high cash award for the invention of a chemical product for use in the making of carbonate of soda. This resulted in the creation of no less than thirteen synthetic alternatives and the price of barrilla dropped to less than 2 pounds sterling a ton. Even nowadays on Lanzarote villagers use barrilla to remove difficult stains from their hands and clothes.

3.10. Rabbit Fur, "Conejo – Conejero"

An additional point of interest is that the London firm of Cologan, Pollard and Cooper were also the major importers of rabbit skins from the island for the makers of fur hats for the English market. Once again, the quality of the fur from Lanzarote rabbits was far superior to that from any other source in Europe. These were also shipped via Tenerife to London, from La Tiñosa harbour until the end of the 18th century. José Agustín Álvarez Rijo, in his work *History of the port of Arrecife*, tells the story of the popular adjective "conejeros". The University of La Laguna paid a great tribute to the author José Agustín Álvarez Rijo on Book Day 2016 and has acquired the collection of all his works from the hands of his heirs.

This is historically of major importance for it is the origin of how the people of Lanzarote became known as "conejeros," derived from the Spanish word for rabbit "conejo". Apparently the shippers in Tenerife would refer to their Lanzarote counterparts as "conejeros" i.e. exporters of rabbit skins. The nickname is still affectionately used for anyone born on the island.

3.11. Nelson and the Battle of Santa Cruz de Tenerife in 1797

Admiral Horatio Nelson sailed to Santa Cruz de Tenerife on the flagship Theseus at the end of July 1797 at a time when Spain was allied with France against England. He was at the head of a squadron consisting of eight vessels, mounting between them nearly 400 guns and carrying large numbers of landing troops under the command of Sir Charles Troubridge. The troops who were landed had to fight a fierce battle in the streets with the soldiers of General Gutiérrez but managed to reach the Dominican Monastery where they entrenched themselves.

Troubridge offered to retire to the ships if the Spaniards would pay an indemnity, but the Spanish general, in the manner of those days, replied that they had no gold and could only give him *"steel and death"*. The Englishman had lost half of his fighting men and after long parleys, signed a capitulation which was later ratified by Nelson, and which stipulated that the squadron would not attack the Canary Islands again for the duration of the war.

While all the street fighting was going on, Nelson, who had already lost an eye in the battle on Calvi, Corsica, lost his right arm, which was shattered by a cannonball from a coastal battery, just as his cutter was coming in to land. He fell crying: *"they have done for me"*. And his young lieutenant stepson made a tourniquet out of his shirt. Nelson was carried back to the Theseus where his arm was amputated. This was the eighteenth century, *"the century of chivalry"*, and after the battle the admiral and the general exchanged chivalries. Gutiérrez sent Nelson wine and cheeses and in the letters they exchanged, each said that he would have *"great pleasure in making the acquaintance of a person endowed with so many laudable qualities."*

The Spanish suffered only 30 dead and 40 injured, while the British lost 250 dead and 128 wounded. The journey back to England was difficult, as Nelson had lost many men. Gutiérrez lent Nelson two schooners to help the shot-torn British on their way back. The Spanish general also allowed the British to leave with their arms and war honours. Nevertheless, Nelson would later remark that Tenerife had been the most horrible hell he had ever endured —and not only for the loss of his arm. The British never again tried to capture Santa Cruz. Nelson's letter offering a cheese as a token of his gratitude is actually on display at the new Spanish Army Museum in Toledo. Every year on the 25 July, Santa Cruz celebrates the event by a re-creation of the battle at which actors wear faithful reproductions of the uniforms and weapons of the time.

3.12. Alexander von Humboldt

German naturalist and geographer Alexander von Humboldt (1767-1785), was famous for his travels in South America where the current off the coast of Perú was named for him. As a young man, his very first sea voyage was with English naturalist George Forster who had sailed with Captain James Cook on many voyages of discovery. The German explorer spent a lot of time in England where he was introduced to Sir Joseph Banks, President of the Royal Society, who mobilised his contacts to aid his scientific research. Humboldt's writings are said to have influenced diverse literary figures in England including Charles Darwin.

In 1799, Humboldt came to the island of Lanzarote in his ship the Pizarro to find out whether the British had lifted their blockade of Santa Cruz Port, Tenerife. (Two years earlier Horatio Nelson had lost his arm at the famous battle there). Whilst moored off the west coast of the island Humboldt made notes of the devastation caused by the eruptions of the Fire Mountains. Twenty four years later, it was published in Paris in the English language.

"16 June 1799. At five, the sun being lower, the Isle of Lanzerota [sic] presented itself so distinctly that I was able to take the angle of a conic mountain, which towered majestically over the other summits, and which we thought was the great volcano which had committed so many ravages in the night of 1st September 1730.

The whole western part of Lanzerota, of which we had a near view, bears the appearance of a country recently overturned by volcanic eruptions. Everything is black, parched and stripped of vegetable mould. We distinguished, with our glasses, stratified basalt in thin and steeply sloping strata. Several hills resembled Monte Nova near Naples, or those hillocks of scoria and ashes, which the opening earth threw up in a single night at the foot of the Jorullo Volcano in Mexico.

According to the Abbe Viera, more than half the island had changed its appearance after the Timanfaya volcano erupted spreading desolation over a most fertile and cultivated region, nine villages being entirely destroyed by the lava. This catastrophe had been preceded by a tremendous earthquake, and for several years shocks equally violent were felt.

This last phenomenon is so much the more singular, as it seldom happens at the end of an eruption, when the elastic vapours have found vent by the crater, after the ejection of the melted matter. The summit of the great volcano is a rounded hill, but not entirely conic. From the angles of altitude I took at different distances, its actual elevation did not exceed six hundred metres. The neighbouring hills and those of Alegranza and Montaña Clara were scarcely above 200 metres.

The island of Lanzerota was formerly named Titeroygatra. On the arrival of the Spaniards its inhabitants were distinguished from the other Canarians by marks of greater civilisation. Their homes were built with free stone, while the Guanche inhabitants of Tenerife, like real troglodytes, dwelt in caverns. In the fifteenth century, Lanzerota contained two small distinct states, divided by a wall; a kind of monument which outlives national enmities, and which we find in Scotland, China and Peru."

Courtesy Professor Hanno Beck, Humboldt Gesellschaft, Bonn.

4. 19TH CENTURY

4.1. Cochineal dye

In the 19th century, Britain was the major importer of cochineal from Lanzarote through the firm of Cologan, Pollard and Cooper. It achieved immediate fame throughout the country as it was used to dye the striking uniforms of the guards at Buckingham Palace and for the Redcoats of the Mounties in Canada.

When Spain colonised Mexico in 1519, soldiers observed that before going into battle, the Aztec Indians would smear their faces and bodies red with warpaint from juice extracted from the tunera cactus. Cochineal is a natural scarlet dyestuff consisting of the dried bodies of the female species of the insect which feeds on the tunera cactus. The old Aztec term for colour was *nochezli* which the Spaniards converted to *cochinilla*.

King Felipe II of Spain stated in 1556: *"One of the most precious products to come out of our overseas territories is cochineal which accounts for one fifth of all income entering the country's coffers."* And the emerging textile industries of Europe were to discover that it was better than any other dye used in the past.

The system of breeding the cochineal on the tunera cactus was first introduced to the Canaries from Mexico at the beginning of the 19th century and its cultivation became the major economic activity of the Canary Islands which soon assumed the role of the world's leading supplier. Cochineal cultivation on Lanzarote commenced in 1835 at the El Patio Estate, near Tiagua – now the site of the Farm Museum – and soon after extended to Guatiza and Mala.

Cultivation spread rapidly throughout the islands and reached an annual output of 2.5 million kilos by 1874 which brought a new era of prosperity to the region. The Canarian Archipelago supplied all Europe with powder made from these insects, dried and ground, which resulted in an incomparable red colouring matter used by textile manufacturers for dyeing as well as for foodstuffs, pharmaceuticals and cosmetics by other trades.

With continual progress in the chemical field came the discovery in Germany of aniline dyes. This allowed the artificial colouring industry to produce dyes at a ridiculously low cost which ousted the better natural dyes from the market. A gradual decline set in and one century later production came to a halt in most of the Canary Islands except for Guatiza and Mala on Lanzarote, and to a lesser degree, the south of Tenerife.

Ten years ago a revival of the traditional cochineal industry commenced due to Sebastiana Perera, headmistress of Mala primary school and a former president of the island Cabildo. She conceived a pilot project for her pupils which evolved into a Cochineal Exhibition Centre, dedicated to the once flourishing local industry. She taught youngsters the basics of cochineal breeding and harvesting to allow visitors an insight into the entire process from the placing of the parasite on the host plant through its extraction from the cactus.

The effects of Sebastiana Perera's efforts paid off when late in 2015 the revival of the local industry was included in the Rural Development Programme of the European Commission and in 2016 the Canarian Government declared traditional cochineal cultivation as a Protected Natural Heritage with a Denomination of Origin seal.

4.2. The Volcanic Eruptions of 1824 and Florence Du Cane

This is the translation of the first ever account of the second series of eruptions in the Fire Mountains which took place in 1824, almost a century after the well-documented eruptions of 1730-1736. It is based on a series of letters written by local inhabitant Antonio Cabrera of Tinajo, who witnessed them.

A slight earthquake preceded the appearance of a new crater in the early morning of July 1, 1824, in the neighbourhood of Tao village in the centre of a plain. The crater, which at first had the appearance of a great crevasse, emitted showers of sand and red hot stone, and did great damage to the surrounding country, destroying some most valuable reservoirs, and it was even feared that Tiagua, though a long distance away, would be destroyed, as a small mountain in the district began to smoke.

On September 16, after eighteen hours the crater had ceased its shower of hot ashes, but a dense column of smoke spouted forth, and the rumbling could be heard from miles around, and from the small mountain, which at first had only smoked, came a torrent of boiling water. *"After there had been comparative quiet for some time, a loud noise was heard, and the boiling water spouted forth in torrents. At times there is dense smoke which clears away, and then comes the water again,"* writes the witness.

"On September 29, the volcano burst through the lava deposit of 1730, and flaming torrents flowed down to the sea. A noise like loud thunder had continued unceasingly, and prevented the inhabitants from sleeping, even many miles away. No wonder they dreaded a repetition of the disasters of 1730-1736, as in two months two new craters had opened."

His narrative continues, *"It is now 18 October and there is no doubt a furnace under our feet. For twelve days the volcano had appeared dead, though frequent shocks of earthquake warned us such was not the case, and true enough yesterday the volcano burst through a bed of lava in the centre of a great plain, sending up into the air a column of boiling water 150 feet high."* It is also said that the heat was suffocating, and sailors could scarcely see the island because of the dense mist.

From the book *The Canary Islands* published in London in 1911 by Florence du Cane. Illustrations are by her sister Ella du Cane (1874-1943) who achieved a reputation as a talented painter of watercolours of landscapes in exotic locations. Queen Victoria purchased 26 of her works.

4.3. Is La Graciosa the *Treasure Island* of R. L. Stevenson?

Some authors believe that the book *Treasure Island* by Robert Louis Stevenson is based on an incident which took place off the northwest coast of Lanzarote on the Isle of La Graciosa. Many ships bound for the West Indies and South America would pass through El Río Straight which runs between the two islands. On one occasion a British ship arrived at La Graciosa laden with spoils from a battle at sea not realising that they had been trailed by a pirate galleon.

The sailors managed to reach land and bury their treasure before the buccaneers stormed ashore. But as they were hopelessly outnumbered, the British crew were captured and tortured to force them to disclose the hiding place of their hoard. But they died to a man without revealing their secret. Unbeknown to the pirates a cabin boy managed to escape and made his way over to the Lanzarote mainland where he boarded a ship bound for England. But for some reason did not reveal the secret of the buried treasure until shortly before his death.

Robert Louis Stevenson originally called his book *The Sea Cook* but changed the title to *Treasure Island* at the request of the publisher. The cook in question was one-legged Long John Silver, who, in the book, lost his leg whilst serving on board a ship commanded by Admiral Hawke. He then applied for the job of cook on board the Hispaniola, and the narrative says that *"Long John Silver was certainly no stranger to these waters."*

Whilst researching local history, the author of this book came across a naval encounter which took place on Lanzarote in the 1760s and one of the major characters involved was the Admiral Hawke mentioned by Stevenson.

According to Canarian historian Viera y Clavijo, *"in 1762, two galleons under the command of Admirals Hawke and Anson regularly patrolled the sea lanes between the Canaries and the Azores, which included the El Río Straight between Lanzarote and La Graciosa. Whilst attempting to capture a Spanish vessel lying at anchor at Naos Port, they attacked Arrecife"*. Clavijo concludes: *"Obviously the crew sailing under Hawke had acquired a first hand knowledge of these waters by then!"*

As the map of Treasure Island in the book is dated 1754 it is not unreasonable to connect the Long John Silver of fiction *"who had served under Hawke,"* with real life sailors who by 1762 had acquired *"a first hand knowledge of these islands"* sailing with Hawke.

Incidentally, when the cannons of Hawke and Anson's ships began firing at Arrecife, they were met with a response from the guns of Fort Gabriel, the Castillo de San Gabriel. The building of this castle was recommended by Italian fortifications engineer Leonardo Torriani in 1590 as part of a chain of defences throughout the Canary Islands ordered by Phillip II of Spain.

4.4. Anglo-Canarian pioneers of commerce and tourism

The arrival of Scotsman Thomas Miller on Las Palmas in 1824 signalled the start of a trading and shipping enterprise which would have far-reaching consequences for Grand Canary as well as the other Islands. By the middle of the century, due to Miller's business acumen among other reasons, Las Palmas was to become a major coaling station for cargo ships sailing from Britain to South Africa and South America.

Alfred L. Jones came to Las Palmas about sixty years later. He was a self-made industrial magnate who became chairman and managing director of the Elder Dempster Company of Liverpool, and must also be mentioned in this short introduction, Jones chose Las Palmas as a coaling station for his Union Castle Shipping Line in 1884, and among other ventures, was responsible for introducing the banana into England.

Thomas Miller and Alfred L. Jones, their contemporaries and their successors were the driving force behind the conversion of a sleepy, idyllic subtropical town without a single sheltered harbour into one of the busiest seaports in the Atlantic. Their cargo ships en route to the African and American continents would call at Las Palmas and Tenerife carrying passengers, thereby introducing the first tourists, then known as 'travellers,' from Britain to the Canary Islands. They were accommodated in several splendid hotels in Grand Canary and Tenerife built by these Anglo-Canarians of the Victorian era who also converted the cultivation of local fruit and vegetables into one of the biggest export markets to the UK.

Canary Wharf was thus named for the huge volume of ships coming from or going to the Canary Islands that called there and the Bank of Bilbao opened a branch in Covent Garden. There is no room in this book to include the names and stories of all British entrepreneurs of the era such as the descendents of Miller, the Swanstons, the Blandys and others, as well as those resident on Tenerife. No disrespect to their memories is intended. These chapters tell but a small part of the story of a group of industrious businessmen who were the Founding Fathers of an industry 150 years ago which now brings over 5.5 million Britons to this region every year.

A biography by Basil Miller entitled *Canary Saga - The Miller Family in Las Palmas, 1824-1990*, was privately published by the family in 1990. Within its pages, the author set out to discover his great grandfather's origins and more about the family and firm. The Miller family had lived in the Canary Islands for four generations, ever since the arrival of Thomas Miller in 1824.

The author's curiosity had been aroused whilst filling up a passport renewal form in London and he said that his father and grandfather had both been born in Las Palmas and didn't know who his last forbear was who had been born in the UK. Then Basil Miller discovered that his great-grandfather, Thomas Miller, was born in Scotland and moved to Las Palmas at the age of 19 at the invitation of his cousin, James Swanston, who had been living there for twelve years.

Tom Miller and James Swanston and his brothers traded in three commodities which offered great opportunities at that time: cochineal, barrilla and orchilla. As mentioned earlier, cochineal was a very effective scarlet and carmine dye much in demand in many parts of the world and China and the Far East would take as much as they could produce. Barrilla, a plant from the coast which grows wild in the Canaries, was harvested primarily as a source of carbonate of soda used in the manufacture of soap. Orchil was made into a purple dye which was sold worldwide. In its heyday it was a very important export and was cultivated in farms for bulk production.

Thomas was soon running his own business trading between the islands with two-masted schooners and began chartering vessels to export cochineal to China. The cochineal boom was at its peak in 1850 but the discovery of aniline dyes few decades later caused the market to crash. Since the early 1840s Tom had been diversifying the business by importing cloth from Manchester and Scotland as well as providing local farmers with all their requirements such as seed potatoes and cattle feed. He also grew bananas and tobacco and opened offices in Tenerife. Part of his widespread popularity was because all employees in his growing business empire were local Canary Islanders.

His next venture was importing coal from Cardiff to supply the local homes and factories. At that time there was no protected harbour for vessels carrying cargoes such as coal except for a very short mole in the town of Las Palmas which only provided limited shelter to small lighters and harbour craft. Deep-sea sailing schooners anchored off the coast waiting for favourable weather conditions to enable barges to come alongside and unload their cargoes. Tom erected coal sheds close to the base of the mole and his coal was manhandled ashore in bags from bobbing and pitching lighters.

This initiative of Tom bringing in the first stocks of coal, although at first mainly for domestic consumption, was later to prove of the greatest significance not only for the development of his own firm, but also for the future trade and prosperity of the whole island. In 1854 Tom registered his own company, Thomas Miller & Co, later Thomas Miller & Sons. Trade flourished and so much cash was passing through his various activities that he decided to open the first non-Spanish bank on the island which also represented major British, Spanish and North and South American banking entities. A cousin was sent to Tenerife to open a Miller office, but later branched out on his own as Peter S. Reid, banker, general merchant and steamship agent at Port Orotava.

It was the changeover from sail to steam, however, that provided the real chance for both the family and Las Palmas to prosper. They realized that the Canary Islands were ideally positioned at a maritime crossroads between Britain and the continents of Africa and America to provide coal bunkering facilities. Thomas and his sons saw the opportunity and seized it, ordering their coal from Wales. The Miller firm had pioneered a trade which eventually led, in the 1880s, to the building of Puerto de La Luz harbour at La Isleta, Las Palmas, where no less than seven separate coaling companies would be based.

Because coal was being supplied at such a low price, ships were only taking enough coal in the United Kingdom to reach Las Palmas, and then bunkering sufficient coal to the journey to South America or Africa and back to Las Palmas. During one twenty-four hour period in 1912 the Millers supplied 56 ships with a total of 3560 tons. The firm employed large numbers in the new port area: crews for lighters, tugs and launches; men for the warehouses and coal depot; general stevedores and watchmen; mechanics in the new ship repair yard; office clerks and accountants.

Miller companies run by the founder's descendents would later branch out into insurance and other businesses. They obtained a government concession to set up the first telephone company on the island and when motor cars appeared on the scene the company were appointed agents for Renault. A grandson, Gerald Miller, 1889-1982, was managing director of Miller & Co at the time of the change-over from coal to oil and his company built the first oil tanks for Shell. (He was the father of Basil Miller, author of *Canary Saga*).

By 1888 the British colony was increasing in numbers. Besides several British shipping companies, there was also the fruit, especially the Canary banana, and vegetable trade. English shops were opening in town as well as English hotels. There was a British Cemetery (circa 1850), the Seaman's Institute (1890), the Queen Victoria (English) Hospital (1891), a Golf Club (1891), a Tennis Club (1896), a Cricket Club (1903), the British Club of Las Palmas (1908) and Holy Trinity (Anglican) Church (1913). Lloyd's of London had already opened an insurance office at Las Palmas in 1850.

Another giant of the era was Alfred L. Jones who began his career as a cabin-boy on an African Steamship Company liner owned by Elder Dempster of Liverpool. Within twenty years Jones had become managing director and majority shareholder of the firm. He decided that Grand Canary was geographically an ideal location for his ships sailing from the UK to the British possessions in West Africa to take on coal. In 1884, Jones founded the Grand Canary Coaling Company Ltd (Steam Coal Dept, Steamship, Telegraph and Forwarding Agents). He also founded an inter-insular steamship service which carried local Canarians and 'travellers' to Lanzarote from Las Palmas or Tenerife. This was the very first regular travel connection between the larger and smaller islands.

Realising that his homeward bound vessels were empty of cargo Jones soon decided to take aboard fruit and vegetables cultivated on the island for the market in the UK. As the business grew in volume he began acquiring land in several of the islands for cultivating crops, in particular the Canary banana. At that time this fruit was unknown in the UK and no wholesaler was interested in buying any. But when Alfred Jones started to negotiate their sale directly to the barrow boys (street traders) of Liverpool, the fruit merchants suddenly agreed to distribute the product. He worked in close collaboration with the UK's leading bánana importers Fyffes of London, whom Jones eventually absorbed into Elder Dempster.

The principal players involved in the creation of Puerto de La Luz harbour, Las Palmas were Alfred L. Jones, the Millers, the Swanstons and Fernando de León y Castillo, a native of Grand Canary who was Spain's Foreign Minister and a very influential politician. With a major harbour in place and ships of all lines calling regularly at the island, Elder Dempster then began carrying passengers offering UK-Canaries return tickets at the low price of £15 (£10 one way). Jones built the Metropole Hotel to cater for the travellers now beginning to visit the Canaries.

Later in the 20th century, Elder Dempster represented the Cunard and the Castle Shipping Lines, and British United Airways, the first airline to fly from the UK to the Canary Islands. Among prominent visitors to Las Palmas were the Duke and Duchess of York, later King George VI and Queen Elizabeth, and British Prime Minister Harold Macmillan. Authoress Agatha Christie spent long periods of time at Las Palmas where she wrote many of her most famous mystery novels.

The amount of boats calling at Las Palmas rose from 160 in 1884 to 718 only six years later in 1880. Over the same period coal supplied to shipping rose from 640,000 to 1,635,000 tons. Between 1884 and 1886 annual Canary banana exports to the UK rose from 10,000 hands to 50,000 hands achieving a turnover of £500,000 annually largely due to the sales and marketing instincts of Alfred L. Jones.

In 1892, Las Palmas newspaper El Liberal wrote: *"The name of Alfred L. Jones is known and respected throughout the province and especially in Las Palmas where his activities, energy and talent created prosperity and brought progress to the entire region....through the frequent visits of his ships, his coaling company, the very first inter-insular shipping line connecting all the isles, and greatly increasing the cultivation of fruit. We wish to express our gratitude to Alfred L. Jones in the name of all Canarians."*

In 1998, Liverpool adopted the Superlambanana as a symbol to the town's history when the banana and lamb were among the most important cargo in the bustling docks. The Superlambanana was installed exactly 100 years after Alfred L. Jones introduced the Canary banana to Liverpool and the rest of the country.

Peter Spence Reid was sent by his cousin Thomas Miller to Tenerife in 1863 to open a subsidiary of the family firm at Port Orotava, (Puerto de la Cruz) where he was appointed British Vice-Consul. Two years later he branched out on his own and purchased one of the most successful firms in the Orotava Valley.

He gradually built up a business as a banker, general merchant and steamship agent, importing wood from the Baltic and porcelain and foodstuffs from England. Reid pioneered the export of bananas from the island but is best known for his sale of onion seed to the USA. Another of his enterprises was the import of high quality fabrics from Ireland destined for a calado embroidered linen work industry he helped to establish which still flourishes today. Indeed, older generations have not forgotten how much employment the Scot created, especially for local women.

4.5. Visit to the Green Caves by Karl von Fritsch

"This cave is without doubt the largest lava grotto that is known in the world" said Karl von Fritsch. Almost 100 years before the opening of the Green Caves as Lanzarote's first Cabildo Tourist Centre, following the installation of lighting by the artist Jesús Soto, German volcanologist Karl von Fritsch examined the caverns by lamplight and with the use of ropes. The following exact description of the interior was published in 1886 thanks to the translation of the English writer Olivia Stone.

"Cavities lead into the high, vaulted subterranean galleries of the great Cueva de los Verdes. These galleries are here piled one above the other like storeys. Where even the roofs of these natural tunnels - they are masses of lava, usually as much as a metre in thickness - are broken, it is possible to climb or descend from one gallery to another by means of a rope. In most places the height of the galleries exceeds ten metres and their breadth in the middle may be reckoned at eight metres. In some

places the roof comes nearer the ground, or the side walls approach each other more closely, so that, especially in the lowest storey, it is hard, and then difficult, if not impossible, to go any further.

The side walls either rise straight up to the vaulted roof, or else resemble a staircase turned upside down. From the roof, as from the overhanging ledges of the side walls, hang small pointed lava stalactites, and in many cases the side walls and roof have an encrustation of gypsum, sometimes in a firm, but at other times in a more pulverised-looking, state. At the lower part of the side walls, plates of lava of irregular length run, sometimes like a piece of wainscoting and other times like veneer. In many cases tables of lava can be seen on the floor of the cave, at a little distance from the wall. These are one to two decimetres in height and are from four decimetres away from the wall and they lie in rows.

Elsewhere the floor is formed of slabs or covered by pieces of slag, or with great lumps that have fallen from the roof. The tunnels are formed with a marvellous regularity for long distances. In one place we walked along almost straight galleries for six hundred and eight hundred paces, fourteen hundred in all, or rather more than a kilometre. This cave is, without doubt, the largest lava grotto known (in the world at that time. Ed). It is formed by the inner mass of a lava stream – which remains liquid longer than the outer – continuing its course under the hardened upper crust. This only happens when no empty spaces, or caves, are left behind.

A cave formation such as this would be very well formed in a lava stream that filled a narrow valley with a stream, but the existence of a tunnel like those I have just described would necessitate the presence of a deep gorge."

From *Ein Beitrag zur Kentniss Vulkanisher Gebirge*, (1866) by Karl von Fritsch translated into English by Olivia Stone and published in her book *Tenerife and her Six Satellites*, 1887.

Reading the above makes one conscious of the enormous challenge facing Jesús Soto when he was given the task of illuminating the galleries, stairways and passages of the Cueva de los Verdes. When it was done, the great César Manrique turned to him and said, *"You are a genius!"*.

4.6. English Translation of *Le Canarien*

In 1872, Richard Henry Major translated *Le Canarien* into English and added an introduction. He was Keeper of the Department of Maps and Charts in the British Museum and Honorary Secretary of the Royal Geographical Society. His efforts led directly to four works of major importance for Lanzarote and the other Canary Islands, all of which are featured in this book: (RH Major 1872), Olivia Stone 1884, John Whitford 1890; Sir Clements Markham 1903 and David Bannerman 1920.

In addition, if not for Major's 55 page introduction based on unpublished manuscripts in the British Museum, we would have never have learned that the Anglo Norman - Lanzarote connection dates back all the way to 1402.

The Egerton Manuscript Ms 2709, is the chronicle of the arrival of the Normans on Lanzarote in 1402 according to Gadifer de la Salle, the knight who accompanied Jean de Bethencourt (see page 31). Although the account of each of the two noblemen was written in the same year by the same scribes and were both entitled *Le Canarien* there are no differences of historical importance between the two versions. The latter is named the Egerton manuscript because it was acquired by the British Museum in 1888 with funds donated by Francis Henry Egerton, the 8th Earl of Bridgewater.

4.7. Olivia Stone Pioneered the Canary Islands as a Holiday Destination

English author Olivia Stone is beyond doubt the main person responsible for introducing the British public to Lanzarote and the other Canary Islands as an ideal destination for holidays. Having spent six months on the various Islands in 1883/84 she returned to England and wrote a 450-page book containing comprehensive information about sights of interest on each of them as well the history, traditions and culture of the Archipelago. The first edition of Olivia Stone's tome, *Tenerife and its six Satellites* published in 1887, aroused so much interest that a second issue was rushed out just two years later. The back pages contained names of several English companies offering services to visitors including the famous Santa Catalina Hotel at Grand Canary *"which would be opening for the 1889/1890 season."*

The following is a short excerpt from the 70 pages of her book dealing with Lanzarote, which the author describes as her favourite among the 7 Isles. To stress the point, she chose to put a sketch of herself seated on a camel on this Island in the frontispiece of her book. Stone is sitting on what is still known as the "English Seat" as this mode of seating was especially crafted for the comfort of visitors from Britain who were the first foreign holidaymakers to visit the Islands in substantial numbers.

"The harbour of Arrecife is the only natural one in the Canary Islands. Although the outlying rocks are bare, and rugged, both from the sea and land, they are uniquely picturesque, enhanced by a scanty clothing of herbage. As we entered the harbour for the shore, a sharp shower of rain fell, a curious and unusual welcome to Lanzarote. The year 1876-7 had been a very disastrous one for lack of water. Ships came laden entirely with the precious fluid, and 8,000 people emigrated from sheer hunger and thirst. More rain had fallen when we arrived seven years later, than for a century past. All the cisterns were already full of water, and if they got no more, there was enough to last for three years. Every house of any size has a large tank beneath the patio, to which the water runs off the roof. Nowadays only 14,000 souls live on the island (...) yet there is much cultivation, and we passed through miles of corn."

Olivia Stone writes that for the duration of the drought, the population of the island collected their water ration from the Gran Mareta reservoir at the foot of Guanapay Hill, Teguise, with the exception of the citizens of Arrecife. This was because the inhabitants of Teguise were still annoyed that their town, which had been the capital of Lanzarote for almost five centuries, had been replaced by Arrecife as the capital in 1853.

"The rain ceasing as suddenly as it began, and the sun shining, we went out to see the town. On the landing place several camels were being laden with barrels just unshipped. But the most unusual sight, not seen for at least thirty years, proved to be immense pools of water lying in depressions in the road."

It is nothing short of amazing that on her trip round the island by camel and donkey Olivia Stone intuitively gives descriptions of most of the sites on which César Manrique would start creating the Tourist Centres eighty years later. By coincidence, a route for sightseeing was drawn up for her by Antonio María Manrique, the public notary, who was the artist's great-uncle. The guide included the windmill at Guatiza where the Cactus Garden would be located, which she describes as stone quarry that had been abandoned over 150 years before her visit, and adds that the windmill was of the type that *"Don Quijote would have attacked with his lance."*

Among other places, she writes of the outstanding view from the Famara Cliffs over to the Isle of La Graciosa and the other islets out to sea, from the same spot where the Mirador del Río now stands and mentions a visit to Cueva de Los Verdes by a German explorer. Finally she visited the Burning Mountain, the same words used by all Victorian writers to describe the Fire Mountains. Before leaving the island she said: *"Lanzarote is my favourite among all the Canary Islands".*

When Olivia Stone first went to the Canary Islands in 1883-1884, they were practically unknown as almost no other English people had travelled through the Archipelago up to that time. In the course of six months she came across only three other visitors, but only in the larger towns. In the preface to the 1889 version, the author writes of her satisfaction in knowing that the Canaries were prominently brought to the notice of the English public for the very first time through the first edition of her book.

According to Stone: *"In 1748, Pitt wrote that England ought to use all her efforts to exchange Gibraltar for the Canary Islands. England, of course, neither could, nor would consent to this exchange, although it is just possible that Spain might, so little is the value of the archipelago in the Peninsula, and so great a thorn in Spain's side is our possession of Gibraltar. Pitt was a gifted statesman, and understood how England would develop all the resources of a possession of which Spain showed no interest in doing."* William Pitt was Prime Minister of England at the time.

The following letter appeared in *The Times* of January 4th 1884: "The Guanches – Canary Islands"

"To the Editor of The Times
Sir,

During the last few months I have been travelling through these islands, and have been delighted by the magnificent scenery, which has made nearly each day a surprise and a gratification. Enjoying a healthier, drier, and more bracing climate than Madeira, they require to only be known to be enjoyed by the English.

At the present time they are virtually undiscovered by our nation. I may mention the fact of the head priest on the exquisite island of Hierro telling me that I am the first Englishman who had been there in modern times.

Certainly Tenerife has its yearly handful of tourists to the world-famed Peak, Palma its annual individuals who visit the Caldera, and the town of Las Palmas now and then receives casual and passing strangers bound for far distant lands, but, with these trifling exceptions, no English visit the Fortunate Islands. In the near future it is very probable, for several reasons, that this charming archipelago will be as much visited as it is now neglected. But my object in writing to you is not to attempt lauding what Nature has so lovingly endowed, but to ask you for the sake of the present and future generations, to raise your far-reaching voice in the endeavour to stop damage, which if continued, will be forever regretted.

The gentle and noble Guanches – that extinct race which formerly inhabited these islands – have left behind them several records of their existence. The Guanche burial grounds on the Isleta, being only three miles from the town of Las Palmas, has been terribly mutilated. There is a great demand for Guanche skulls, and consequently every pile of stones here has been dilapidated, and the contents of the grave stolen. The last visit I paid to this interesting spot was a few days ago, when I found two urchins squatting by a half-ruined pile amusing themselves by grinding up the whitened and powdery femurs of a gigantic Guanche.

A few more years will suffice to level the remaining piles, to dissipate the bones, and to wipe this record of a bygone race from the face of the earth.

So why cannot the Spanish Government resolutely forbid this wilful destruction of monuments which really belong to no race or nation? Half measures will not do. A firm hand, stringent precautions, and carefully enacted penalties are the only measures to meet the urgent needs of the case.

A word from King Alfonso would have a great effect out here. He is young, generous, and his education will enable him to appreciate the importance of the subject. He is deeply beloved, and his wishes would almost be as good as laws.

Yours obediently,
J. Harris Stone, Las Palmas, Gran Canaria."

He was the husband of Olivia Stone who accompanied her on her journey in the Canaries and drew all the illustrations that appear in the book.

4.8. John Whitford

Interestingly, the first work about the Canary Islands in the wake of Olivia Stone's book appeared only one year later in 1890. The author was John Whitford, a Fellow of the Royal Geographical Society of England. *A Camel Ride to the Burning Mountain in 1890* is the chapter dealing with Lanzarote of his book *The Canary Islands as a winter resort*. John Whitford, who was staying at an inn in Arrecife, called on John Topham, the British Vice Consul, to ask his advice on which places of interest to visit. Among other sites, he recommended that he visit the 'Burning Mountain' (now the Fire Mountains) by camel. The consul told his visitor that he had been to the top where he poked a stick into the cleft of a rock and drew it out with its end burnt.

"Because of the intense heat at midday on the mountain and there being no house nearby in which I could shelter, I was advised to set out at 2 o'clock in the morning. A camel-driver was sent for and he had such a good-humoured face that it was a delight to agree to his terms. He asked me bashfully whether he would get anything to eat on the journey, and upon promising him that he would be at liberty to devour the half of whatever I had, he was more than satisfied.

> The hotel people supplied a large basket of food and two quart bottles of water as there are no springs at the wayside as on the other, more fortunate islands. At the agreed hour in the middle of the night, the camel equipped for its wearisome journey, appeared by the light of a lantern quietly reclining, with its long legs bent beneath its ungainly body, in front of the inn. Its great eyes of wonder seemed to say, 'Good master, let me rest where I am.' And, in truth, the writer felt very inclined to do so.
>
> A rough, but strong armchair on each side of the animal's rump, was firmly fixed to the lower tree of the cross-tree pack saddle, which was braced tightly by girths. Between the cross-tress at the top of the saddle, were two stone bottles containing water, besides provisions for the voyage, made fast by cords. The weight of the riders had to be taken into consideration, so as to form a true balance. One chair accommodated the driver, the other the victim."

To each chair was attached a swinging board for the feet to rest upon, which acted like double stirrups, so that only by a violent jerk forward which it did not happen to think of, could the camel throw off its load of humanity. Beneath each chair was a deep drawer. An iron cage, subsequently removed, was fastened over the animal's mouth, for the purpose of preventing the beast biting at the legs of its masters. Many camels amuse themselves in that objectionable manner before they get fairly underway. The sleepy landlord yawned, rubbed his eyes, drowsily said "Adiós", taking with him the cheerful society of his lantern.

The early portion of the journey, on account of pitchy blackness, very much resembled that performed by Don Quijote de la Mancha, when mounted on the celebrated wooden horse careering, high up into the air, through the night sky. There was nothing to see but stars, very bright stars and their brilliancy favoured the thought that we were thousands, perhaps millions, of miles nearer to them than in England. It was like swimming in air, or treading upon black clouds, so gentle was the almost silent footfall of the camel. Only the tiny bell tied to its neck tinkled a reminder of the earth.

At the break of dawn, birds, commenced to sing – from the ground – and it had a most surprising effect. There were neither bushes, trees nor fences for the songsters to perch upon. Shortly before five o'clock the sun arose over Africa which is only sixty or seventy miles distant, but is not visible on the horizon. Prettily speckled hoopoes started up from the ground, and they afforded much delight. At the first village through which we passed a kind-hearted old woman made us coffee. Upon the driver calling out 'Peche, peche' the camel obediently knelt, and so walking from the level on our chairs, we entered the shop belonging to the coffee-maker.

It was one of the ordinary wine-drinking stores common in all villages in these islands; where, in addition to casks of wine on tap, there were boxes of kerosene, American tobacco in the leaf. There were also London biscuits and Bologna sausages in tins and Swedish matches among other items. The coffee was good and the shelter from the sun refreshing.

Resuming our seats, and requesting the camel to rise and march, it did so with its usual complaining expressed by grunting and grumbling, yelling as if his heart was breaking. Strings of camels passed journeying towards Arrecife; some were laden with onions, others with rye, piled up in great heaps over the humps, giving the animals the appearance of walking stacks of produce. Along this route there are very few palms and fig trees, and they are only to be found growing in sheltered valleys where rain had collected in reservoirs. At one place a great belt of lava extends between two mountains down to the sea.

We are now travelling on an exceedingly good road, but there is no trace of a wheel upon it. It is marked from one to twenty-two kilometres by twenty-two white-painted posts and it terminates at the little town of Yaiza. Rumour states that there is only one carriage on the island, and that it is never used. By and by there will be vehicles for hire. Meanwhile, camels plodding steadily and comfortably at the rate of two miles an hour, or active donkeys for short distances, are the only express trains available.

At ten o'clock, after eight hours camel ride, we turned out the contents of our provision basket and enjoyed a good breakfast. The camel, after resting for a while and gazing at us enjoying ourselves, got up and took its breakfast from the cactus growing on the lava borders, biting in bites, each about the size of a saucer, and devoured the oval-shaped slabs with infinite relish, regardless of spiny prickles. We then proceeded to the village of Yaiza to get the water bottles replenished.

"We soon found a guide, who led the camel over a very rough path across the lava. After two miles we left the animal tied up to a spiked pinnacle and walked the rest of the way to the foot of the hill of fire. With the exception of a few crags on the summit of the Burning Mountain, the whole surface is marked in wavy form, like the sand upon the seashore. There is not a single blade of grass, nor a single trace of vegetation. Ascending about 500 feet we came to tracts where sulphur ore lies upon the surface formed by fumes bursting upwards through fissures in the cinders. The higher up one goes the more numerous are these beds of Sulphur".

The writer ardently desired to get to the top of that mountain, 2,000 feet high, and walked upwards until finding that he must suffer suffocation if he attempted to proceed further, he stopped. "The day was hot to begin with, the air was still and the sun shone straight overhead. It was high noon. Every man stood upon his own shadow. We were encircled by hills, and we were fairly undergoing a baking process. That district of sulphur is eminently suitable for rheumatic patients. A couple of weeks of treatment there would cure any case that was not already hopeless.

At every collection of small houses near to the road along which the camel marched slowly on its homeward journey, were groups of locals enjoying the cool of the late afternoon and early evening. Outdoor amusements and gatherings are universal in all lands of the sunny South. Here the old folks are seated in their verandas, well adorned with flowering plants, looking on with smiling faces at their grandchildren playing. Some of the younger men were engaged in athletic sports, others played cards and smoked cigarettes. Youths and young girls were gathered in separate groups, amused themselves in various ways; but they kept within hail, and occasionally mingled, and danced to the music of a guitar. They all looked happy.

When I asked for a drink of water it was gracefully handed to me in the best cup or glass the household possessed. The water was fresh from their dripstone filter, very good and cool. Not one single person has an idea of asking or taking money for any slight service provided; it is purely a matter of kindness rendered with goodwill, and a natural amiable trait in their character.

On the return journey we had travelled by a different route and passed the town of Teguise. When darkness once more covered up the earth, *and the villagers had retired inside their dwellings, there was nothing but the stars to look up at. The movement of the camel was so gentle that the writer fell asleep in comfort, and only awoke in the middle of the night, as it stopped at the hotel in Arrecife almost twenty four hours after leaving the previous day. I would advise anyone travelling in the Islands to set aside at least four days to see what is noteworthy on Lanzarote."*

4.9. Yeoward's Banana Plantations

Here is the story, by Eileen Yeoward, of how a fruit grown in the Canary Island played a major role in the establishment of one of the world's first cruise lines. The Canary Island banana is of the dwarf Cavendish variety and was first introduced into the region at the end of the 19th century. One of the major banana producers was R.J. Yeoward who bought land on Grand Canary and Tenerife, had it cleared and cleaned and built huge water storage tanks, irrigation channels and packing sheds for the fruit, and levelled the land for banana terraces.

Pretty soon there were major banana plantations on the four islands of Tenerife, Gran Canaria, La Palma and La Gomera. Half a century later during the 1950s the Canary Islands had achieved the highest volume of production in the world, 15 tons per acre in 1958, Brasil was in second place with 11 tons per acre.

Yeoward shipped the bananas to England on his own cargo boats, the Avocet, Avetora, Andorinha, and the baby of the fleet, the Alca. These ships all named like Spanish birds, made a regular weekly run to Liverpool carrying fruit and eighty passengers. They were of 4,000 tons and a speed of 18 knots and took 23 days to do the round trip calling at Lisbon and the island ports. The house flag was the Spanish flag with Y.B. in the centre. Occasionally they cruised in the Mediterranean and the Baltic, the Yeoward Line being the first to run *"short sea tours"* which were the forerunners of cruising as we know it today.

4.10. El Hierro – Greenwich Mean Time

El Hierro, the most southern and western of the Canary Islands, was known in European history as the Prime Meridian, the furthermost geographical location of the Old World. In the year 1634, King Louis XIII and Cardinal Richelieu of France decided that El Hierro should be the prime point of reference on all maps. This remained the situation until the year 1884 when the International Meridian Conference at Washington, D.C. decided to choose the local mean solar time longitude (0°) at the Royal Observatory Greenwich (England) which had been used in Great Britain since 1847. This was superseded by Coordinated Universal Time (UTC) in 1967.

4.11. Ellerbeck Guide (1892)

"The inter-insular steamers from Las Palmas run four times a month to Arrecife, the capital, remaining about 6 hours. There is a small inn here. Camels are used for riding and as beasts of burden. There are no objects of interest on the island, excepting, perhaps, the caves in the neighbourhood of Yaiza and Haría. No one should land here for a stay unless fully equipped with tent and food. The climate is exceedingly dry, as there are no trees, and therefore but little rain. The volcanoes are still hot.

(...)

The following diseases are those most likely to be benefited by a stay in these islands: Inflammation, pleurisy, Bright's Disease, diabetes, asthma, bronchitis, rheumatism, gout, consumption. All travellers will do well to take a small medicine case with them and Calendula Cerate made from marigold leaves and flowers for the face during the voyage and for accidental bruises. Vaseline preserves the skin but has no healing properties.

Among drugs include Baptisia and Ledum, the latter for mosquito and other bites. A stout umbrella, which will do either as stick or sunshade, at will, should be selected. Those who ride much may prefer to take their own saddle. Stirrups should also be taken as the Spanish foot is smaller and narrower than the English, and too small a stirrup is unsafe. Oil of eucalyptus is agreeable in a close atmosphere, and as a purifier. It is said also to keep away mosquitoes if sprinkled about or rubbed on the skin, but it is only occasionally they are troublesome.

(...)

My excuse for offering this little book to the public is, that the Canary Islands, being new ground, is even now only being opened out and many places have been found to deserve a more detailed notice...four of the islands are rarely visited there being no accommodation..."

4.12. Samler Brown Guide (1894)

"Arrecife, 3025 inhabitants: Passengers are landed in boats on the quay, port charges: each person 1 peseta, packages extra. There is a fairly good fonda with eight beds; charge 3 shillings a day including wine. The visitor is first struck by the number of camels lying or standing about and by the old fort on the right, still connected to the town by a wooden drawbridge.

An excursion can be made by camel to the old capital of San Miguel de Teguise 6½ mls on the N. road, (4 shillings) a good four hours must be allowed. The old castle of Guanapay is seen on the right. The Church is quaint and the roof of the sacristy, good. The old Convent of Santo Domingo contains an image of the Virgin which is said to have stopped the flow of lava in 1824.

In the south, the Montañas del Fuego, which were active in 1733, are still so heated that wood will burn in some of the crevices...... Close to the village of Haría in the north the celebrated Cueva de los Verdes may be visited, the stronghold to which the ancient inhabitants retreated in case of invasion. This is said to be the largest lava grotto known."

5. 20TH CENTURY

5.1. *The Guanches of Tenerife* (1907)

The Guanches of Tenerife, by Sir Clements Markham, President of the Royal Geographical Society, published in London in 1907. He wrote about the Guanches, a word that strictly speaking should be used only for the ancient inhabitants of Tenerife, but back then was used by extension to name the first inhabitants of all the Canaries, and translated into English a work by a Franciscan friar on the origins of Our Lady of Candelaria, a Virgin highly revered in the Canary Islands.

His book also contains a bibliography of every book and manuscript about the Canary Islands since the year 1341, to be found in the Library of the British Museum. Sir Clements Markham was also the President of the Hakluyt Society, which was established in 1846 to publish famous works of exploration and research, a position also held by R.C. Major, translator of *Le Canarien*.

He writes: *"The Guanches were virtuous, honest and brave, and the finest qualities of humanity were found united in them; magnanimity, skill, courage, athletic powers, strength of soul and body, pride of character, nobleness of demeanour, a smiling appearance, an intelligent mind, and patriotic devotedness.*

(...)

Their characteristics resemble those of five skeletons found in the Cro-Magnon Caves in the French Dordogne in 1868. According to French anthropologist Dr René Verneau the most noted features are a long skull and a short face. Both shared strong features denoting an intellectual superiority; were nomadic, hunting great mammals with weapons made of stone; industrious, they made objects out of bone and horn, tanned hides and adorned themselves with necklaces and bracelets made of fossils, shells, teeth of wild animals, pebbles and grains of clay. They each also made earthen vessels and carved with flint tools, showing their powerful artistic instinct in the carved silhouettes of man and beast."

In 1899, as President of the Royal Geographical Society, Sir Clements Markham planned an expedition to the Antarctic for Britain to be the first country to reach the South Pole and Captain Robert Scott of the Royal Navy volunteered to lead it. Unfortunately, when he and his team arrived he found that the Norwegian explorer Amundsen had beat him to it by a month. Neither Scott nor any member of his team survived the return journey, they all died of cold and exhaustion.

5.2. Bannerman

In 1920, English ornithologist David Bannerman R.A. (1886-1979), arrived at La Tiñosa harbour from Fuerteventura as part of a trip round the Canary Islands researching nesting grounds of rare birds. His results are included in the monumental 12 volume work *Birds of the Atlantic Islands*, which is still considered the major reference work on the subject.

Bannerman vividly describes the scene upon coming ashore as follows: *"I do not think that I have ever seen so many people jammed into so small a space. These were not idle sightseers, but were all busily engaged in packing onions! Both men and women were at work – the men in every variety of costume, the women all wearing big straw hats."*
(...)
Camels laden with onions lay about on the beach which was covered with crates, the women were packing and the men nailing up. Onions were even bobbing about in the waves, as if there had been a terrible shipwreck. The women were singing, children yelling and the men were hammering the crates closed which were then carried into a large shed to await shipment from La Tiñosa harbour."

These are some of the bird species Bannerman catalogued on the Island: House Martins, Yellow-legged Herring Gulls, Pale Swifts, Spanish Sparrows, Brown Linnets, Trumpeter Bullfinches, Berthelot's Pippets, Short-toed Larks, Kestrels, Egyptian Vultures, Black-necked Grebes, Turnstones, Kentish Plovers, Ravens, Thick-knees and Eleonora's Falcons.

5.3. Agatha Christie

The world's most successful writer of mystery novels in history came to the Canary Islands in the early 20th century to fuel her imagination. Over thirty years of visits ambling around Puerto de La Cruz and Las Palmas inspired the ingenuity of Agatha Christie, helping her create Hercule Poirot and Miss Marple, as well as other unforgettable characters readers have enjoyed over the past 90 years.

Agatha Christie first came to Tenerife in 1929, accompanied by her daughter Rosalind and a companion. Her husband, RAF pilot Archibald Christie had recently asked for a divorce after falling for his secretary Teresa Neele. That, together with the recent death of her mother as well as serious financial problems, meant that she arrived in the Orotava Valley in a state of profound depression in search of a tranquil place to lay memories to rest and to recover from the shock. She found it in and around the old port town of Puerto de la Cruz, where she spent days simply walking and breathing in the scented air of the valley.

These quiet strolls in a land that had not yet been disturbed by mass development and package tourism let her mind conjure up the intriguing conclusions to stories like *Peril at End House* and *Murder on the Orient Express*. In fact, while her daughter played around her, she wrote incessantly in the gardens of the Taoro Hotel which was located beside the Anglican All Saints Church and close to the English Library, which were the heart of the small British community. On her return to England she told the press that *"the Canary Islands enjoy the most beautiful climate in the world and are a wonderful place for holidays."*

Agatha Christie was sad and troubled and that was reflected in some of the things she scribbled down about Puerto de la Cruz. She even mentioned suicide. But those long walks helped and it was on one of her walks to La Paz, above the Martiánez cliffs which overlook the bay that she set one of her best novels, at the mansion that to this day still belongs to descendants of an Irish family, the Cologáns. It was there that she thought about Mr. Satterthwaite in *The Mysterious Mr. Quin* and also worked out the plots of many problems for Miss Marple to solve.

Agatha Christie also often went to have afternoon tea at Sitio Litre, in those days owned by the Brown family. She admired their magnificent orchid gardens and compared them favourably with those at Kew Gardens. There is no doubt that this prolific writer found not only solace in Puerto de la Cruz but inspiration and characters with which her intriguing mind unravelled tales that still hold readers in suspense to the very end.

The novelist then moved to Las Palmas, Gran Canaria to spend time on the beach, as she was a very enthusiastic swimmer. She stayed at the Metropole which had tennis courts nearby and was the centre of British life on the island. The hotel would also serve as the setting for numerous Hercule Poirot mysteries over the years.

During this visit Agatha Christie began writing *The Companion* to be included in her collection of short stories entitled *The Thirteen Problems*. The story line refers to a beach at a town called Agaete, about 45 miles from Las Palmas, as well as to some other locations on the island. Agatha Christie returned to the Islands many times over the next thirty years, very often to Grand Canaria.

Nowadays, an Agatha Christie Festival takes place at Puerto de la Cruz, Tenerife, every two years, where a bust has been erected in a public square to commemorate her visits.

5.4. La Tiñosa - Canary Wharf

Before the advent of tourism in the 1980s the entire area of Puerto del Carmen and Mácher had been devoted to agriculture. The majority of sites now occupied by hotels and apartment complexes were covered with fields of tomatoes and onions most of which were exported to England from the ports of La Tiñosa, Arrecife and the rest of the Canary Islands. The vegetables were unloaded at Canary Wharf which was built in 1936 for Fred. Olsen Lines who imported a large volume of Canarian fruit and vegetables for the English market, especially during the winter months. Some eighty years later, Fred. Olsen still operates ferries connecting all the Canary Islands including frequent daily services between Lanzarote and Fuerteventura.

5.5. Stanley Pavillard

Stanley Pavillard was a doctor who founded the British American Clinic at Las Palmas. As a medical officer during WW2 he was captured by the Japanese and sent with the men working on the infamous Burma-Thailand railway. He invented an apparatus made of bamboo to produce saline for treating cholera and even made needles out of the same material. He was subsequently awarded the MBE. Dr Stanley Pavillard is referred to as Dr 'Pav' in the film 'The Bridge on the River Kwai'.

Two Las Palmas streets are named after the Pavillards. The father of Dr Stanley Pavillard was the successor of Alfred J. Jones and his sister Anita, was British Vice Consul at Las Palmas.

5.6. The Canary Islands in World War Two

When Winston Churchill became Prime Minister of Great Britain after the outbreak of the Second World War he was informed by Military Intelligence that the Spanish Government was planning to allow the German Army to enter Spain in order to annex Gibraltar with its British naval base and airfield. As an island nation, the United Kingdom was highly dependent on imported goods and required more than a million tons of imported material a week, mostly food and munitions. It was essential to prevent the German Army, assuming they would occupy Gibraltar, also gaining control of the ports and airfields of the Canary Islands in the Atlantic which would provide them with a base to attack the convoys from America to England as well as to Malta.

As a counter measure, Churchill asked the War Office, headed by Sir Dudley Pound, to draw up plans to capture the aerodromes and ports of Gran Canaria and Tenerife under the code name Pilgrim. According to Churchill's memoirs, the British had planned to send 24,000 troops to the islands, including 5,000 commandos. It was not known whether Germany would also assist Spain in defending Lanzarote and Fuerteventura against an Allied attack.

At the outbreak of WW2 coastal defences on Lanzarote were installed at El Río, La Bocaina (now Playa Blanca), Arrecife, Arrieta and

Caleta de la Villa (now Famara) and on Fuerteventura at La Bocaina (now Puerto de Rosario), the Jandía peninsula, Puerto de Cabras, Gran Tarajal and San Antonio.

After the successful Anglo-Canadian landing at Dieppe (France) at the end of 1942, a German officer considered that armaments on both Canary Islands wholly inadequate and suggested additional anti-aircraft and anti-tank artillery as well hardened field defences in the form of reinforced concrete pillboxes be added. However, they were never tested because Franco refused Hitler's request to annex Gibraltar and the British never invaded the Canary Islands.

In 1942 British Naval Intelligence published a series of geographical handbooks for warships with maps of the seven Canary Islands indicating where landings could be made. The information the War Office had about Lanzarote and Fuerteventura when the war broke out in 1939 was so scant that they asked members of the public who had holidayed on the islands to send in any photos they may have taken showing coastlines or other points of strategic value.

The details published in the book included a plan of the Port of Arrecife, the Castles of San Ginés and San Gabriel, the Charco de San Ginés as well as the entrances to all the islets and harbours as well as of the coast of La Tiñosa.

Extracts from the book about both islands describing where landings could be made. *"Lanzarote: Almost continuous rocky reefs and cliffs make the island very difficult to approach. From the north-eastern point of the Fariones rock to Arrecife, a distance of about 25 miles, there are low cliffs with rocks lying offshore making landing almost impossible, however a small jetty has been built in the bay at Arrieta and it is joined by road to Haría and Arrecife.*

South of Arrecife there is one landing place at the beach of La Tiñosa (now Puerto del Carmen) occupying a break in the rugged headlands. This hamlet is visited by the local steamers, which collect the onion crop for export.

The natural protection of the main harbour at Arrecife has been greatly increased by the construction of a breakwater. The pier is 670 feet long with a depth of 15 feet alongside at low water and will take vessels of up to 800 tons. Large ships may obtain anchorage in 17 to 30 fathoms in the roadstead south of Arrecife Quebrado but it is exposed to southerly winds.

The harbour of Puerto de Naos, although not large, is secure and important as a refuge for small shipping in stormy weather. Large ships may obtain anchorage off the port in 18 to 22 fathoms of water but the roadstead is exposed to southerly winds.

Fuerteventura has a comparatively regular outline except for the considerable península of Jandía in the south west. Although cliffs run along much of the coast there is a large stretches of long sandy beaches. The chief port is Puerto de Cabras on the east coast which stands on the north-western shore of a bay which affords an anchorage in from 4 to 7 fathoms at a sandy bottom at a few hundred yards offshore. A stone pier projects about 100 yards into the sea from the eastern end of town, thereby giving additional shelter to a creek 40 yards wide by 50 yards long into which small vessels can enter. Inter-island steamers berth alongside the pier or anchor in the roadstead just off the port. Submarine cables link the port to Las Palmas (103 nautical miles) and to Arrecife (35 nautical miles).

Elsewhere landing is possible at other coves, particularly at Gran Tarajal. Beyond the Istmo de la Pared, the western coast has a north-easterly trend to Punta de Tostón but although the low cliffs are almost unbroken, landing is possible at two points. The southern is the Puerto de la Peña although heavy surf often makes landing difficult on the beach but a cliff to the north is then used by local fishermen. Other anchorages lie off Puerto Tarajalejo and Puerto Pared. The coast from Punta de Tostón to Punta Gorda forms the southern shore of the Estrecho de la Bocaina, but it is inaccessible because the cliffs, although low, are continuous. The small island of Lobos lies about one and a quarter miles from Punta de Corralejo; the straight separating it from Fuerteventura is liable to a heavy swell".

5.7. Winston Churchill's visits to Gran Canaria (1959)

Winston Churchill first came to Gran Canaria in February 1959 at the age of 84 on board the luxury yacht Christina, as a guest of Aristotle

Onassis. He must have been familiar with the island earlier because his mother, Lady Randolph Churchill, who was American, visited in 1900 on her way to South Africa. On his second visit in October, Churchill and his wife Clementine visited the Bandama volcano and saw large areas of banana plantations from the top of Arucas mountain and later on they were delighted to catch a glimpse of the snow-capped peak of Mount Teide on the neighbouring island of Tenerife, the highest mountain in Spain.

On his last Atlantic cruise to the Canaries on the Christina, the final stop was New York where Onassis threw a farewell dinner for his guest of honour Winston Churchill. Adlai Stevenson, the American Ambassador to the United Nations, proposed the toast, *"I'd like you all to charge your glasses to the man who was the conscience of the free world and the saviour of our liberty."*

5.8. The Beatles Holiday on Tenerife in 1963

In April 1963, three of the Beatles, Paul McCartney, George Harrison and Ringo Starr went on holiday to Tenerife. They were sent there by their manager Brian Epstein to allow them to relax after a hectic year of touring and recording their debut album whilst he and John Lennon took a short break in Torremolinos.

Nobody realised that it would be the very last time in their lives that the members of the group would be able to walk around a holiday resort like an ordinary tourist without drawing the attention of any other member of the public. Although they had already had a number one hit in the UK with their single *From Me To You*, their fame had not spread abroad and the locals as well as many English people had never even heard of them.

Artist Luis Ibáñez, now resident on Lanzarote, but who lived in Tenerife at the time, described what happened when he was preparing to mount his very first one-man exhibition at an art gallery located in the Institute for Hispanic Studies near the main church in the centre of Puerto de la Cruz in April 1963.

-*"Help! I need somebody – Won't you please help me!"*

-*"I was unloading paintings from my van and had problems manoeu-*

vring the largest canvas out of the back when three young guys and a girl who were walking by and talking English, came over and started helping me. When we finally succeeded in getting the canvas out, the girl took a couple of photos of all four us holding the painting.

They were very friendly and from what they told me I could see that they were enjoying their holiday on Tenerife. To express my gratitude for their help I invited them to the opening of my exhibition that evening and all four came. They spent time wandering around the gallery with a glass of wine in their hands with the girl once again recording everything with her camera. Before leaving they said we think your paintings are wonderful."

I had no idea who they were, neither did anybody else outside of England and the next day I was telling the story about them helping me to a friend called David Gilbert, who owned a complex with some swimming pools and snack bars. Also a restaurant called Lido Santelmo frequented by a rather elegant clientele which offered musical entertainment with dinner every evening. He told me that the same four friends had dined there and asked if they could practise on the house band's instruments, and would gladly give a free concert. As soon as I heard the drummer banging on the drums I told them no thank you, such loud music would really upset the other customers!"

Luis Ibáñez concluded by saying, "What a pity that I and the others did not know what the immediate future held for the musicians from England on holiday in the Canary Islands!"

Soon after the Beatles returned home from their short break abroad their first album, *Please Please Me*, went to number one in the UK charts and stayed there for a year. It was the start of Beatlemania and for the four lads from Liverpool, life would never be the same again.

The Beatles were invited to Tenerife by close friend Klaus Voormann whose father had a holiday home at Puerto de La Cruz, and were accompanied by photographer Astrid Kirchherr, a mutual friend. It was she who took the holiday snaps without which the brief trip to the Canary Islands would have remained lost in the mists of time.

Three years before, in 1960, the German couple Klaus and Astrid were both studying art in Berlin and decided to spend a few days in Hamburg. Both were music lovers and the north German city had already garnered a reputation for great music by English groups. One evening they wandered into a club called the Kaiserkeller on the famous Reeperbahn and were spellbound by the music being played on stage by four unknown musicians. The two Berliners returned night after night and realising that they were experiencing something truly special, introduced themselves to the band and found out that they all shared the same tastes in music, fashion and culture.

This stimulated the art students to work on creating a genre to make the four boys from Liverpool stand out from other groups in appearance in the same way as the quality of their music stood out head and shoulders above that of all the others.

In those days, bands wore dark suits on stage and Klaus suggested the Beatles switch to wearing raunchy leather jackets and Astrid set about providing them with a truly unique hair style, later dubbed "Mop Heads" by the press. A dynamic visual image had been created on stage which went hand in hand with the exciting music the Beatles were making which was already driving audiences wild in the port cities of Hamburg and Liverpool and would soon capture the imagination of fans throughout the world.

Klaus Voorman later moved to London where he shared a flat with George and Ringo and became well known in his own right playing bass in the highly successful Manfred Mann pop group as well as designing the cover of the Beatles LP *Revolver*, for which he won a Grammy. Astrid had a career as a photographer and both remained friendly with the Beatles throughout their lives.

The snapshots themselves were nothing more memorable than those taken by ordinary people having a fun time on holiday. Three members of the Beatles in swimming trunks and long-sleeved white shirts because of sunburn, Paul with a plaster on his nose as added protection, George cuddling up to Astrid, Ringo wearing a cordobés hat and Paul and George fooling around in the Austin Healey Sprite of Klaus Voormann's father.

The original eleven black and white photographs taken by Astrid Kirchherr on a Rolleicord camera were converted into technicolour in 1985 and comprised the "Tenerife '63" collection put up for sale by Heritage Auctions, Dallas in 2014. The collection was sold to a buyer from New York for $6,250. According to Ulf Krüger, whose company K+K Centre of Beat, Hamburg, represented the photographic works of Astrid Kirchherr for twenty years, no more negatives remain of the historic Beatles visit to Tenerife over half a century ago.

When Astrid Kirchherr and Klaus Voormann first saw the Beatles in Hamburg they were a five-piece group with a bass player called Stuart Sutcliffe and their drummer was Pete Best, who was later replaced by Ringo Starr. Astrid fell in love with Sutcliffe and they decided to get married and they flew to Liverpool to meet his family. But on their return he suddenly began suffering from intense headaches which ended in his tragic death from a brain haemorrhage in November 1962.

In 1967 Astrid married Gibson Kemp, the drummer who had replaced Ringo Starr in his first group, Rory Storm and the Hurricanes and was later a member of Paddy, Klaus and Gibson. When they broke up, Gibson joined Hamburg-based company Stigwood Yaskiel International which represented many major British artists for Germany in partnership with Beatles manager Brian Epstein. The head of the company, Larry Yaskiel, author of this book, was introduced to Astrid by Gibson and enjoyed listening to their highly interesting stories over many hours about the Beatles and the early days of the music scene in Hamburg and Liverpool.

The above chapter was completed in February 2017. By coincidence the year marks exactly 50 years since Gibson and Astrid got married and the author of this piece had the pleasure of meeting them both. It is also the 50th anniversary of the tragic death of Beatles manager Brian Epstein at the age of 32, who also managed the group Paddy, Klaus and Gibson.

A paperback version of Klaus Voormann's book on the Grammy award for his design of the Beatles album *Revolver*, was celebrated by a reunion concert at Kemp's Pub in Hamburg in February with Gibson on drums, his son as vocalist and Klaus on bass. Gibson announced from the stage, *"I still owe Ringo Starr 12.50 pounds for the suit he gave me when he left Rory Storm to join the Beatles and I replaced him in the band!"*

The Luis Ibáñez painting removed from the van by Paul McCartney, George Harrison and Ringo Starr and photographed by Astrid

Kirchherr, was purchased by the owner of the Tenerife Playa Hotel because it showed the view of Puerto de La Cruz as seen from the hotel entrance. A few years later that same person got in touch with Luis Ibáñez, who had moved to Lanzarote in the meantime, and told him that they wanted to completely revamp that part of the town.

Could Luis Ibáñez invite César Manrique over to see if he could come up with an idea to completely renovate the entire area. This resulted in Lago Martiánez, a Manrique-designed pool complex with 7 pools and a huge artificial lake with slides, sun terraces, bars, restaurants and ice-cream kiosks which has become a major tourist attraction in Puerto de la Cruz.

5.9. Culture and celebrities

Connections between Britain and the Canaries in the world of cinema and music were also established. In 1965, British director Don Chaffey produced the film *One Million Years B.C.* starring Raquel Welch in Tenerife and Lanzarote. The photo of the star in her ragged fur-skin bikini at the Green Lagoon is still on sale at $25 more than 50 years later and is among the most sought after posters in movie history. Legions of British cinema fans were introduced to the unique volcanic landscapes of Tenerife and Lanzarote as well as the golden sands of Papagayo for the very first time. In 1984, BBC TV filmed four episodes of the cult classic *Doctor Who* series in the Canary Islands with Jon Pertwee in the title role and a further episode twenty years later.

The presence of two of the world's greatest groups in the Canaries, the Beatles in 1963, and U2 in 1991, also contributed to cementing the connection. The Beatles are mentioned in an earlier chapter and Irish supergroup U2 spent a short holiday on Lanzarote in 1991 followed by a visit to the Tenerife Carnival, photos of which were used in their *Achtung Baby* CD.

In 1986, Lanzarote artist Ildefonso Aguilar conceived the idea of a Visual Music Festival in the unique underground theatre at Jameos del Agua with the aim of featuring ambiental music in the environmentally-protected setting of the Volcanic Isle. He invited British artist

Brian Eno to launch the concept with his group performing the first concert which immediately attracted international attention. Shortly afterward, Eno returned to the island to mount one of his very first installations in Europe in the Cueva de los Verdes.

WOMAD, the World of Music and Dance, was founded in 1980 by English rock musician Peter Gabriel, founder member of Genesis. The idea was to give a series of concerts which brought together musical styles from all over the world especially fusing together the fresh and vibrating rhythms of African percussion to complement European pop and rock. By 1993, the World of Music and Dance found its way to Las Palmas attracting some of the most talented artists from both continents to the annual event.

British eco-sculptor Jason deCaires Taylor, created the first underwater sculpture park in Europe and the Atlantic Ocean which opened in January 2017. The Museo Atlántico is located in the clear blue waters off the southern coast of Lanzarote at Playa Blanca, the unique permanent installation is constructed 14 m. below the surface and is accessible to snorkellers and divers. The opening was highly lauded by the national and international media receiving over 141 pieces of major coverage.

Jason de Caires Taylor integrated his skills as a conservationist, underwater photographer and scuba diving instructor to produce unique installations that encourage the habitation and growth of corals and marine life which are described by Forbes magazine as "One of the world's major attractions". In 2014, american magazine Foreign Policy included this British eco-sculptor in their special issue showing their choice of the Top 100 Global Thinkers, in the artist category.

5.10. Report about commerce by Peter J. Nevitt

Peter J. Nevitt was British Consul at Las Palmas from 1990-2006 having been Commercial Attaché for all the Canary Islands since 1986. He wrote the following report about how the first Anglo-Canarian pioneers of commerce are remembered as well as a report on trade between the UK and Canaries over that period.

"Thomas Miller and Alfred L. Jones both have streets named for them in Las Palmas, and an industrial estate is called Miller Bajo, (i.e. Lower Miller). Edificio Miller, a former warehouse is now the venue for Town Hall charitable and cultural events. The Elder Dempster Building in Santa Catalina Square now houses the Science Museum and a district in the town of Vecindario is named for the Yeowards. The Anglo Canarians also installed the city's first power plant and water supply. Las Palmas is now the fifth most important port in Spain.'

(...)

When I took up the post of Commercial Attaché in 1986 British annual exports to the Canaries totalled £35,000,000 which went up to £70,000,000 after my first year. I still visit 400 stores a year promoting British products which now reach a volume of £200,000,000 annually: 20% foodstuffs, 20% alcohol, 20% metal sector, cars, tools... and 40% general merchandise. In 2005 the Canaries exported £60,000,000 of agricultural products to the UK, which absorbs 50% of their entire export market, the rest goes to Rotterdam for distribution throughout Europe.

(...)

The great steamship companies, who beforehand were solely engaged in carrying cargo to and from British possessions on the coast of Africa and South Africa and would only call in at the Canaries to take on coal, began carrying passengers who wanted to vacation there and whose numbers increased in leaps and bounds. New inter-insular steamers, with upgraded services, rendered outlying islands such as Lanzarote accessible".

5.11. Evolution of British Tourism

Without doubt, the spark that ignited the interest of the man on the street in Victorian England to go on holiday to the Canary Islands can be traced back to the book by Olivia Stone published in 1887, described in detail in a previous chapter. Within two years, the British had built the Santa Catalina Hotel at Las Palmas as well as opened others on Grand Canary and Tenerife. In tandem, shipping lines operating between the UK and South Africa began carrying passengers to the

Canaries, as well as introducing cruises round the archipelago. Among them, the Yeoward Line who in 1903 advertised *"Holiday Cruises to the Canary Islands and other destinations for 16 days for 21 Guineas."*

This trickle of passengers on cargo ship holidays was the forerunner of mass tourism which started playing a major role in the economic life of the Canary Islands in the second half of the 20th century. Tour operators began organising holidays for a large number of Britons to Tenerife and Grand Canary in the 1960s and 70s followed by Lanzarote and Fuerteventura in the 1980s and 90s.

British tourists who visited the Canary Islands 1980-1985

Year	Tourists
1980	410.115
1982	478.569
1983	564.798
1984	788.365
1985	860.500

Source: CEDOC: *Estadísticas básicas de Canarias 1980-1985*.

Number of British tourist who entered the Canary Islands 1987-1992

Year	Tourists
1987	1.330.304
1988	1.498.711
1989	1.496.146
1990	1.448.928
1991	1.571.017
1992	1.734.887

Source: CEDOC: *Estadísticas básicas de Canarias 1987-1992*.

Number of travelers arriving from British airports to the Canary Islands 1993-2000

Year	Tourists
1993	2.272.236
1994	2.736.487
1995	2.725.553
1996	2.562.352
1997	2.776.244
1998	3.296.080
1999	3.519.775
2000	3.720.051

Source: ISTAC (www.gobiernodecanarias.org).

5.12. Topham, a long Irish saga in Lanzarote

Guillermo Topham, one of the Lanzarote's most famous journalists, is descended from Anglo-Irishman William Topham who emigrated to Lanzarote from County Cork in Ireland in 1814. Establishing himself as a successful merchant, Topham was considered one of the leading figures in modernising the Arrecife of those days, who married into one of the island's most prominent families by which time William's name was converted into Guillermo.

One of his sons, Juan (John), was appointed the very first British Consul to Lanzarote, who met with two famous English authors who feature in this book, Olivia Stone in 1883-84 and John Whitford in 1889. He provided both with information on the island's most interesting tourist attractions.

William Topham's grandson, Guillermo Topham, began working as a journalist in 1941, pleaded the cause of Lanzarote in the regional and national press. He founded Lanzarote's first newspaper Antena in 1953 and devoted a large part of his energy and editorial space towards encouraging quality tourism for the island almost two decades before the arrival of mass tourism. One of his earliest reports referred to the island being full up with visitors, when all rooms of the Parador Hotel on the Arrecife sea-front – the only one on the island - were occupied. During his fifty-six year journalistic career, writing for regional and local papers and magazines, Guillermo Topham received numerous awards including 18 from the Efe agency, the Spanish equivalent of Reuters. He was also awarded the Gold Prize of the Canary Government and was named a Favourite Son of Arrecife, his native town, who also named a street for him. In 1997, at the age of 81, Guillermo Topham was named Official Chronicler of Lanzarote by the Cabildo Island Government. He died three years later in July 2000, greatly mourned as the pioneer of local journalism on Lanzarote and grandson of a British Consul.

6. 21TH CENTURY

6.1. Travellers and Explorers in the Canaries Throughout History

Tenerife author and historian Nicolás González Lemus was the literary trailblazer on the subject of British travellers and explorers in the Canary Islands throughout history. Rarely has a writer of distinction combined didactic, academic and economic studies in tandem with works on Agatha Christie and the visit of the Beatles to Tenerife on the last holiday of their lives as anonymous tourists. He also published acclaimed books on both British icons as well as a 50th anniversary updated issue on each.

Nicolás Lemus, who is currently a lecturer at La Laguna University, Tenerife, is a Doctor of Geography and History who graduated in Philosophy and the Arts. He is also a member of the Royal Historical Society and the Royal Geographical Society of Great Britain and of the prestigious Hakluyt Society.

The works of Nicolás Lemus were among the sources of our chapter devoted to the Anglo Canarian Pioneers of Commerce in the Canary Islands in the 19th and 20th centuries. One of the more than thirty publications of this prodigious author contains the names of every Briton of note from every walk of life who has visited the Canaries since the 1600s. Among them, Bertrand Russell, (1930) Winston Churchill, (1959) Richard Burton and Elizabeth Taylor (1956) and Paul McCartney, George Harrison and Ringo Starr (1963).

6.2. David Cameron in Lanzarote

Accompanied by his wife Samantha and their three children they chose to spend their Easter break on the island in both 2014 and 2016. They spent most of their time on the beach surfing and snorkelling besides visiting all the resorts popular among holidaymakers from the

UK, one million of whom holiday on the island annually. They stayed at a rural hotel in San Bartolomé during their first visit and at an hotel in Playa Blanca on the second occasion.

6.3. The Whistling Language of La Gomera declared "Intangible Cultural Heritage of Humanity" by Unesco in 2009

"If you wish to find an Atlantic isle where people talk like the birds you must leave the tourist resorts of the Canary group and steam westwards to Gomera. The whistling language of La Gomera has come down through the centuries from the dark past. It is one of the unknown wonders of human ingenuity." Quote from a book *Islands Time Forgot*, a book by Lawrence Green, following his visit to the island in the late 1950s.

La Gomera is a round volcanic rough island 22.4 kilometres in diameter cut up by wide steep ravines called barrancos with deep gorges ranging from the centre cutting up the terrain in a radial pattern. It is a difficult mountainous country where two points only 500 yards apart as the crow flies may be hours apart if you plan to cover the distance walking. Shepherds on either side of the ravines cannot make themselves heard by shouting across those torrent beds and it takes many hours of climbing and much effort to talk to anyone on the other side.

The harsh terrain has led its people to develop an extraordinary form of whistle speech known as the silbo Gomero whose clear tones may be understood at a distance of three miles. Like all languages, this must have started with the expression of only the most basic thoughts but eventually became so elaborate that anything which can be said in Spanish can also be whistled. Its origins date back to the pre-Hispanic ancient inhabitants of the Canaries, the Guanches.

Eminent Canarian anthropologist Herbert Nowak says that the Gomerian whistle-speech, silbo Gomero, translates the spoken word into whistling, and is, therefore, not a code of whistled sounds. There are clear whistled sounds for each of the vowels a, e, i, o and u whereas the sounds of the consonants are transitional. Every word can be translated into whistles, but the ears of those listening are accustomed to words used in ordinary everyday conversation only and not to elaborate conversation and unusual words. In favourable weather conditions the sounds can be heard over three to four kilometres.

According to Nowak, there are different methods of producing the whistled sounds: by one finger or the knuckle of a bent finger, by two fingers or by mouth without using any fingers. Sometimes cupped hands are used as a mouthpiece.

The "silbo" of La Gomera originated from the era of ancient pre-Hispanic inhabitants of the islands, the Guanches. According to a document relating to the murder of the first Count of La Gomera, his locally-born mistress had warned him that she had overheard conspirators talking in whistle language plotting his murder.

For centuries the whistle was the principle form of communication among farmers and shepherds but it fell into disuse in the 1960s when only a handful of shepherds still knew how to communicate with it. Some historians claim that General Franco's administrators on the island discouraged its use, because they could not understand what people were saying.

In the late 1990s, because of the danger of this form of language being lost forever, the Canarian Government made the Gomera Whistle a compulsory subject in all the island's schools. Although globally, other whistled languages do exist, as in Alaska for instance, the Silbo Gomero is the only one that is fully developed and 'spoken' by a large community. More than 22,000 inhabitants of La Gomera practise the language which is used regularly on public occasions. Because of this, in 2009, Unesco declared the Silbo Gomero "An Intangible Cultural Heritage of Humanity."

Author Lawrence Green experienced some excellent examples of how the whistle was a necessary requisite of everyday life at the time of his visit in the late 1950s. In practical terms it served as a cell phone some four decades before its invention and before outlying areas even had fixed line telephone connections.

First of all, Green was treated to a simple demonstration by his interpreter inviting him to select any passer-by on the street and ask them to whistle a message to someone else. He chose a small girl who was told to whistle the name Antonio Evaristo which she did with *"low clear notes like the voice of a nightingale."* A long way down the road a man turned round and shot out his right arm to show that he had heard. That was the invariable method; the name of the person who is wanted, and the recognition signal.

Down in the town there was a plant which pumped water up the plateau to irrigate tomato and banana plantations. It was an intricate system but every detail of the plan was controlled by messages whistled between the pumping station and the plateau.

In a restaurant, a waitress whistled customer's orders to the cook in the kitchen, every course from potato soup to pancakes in sweet sauce. My friends told me she could even tell the cook how each customer wished to have his eggs done.

Parents whistle messages to their children on this island, and every baby responds to a silbo name before the age of one. Children learn to whistle messages as naturally as they whistle tunes. It comes to them like a normal speech and you can recognise a person's whistle in the same way you know a person's voice.

Fishermen whistle from boat to boat, passing on information about the tunny shoals and their catches. When ships are being loaded in the island anchorages, all the working arrangements are made by whistle messages. This is especially valuable at those loading places along the coast, such as Hermigua, where the shore is so steep that an iron structure has to be used with a cradle for lowering passengers and freight into open boats.

At a time when many parts of La Gomera had no telephone connections, "silbo" whistlers were saving lives in medical emergencies. Once a doctor was urgently needed at the fishing station of Cantera which lies isolated by precipices in a bay in the south of the island and can only be easily by reached by sea. Within six minutes a doctor in San Sebastián, the capital, knew that he was wanted at Cantera, and had details of the symptoms. Five men, fishermen and shepherds, had relayed the message in daylight along about nine kilometres of coast.

Green tells an interesting story about André Classe, lecturer in phonetics at Glasgow University. He spent three months in Gomera and in that time he and his wife were able to master the elements of the silbo gomero. Classe was considered the leading authority on the language outside the island whose papers on the subject were published in several journals including Archivum Linguisticum, the Scientific American and the New Scientist.

The couple had a weird experience in an uninhabited area of forest in the mountains when they suddenly heard Spanish names being whistled close at hand – *Felipe! Alfonso! Federico! María de los Angeles.* They were absolutely baffled until André Classe traced the whistling to the black birds, fine song-birds which were imitating the human calls they so often heard!

Before departing, Lawrence Green wrote the following anecdote, to recall the supporting role La Gomera had played in global history: *"I remembered that the little girl who had whistled to Antonio Evaristo, had stood outside the house in which Christopher Columbus had slept on his last night in the old World World before setting sail on his greatest voyage. Certainly the voyages of the Santa Maria, the Pinta and La Niña, would have been reported round the island in whistle language. And much more (...) the love affair of Columbus and Beatriz de Bobadilla, a widow and governor of the island....the loading of the ships of Columbus with calves and goats, sheep and pigs, fowls and fruit.... And some time later, when La Gomera sugar cane transformed the economy of the West Indies".*

6.4. Arrivals of passengers

Number of travelers arriving from British airports to the Canary Islands 2001-2017

	Lanzarote	Fuerte-ventura	Gran Canaria	Tenerife	CANARIAS
2001	850.174	421.232	828.486	1.839.085	3.944.338
2002	875.346	426.585	811.461	1.847.862	3.958.355
2003	926.284	451.986	830.176	1.847.862	4.061.229
2004	915.800	434.234	761.071	1.764.939	3.880.576
2005	862.330	395.916	673.143	1.697.246	3.631.588
2006	859.881	413.355	657.131	1.711.240	3.641.634
2007	814.283	394.924	666.362	1.596.850	3.641.634
2008	823.131	388.738	601.560	1.524.614	3.355.973
2009	708.348	314.021	457.767	1.337.365	2.831.689
2010	813.171	9405.237	511.872	1.442.736	3.187.891
2011	906.251	487.523	539.545	1.679.878	3.625.403
2012	903.316	422.197	520.822	1.645.612	3.509.983
2013	973.354	424.760	536.281	1.718.816	3.667.380
2014	1.117.699	514.837	586.411	1.866.709	4.102.141
2015	1.162.430	572.564	633.116	1.885.027	4.277.020
2016	1.306.266	668.010	823.326	2.228.811	5.054.105

Source: ISTAC (www.gobiernodecanarias.org).

In 2017, a record 16 million visitors from all over Europe holidayed in the Canaries, of whom 5,5 million were British, the highest number ever.

It is of interest to note that in the year 2016, 17 million Britons went on holiday to resorts all over Spain (including the Canaries). 82% were repeat visitors and 40% had enjoyed a minimum of 7 holidays in Spain.

6.5. Will Brexit Effect the Holiday Market?

The World Travel Market, WTM, held in London in November 2016, was attended by 50,000 international tourist industry professionals and exhibitors from 182 countries and regions. This event provided the first opportunity to ascertain whether the decision by the people of Britain in the June referendum to exit the European Union would have a negative effect on tourism from the UK to the Canary Islands.

The matter was of grave concern for the Canarian economy as 36% of the region's entire workforce, composed of 280,000 people, is employed in the tourist industry and the decision to leave could threaten many jobs. In addition is the amount of money generated by tourism from Britain. On Lanzarote, for instance the figure was 1,000 million Euros in the year 2015 besides the amount holidaymakers spend during their visit as the British spend more freely than tourists from most other countries. Any major decline in visitor numbers would have a serious effect on the local economy.

According to ABTA, the UK's largest British travel agents' association whose members sell 32 billion pounds sterling worth of holidays each year, Brexit had not affected the Canarian holiday market at all. They announced at the WTM that reservations for British holidays to the Canaries over the next 10 months reflected an annual rise of 17% over the record-breaking year of 2016. In addition, all major airlines had increased their seating capacity to the Canaries.

6.6. British residents in the Canary Islands

British residents in the Canary Islands 2001-2017

	Lanzarote	Fuerte-ventura	Gran Canaria	Tenerife	CANARIAS
2001	2.133	471	1.589	9.090	13.598
2002	2.696	662	1.286	11.088	16.688
2003	3.201	954	2.209	13.119	19.869
2004	3.281	1.251	1.857	13.809	20.526
2005	4.091	1.782	2.309	16.466	25.013
2006	5.069	2.533	2.876	18.987	29.912
2007	5.909	3.056	3.398	20.988	33.817
2008	6.853	3.649	3.844	23.054	37.937
2009	7.439	4.019	4.130	24.635	40.542
2010	7.761	4.335	4.362	25.448	42.542
2011	8.026	4.621	4.505	24.065	41.878
2012	7.918	5.006	4.706	24.808	43.100
2013	7.566	5.365	3.973	23.723	41.171
2014	6.223	4.577	3.794	17.317	32.341
2015	6.176	3.963	3.200	15.483	29.233
2016	5.954	3.447	2.803	14.758	27.349

Source: ISTAC (www.gobiernodecanarias.org).

7. THE CANARY ISLANDS AND THE UNITED STATES OF AMERICA

7.1. The Founding of San Antonio (Texas, 1731)

One hour before noon on 9 March 1731, fifty-six travel-weary men, women and children from the Canary Islands arrived at a Spanish frontier mission fortress called Presidio San Antonio de Bexar in Texas. They had been underway for more than a year to arrive at a location where they were making history as the very first settlers to establish a civilian township in the State of Texas. Known as the 16 Founder Families, their names were: Juan Leal Goraz, Juan Curbelo, Juan Leal Jr., Antonio Santos, Joseph Padrón, Manuel de Niz, Vicente Álvaro Travieso, Salvador Rodríguez, Francisco Arrocha, Antonio Rodríguez, Joseph Leal, Juan Delgado, Joseph Cabrera, María Robayna de Bethencourt Delgado, Mariana Meliano and Joseph Antonio Pérez Casanova.

The majority of the emigrants, forty-four, were from Lanzarote. This was because the leader of the party, Juan Leal Goraz, born in Teguise and member of the Cabildo General of the island at the time, had been given the task of assembling a group of prospective emigrants to the New World by the Captain General of the Canary Islands on behalf of the king of Spain.

The other members of the party hailed from Tenerife, Gran Canaria, La Palma and Fuerteventura. As a major colonial power on the American continent in the 18th century, Spain encouraged its citizens to emigrate and settle there in order to strengthen the borders of their territories known as Nueva España -New Spain, now known as North America.

Besides the personal items they carried with them they took a large amount of "gofio" cereal, this is maize first roasted then toasted which has been a food staple in the Islands since pre-Hispanic times and has remained so up until the present day (changing the kind of grain used and the way to process it). Several emigrants carried millstones with them as part of their baggage, one of which is displayed on the wall in a place of honour upon entering the Alamo, with a plaque stating it was brought by the original Canary Islanders in 1731.

They sailed from the Canary Islands to Havana, Cuba where they spent six months before continuing their journey to Vera Cruz, Mexico. From there they embarked on the final stage of their journey, a four month trek accompanied by Spanish soldiers, to what was to become known as San Antonio, Texas. They arrived on 9 March 1731, almost one year to the day after leaving their native isles.

A decade of devastating hurricanes and violent storms beginning in 1720 completely devastated the crops throughout the Canary Islands. The eastern islands of Lanzarote and Fuerteventura were worst hit as they underwent several years of drought which brought starvation and death in its wake. In order to alleviate the suffering of his fellow islanders, Juan Leal Goraz, went to Tenerife to plead for help from the Captain General of the Islands.

His visit coincided with a request from King Philip V of Spain to send four hundred families from the Canary Islands to settle in the Spanish colony of Texas in "Nueva España," New Spain. They were needed in order to establish a permanent Spanish presence in the face of repeated incursions by the French from neighbouring Louisiana who sought to force Spain to withdraw from the territory. The Spanish military believed that setting up civil population centres would signal their resolute intention to remain in Texas.

The place at which the sixteen Canary Island families arrived on that March morning was just a small village on the banks of the San Antonio River. It was inhabited by thirty-eight soldiers and their families, and more than 250 Indians, mainly from the Coahuiltecan Tribe who lived at Mission San Antonio de Valero. Franciscan padres were in charge of the work and religious training of the Indians at this and two other missions.

San Antonio had received its name in 1691 during an expedition led by Domingo Terán de los Ríos, the first governor of the Province of Texas. A diarist wrote, 'On this day, June 13, we found at this place a village of the Indians of the Papaya Nation who called the river Yanagua meaning "clear water." As it was the feast day of San Antonio de Padua I named the area San Antonio.' The Texas were an indigenous Indian group whom early Spaniards called by the native's own word meaning "friends."

Soon after the Islanders arrived, an officer inventoried and re-distributed all the equipment and supplies they had received on the journey. He lodged the families in the best homes of the soldiers and gave instructions for the care of the livestock they had brought with them including horses, cows, sheep and goats. Each person would be given four reales (about 50 cents) per day for one year and be supplied with meat, flour and corn and the necessary seed until they would be able to grow and harvest their own crops. They would also be provided with oxen to plough the fields. During the next few days they planted as much as they could to supply food. Corn, beans, barley, cotton, peppers, melons, watermelons, pumpkins, as well as fruit and grape cuttings.

Eight months after the settlers arrived they were each made an 'hidalgo', a member of the nobility, by the Marquis de Casafuerte, Captain General of New Spain in the name of the King. The Royal Proclamation states that as a reward for founding a settlement overseas every emigrant, and their descendants, would be known as land-holding nobles *"with all the honours and prerogatives that all landed nobles and knights of these kingdoms of Castilla should have and enjoy, according to the laws and privileges of Spain."*

A special mass is held annually at San Fernando Cathedral on a Sunday during the week of the 9th of March by the Canary Islands Descendants Association to commemorate the arrival of their ancestors. San Fernando, built by Canary Islanders in 1738 is the oldest Catholic place of worship in continual use in the whole of the United States of America.

Dorothy Pérez of San Antonio, Texas, has supplied a wealth of information about Lanzarote's historic links with her native city for many years. It all began when Teguise Town Hall published a book about fifty-six Canary Islanders who emigrated in 1730 and founded the first civil settlement in Texas, which was a colony of Spain at the time. Upon reading the work the author of this book realised that the vast majority, forty-four, hailed from Lanzarote, including their leader Juan Leal Goraz who was to become the first ever mayor of San Antonio. Nine of the first thirteen mayors of San Antonio were Lanzarote descendants.

It was important to find out whether anyone descended from the original Lanzarote emigrants still lived in San Antonio and discovered that there was an organisation called the Canary Islands Descendants Association to whom the writer of this work wrote a letter. In answer to our enquiry, their president, Dorothy Pérez, wrote, *"When I received your letter, sunshine entered my life. I am from Lanzarote and am a direct descendant of Juan Curbelo and Juan Delgado who were councilors at Teguise before leaving the Canary Islands. Yours is the very first communication my family has received from our native isle in over 260 years."* One of the ancestors, Juan Curbelo, was to become a Lieutenant Governor of Texas.

Dorothy was a genealogist who researched the family history of each person wishing to become a member of the Canary Islands Descendents Association, (CIDA), and her brother Ruben has researched and published important historical details of the descendants. Because of their ancestors' active participation in establishing the independence of the United States of America, both are members of the "Sons and Daughters of the American Revolution" and the "Sons and Daughters of the Republic of Texas" among other organisations.

"When I was at school," Dorothy recalls, *"my mother and I would pick up my father from work at the post office directly across the street from the Alamo building. He would always say, 'Over there is where your great-great grandmother and great grandfather were during the Battle of the Alamo."*

On 23 February 1836, Mexican General Santa Anna and his army of 1,500 professional soldiers began the siege of the Alamo. Although hopelessly outnumbered, the group of 157 ill-equipped volunteers prepared to give their lives rather than surrender their position, as the Alamo was the key to the defence of Texas. Their commander, William B. Travis, desperately sent out couriers to other communities carrying pleas for help, two of whom were caught and slain by the Mexicans as they tried to smuggle themselves through the lines. Both were Canary Islands descendents whose names are commemorated on the Alamo Cenotaph together with all other defenders who lost their lives.

On the eighth day of the siege, a band of 32 volunteers from the settlement of González arrived, bringing the total number of defenders to 189. With the possibility of additional help fading and hearing the dreaded "degüello" (throat-cutting) call by Mexican Army buglers signalling that the defenders of the garrison would receive no quarter, Colonel Travis drew a line on the ground and asked every man willing to stay and fight, to step over it. With but one exception, they all did although they knew they were facing almost certain death. All were heroes although nowadays most people only remember the names of Jim Bowie, who was slain whilst lying severely ill on a cot, and Davy Crockett.

The final assault came before day break on the morning of 6 March, as columns of Mexican soldiers emerged from the predawn darkness and headed for The Alamo's walls but the defenders repelled several attacks with cannon and small arms fire. Regrouping, the Mexicans scaled the walls and having blasted open the barricaded doors with a captured cannon, they rushed into the compound. The desperate struggle continued until the outnumbered defenders were completely overwhelmed. By sunrise, the battle had ended and Santa Anna surveyed the scene of his victory at a cost of 600 men killed or wounded. He had lost almost one third of his entire army fighting a group of less than 200 untrained volunteers.

In the following month on 21 April, the Mexican Army was defeated at the Battle of San Jacinto by a force half their size under the command of General Sam Houston spurred on by the battle cry "Remember the Alamo." The Alamo continues to symbolise an heroic struggle against impossible odds – where men made the ultimate sacrifice for the sake of freedom. In 1845, nine years after the Battle of the Alamo, Texas was elected the 28th member of the United States of America.

Six direct ancestors of Dorothy Pérez and her brother Ruben Pérez, were present at the Battle of the Alamo in 1836. Among the women and children they are related to, whose lives were spared after one of the most famous battles in American history: Juana Navarro Pérez – the daughter of the Vice President of Texas, whose step-sister was married to James Bowie (of Bowie-knife fame) and Dorothy's great grandfather, 11 month old Alejo E. Pérez, the youngest to survive.

Ruben and Dorothy Pérez gave an account of the first Women and Children of the Alamo Descendants' meeting in 1995. Their father who was the grandson of Alejo E. Pérez had touched history as the very last person in San Antonio to have personally had contact with an Alamo survivor. In 1998, after many years of campaigning by Dorothy and Ruben, the Texas Historical Commission designated the grave of their great grandfather a "Site of Historic Interest." When Lanzarote descendant Alejo E. Pérez passed away in 1918 he was the last known survivor of the Battle of the Alamo.

Since contact was established with the descendants over 20 years ago many members of the Descendants Association have visited Lanzarote, some on several occasions. They have also arranged that the history and culture of the Canary Islands be included in the syllabus of schools and universities.

7.2. The Canary Islanders of Louisiana

In 1976, local historian and educator Frank Fernández, of Tenerife heritage, and Joseph Chilito Campos, of Lanzarote heritage, were concerned that the younger generation of St Bernard Parish knew very little of their roots and origins and practically nothing of the Spanish language. To avoid the danger of the ancient traditions dying out completely, they decided to counter the problem by founding Los Isleños Heritage and Culture Society, an organisation dedicated to preserving the heritage and traditions of the Canary Islands. Benefactors donated two family homes to house a Museum and Library which now form part of Jean Lafitte National Park and is jointly managed by the Louisiana Department of Culture and Los Isleños.

Thanks to the initiative of Frank Fernandez and Chilito Campos, more than two centuries after their ancestors emigrated to Louisiana from the Canary Islands, the Isleños (Islanders) are alive and well and flourishing. On the lawn outside their museum stands a wooden board with the names of the ships that carried them and the dates of their arrival in the New World: Sacramento; San Ignacio de Loyola; La Victoria; San Juan Nepomuceno; La Santa Faz; El Sagrado Corazón de Jesús; Margarita and Trinidad.

The church records of St Bernard, Louisiana state that Francisco Campos from Lanzarote, Canary Islands, was a native of this parish and died November 4 1813. He was the grandfather of Joseph Chilito

Campos who was the co-founder of Los Isleños, On 28 July 1783, his forebears sailed from Santa Cruz, Tenerife on the frigate Margarita. This was almost 50 years after the eruptions of the Fire Mountains, 1730-1736.

Around 40,000 people in the metropolitan area of New Orleans –the vast majority of who live in St Bernard– trace their ancestry back to the original Canarian settlers. Since their arrival in 1789, many of the Isleño community have risen to prominence in politics, the law, public administration, commerce and other fields both in their native state and nationally.

At the beginning of the 20th century, Albert Estiponal was Lieutenant Governor of Louisiana and Billy Tauzin, also of Canarian descent, was a former Chairman of the United States House of Representatives.

When they first arrived from the Canary Islands the new settlers cultivated sugar cane and took up fishing. By the turn of the 19th century several thriving Isleño communities were supplying New Orleans restaurants with a seemingly inexhaustible supply of shrimp, fish and crabs. Trapping of fur-bearing animals, which had always been important to Louisiana, became a particularly important occupation for the Isleños.

Before World War Two, the marshes of St Bernard Parish were nationally recognised for their abundance of minks, muskrat and other fur-bearing animals, all of which produced pelts which were highly prized in the manufacture of coats and clothing. Many enjoyed new prosperity as furs were a multi-million dollar industry in Louisiana. Hunting was another important occupation of the Canary Islanders who supplied a commercial market in New Orleans with game, particularly duck.

The Isleños of St Bernard hold a fiesta on the grounds of their museum lasting several days at which descendants and the general public are invited. Guests participate in the pastimes and customs of the original inhabitants ranging from cuisine to folklore singing and dancing dressed in the original native costumes of their native islands.

Isleños demonstrate some of the crafts their ancestors had practised in their day to day lives in the marshlands of south Louisiana. Some of these skills have been handed down from generation to generation as trapping and hunting and the preparation of animal pelts; carving decoy ducks and duck calling contests which were originally used to lure unsuspecting wild fowl into the hunter's nets.

Another traditional craft was boatbuilding, especially the pirogue, a rowing boat with a flat bottom which could enter the shallow waters of the marshes. One such pirogue is assembled each year in full sight of the spectators and the finished vessel is auctioned off on behalf of the Isleños Society's maintenance fund.

Other traditional arts and crafts include quilting, rosette embroidery, Tenerife lace making, and palmetto palm leaf weaving. Also moss gathering, which had been a local cottage industry, the moss being sold to furniture makers for stuffing upholstery. Canarian cuisine, a la Louisiana, is also represented by demonstrations of various foods and at cooking contest for jambalaya, a local version of paella, and the typical Canarian "caldo" soup.

Among home remedies for ailments handed through the generations from times when doctors were rare in this part of the world come the following from Lanzarote descendent Celie Robin: 'a sliced onion under the foot covered with a sock will bring down fever;' 'rub a clove of garlic on your exposed skin when fishing or in the garden to repel insects;' 'slice a lemon and hold in place with a bandage on a hard corn, and leave for several days.'

At a recent fiesta, one member of Los Isleños who teaches youngsters wood carving and boat building, was asked why he joined the organisation. His response was, 'We owe something to the old folks who brought us here so many years ago and gave us everything we've got today. Let's repay them by teaching the younger generation all about their origins. That's why I joined Los Isleños and I'm very proud of what I do.'

8. ACKNOWLEDGMENTS

A very special thank you to historian and author, D. Agustín Pallarés, for introducing me to the most important sources of Canarian culture and history when my research began over 30 years ago.

Additional thanks to D. Francisco Delgado Hernández, Town Historian of Teguise, architectural designer D. Luis Ibáñez, artist D. Santiago Alemán and autor Félix Martín Hormiga.

In the chapter of Canarian Descendents San Antonio Texas, thanks to Dorothy Pérez, the late John Leal, Bexar County Archivist and historian; Dr Alfonso Chiscano for his friendship and help over the past two decades.

In the chapter of The Canary Islanders of Louisiana, thanks to former resident, Joan Philips and historian William "Bill" Hyland de Marigny.

Thanks to the late Professor Vivian Pinto, London University and Chris Johnson of Bath for help with their research in UK reference libraries especially on Canary wines in the works of Shakespeare.

My thanks to César Manrique for the privilege of seeing Lanzarote through his eyes right from the start.

9. BIBLIOGRAPHY AND ARCHIVES / BIBLIOGRAFÍA Y ARCHIVOS

Bibliography / Bibliografía

-Álvarez Rixo, José Agustín (1982): *Historia del Puerto del Arrecife*. Aula de Cultura del Cabildo de Tenerife. Santa Cruz de Tenerife.
-Bannerman, David (1922): *Natural History of the Canary Islands*, Gurney and Jackson, London.
-Bethencourt Massieu, Antonio (1992) et al: *Ataques ingleses contra Fuerteventura 1740*. Cabildo Insular de Fuerteventura. Puerto del Rosario.
-Churchill, Winston (1949): *Memoirs of the Second World War*. Houghton Mifflin, London.
-Cioranescu, Alejandro (1986): *Le Canarien*. Manuscritos originales B y G. Introducción y traducción, Aula de Cultura del Cabildo Insular de Tenerife. Santa Cruz de Tenerife.
Cólogan Soriano, Carlos (2014): *Ataque naval en las islas Canarias. Un corsario al servicio de Benjamin Franklin,* Gaviño de Franchy editores. Santa Cruz de Tenerife.
-Classe, André, *Scientific American*, April 1957; *New Scientist* January 1958
-Curbelo Fuentes, Armando (1990): *Fundación de San Antonio de Texas*, Ayuntamiento de Teguise. Madrid.
-Davies, Peter N. (1990): *Fyffes and the Banana. A Centenary History 1888-1988*, Athlone Press. London.
-Díaz-Saavedra de Morales, Nicolás (1988): *Aproximación a la historia del British Club de Las Palmas,* El Museo Canario. Las Palmas de Gran Canaria.
-Din, Gilbert C. (1988): *The Canary Islanders of Louisiana*. Louisiana State University Press. Baton Rouge, Louisiana.
-Du Cane, Florence & Ella (1911): *The Canary Islands*. Adam & Charles Black. London.
-Ellerbeck, J. H. T. (1892): *A Guide to the Canary Islands*, Philip and Sons. London.
-Even, Yann (1963): *The Canary Islands, Mythical, Historical, Present*. Litografía Romero, Santa Cruz de Tenerife.
-Fritsch, Karl von (1866): *A Visit to the Green Cave, Ein Beitrag zur Kentniss Vulkanischer Gebirge,* Justus Perthes, Gotha. English translation by Olivia Stone, *Tenerife and her Six Satellites, Marcus Ward & Co., London, 1887.*
-Glas, George (1764): *The history of the discovery and conquest of the Canary Islands translated from a Spanish manuscript lately found in the island of Palma,*

with an Inquiry into the origin of the ancient inhabitants to which is added a Description of the Canary Islands, including the modern history of the inhabitants, and an account of their manners, customs, trade, &... R and J Dodsley, Pall Mall, and T Durham, the Strand. London.

-Glas, George (1767): *History of the Canary Islands with his life and tragic end on board the Earl of Sandwich of London and the trial and execution of the four assassins.* 2 volumes. D. Chamberlaine, Dame Street, Dublin.

-Glas George (1982): *Descripción de las Islas Canarias,* traducida del inglés por Constantino Aznar de Acevedo. Instituto de Estudios Canarios. La Laguna. 2ª edición.

-Godfrey, John. H (1942): *The Atlantic Islands,* Admiralty Handbooks of the British Naval Intelligence.

-González Lemus, Nicolás (1997): *Comunidad británica y sociedad en Canarias.* Ediciones Edén. Güímar.

-González Lemus, Nicolás (2007): *Agatha Christie en Canarias.* Ediciones Nivaria, Santa Cruz de Tenerife.

-González Lemus, Nicolás (2010): *The Beatles in Tenerife, estancia y Beatlemanía.* Ediciones Nivaria, Santa Cruz de Tenerife.

-Green, Lawrence G. (1962): *Islands Time Forgot.* Putnam and Company. London.

-Harlow, V.T. (ed) (1932): *Raleigh's Last Voyage in 1617,* Argonaut Press. London.

-Jennings, Frank W. (1998): *San Antonio – The Story of an Enchanted City,* San Antonio Express-News. San Antonio, Texas.

-Licata, Alfonso (2012): *Lanzarotto Malocello, Dall'Italia alle Canarie*, Ministerio della Difesa. Roma.

-Markham, Clements (1907): *The Guanches of Tenerife.* Hakluyt Society. London.

-Miller, Basil (1990): *Canary Saga: The Miller Family in Las Palmas 1824-1990.* Caledonian Books. London.

-Morales Lezcano, Víctor (1986): *Los ingleses en Canarias,* Gobierno de Canarias. Edirca. Las Palmas.

-Nichols, Thomas (1963): *Una agradable descripción de las Islas Afortunadas de Canarias [1583].* Traducción y edición de Alejandro Cioranescu. Instituto de Estudios Canarios. La Laguna.

-Nowak, Herbert: *Occasional Papers (24),* Royal Anthropological Institute of Great Britain.

-Ortigueira Amor, José A., Poggio Capote, Manuel, Regueira Benítez, Luis, Hernandez Correa, Victor J., Martín Gómez, Daniel, Hernández Martín, Luis Agustín (2015): *La isla de La Palma y Francis Drake*, Cartas Diferentes Ediciones, La Palma.

-Pavillard, Stanley (1960): *Bamboo Doctor.* McMillan & Co. London.

-Pellegrini, Sandro (2000): Lazzarotto *Malocello*: la fama de un mapa náutico, "XIV Coloquio de historia canario-americana", Cabildo de Gran Canaria, ppp.785-799.

-Pérez, Rueben M. (2015): *Forgotten Chapters of the American Revolution, Spain, Gálvez and Isleños.* Privately printed. San Antonio, Texas.
-Reid, John Young (2012): *The Skipping Verger and other tales.* Reidten Publishing, Charleston, South Carolina.
-Rumeu de Armas, Antonio (1945): *Piraterías y ataques navales contra las Islas Canarias.* CSIC. Madrid, 1945.
-Samler Brown, A. (1894): *Madeira and the Canary Islands Practical and Complete Guide for the use of invalids and tourists.* Sampson Low. London.
-Shakespeare, William (1862): *The Complete Works* – Commentary by J. O. Halliwell Member of the Council of the Shakespeare Society. London and New York.
-Shakespeare, William (1894): *The Complete Works* edited by Henry Irving and Frank A. Marshall, Blackie and Son. London and New York.
-Stevenson, Robert Louis (1882): *Treasure Island.* Cassell & Co. London.
-Stone, Olivia (1887): *Tenerife and Its Six Satellites.* Marcus Ward & Co. Ltd. London.
-Torres García, Agustín (1990): *Crónicas históricas de Lanzarote XVIII-XX.* Arrecife.
-Viera y Clavijo, José de (1772): *Noticias de la Historia General de las Islas de Canaria.* Imprenta de Blas Román. Madrid.
- VV.AA. (1986): *Estadísticas básicas de Canarias 1980-1985*, CEDOC, tomo II, Madrid.
- VV.AA. (1993): Estadísticas básicas de Canarias 1987-1992, CEDOC, Bilbao.
-Whitford, John (1890): *The Canary Islands as a winter resort.* E. Stanford. London.
-Wolf, Lucien (ed.) (1923): *Jews in the Canary Islands.* Spottiswoode, Ballantyne & Co. London.
-Yeoward, Eilen (1975): *The Canary Islands,* Arthur H. Stockwell Ltd Ilfracombe, Devon.

Archives / Archivos

-**British Museum Archives**, *Le Canarien* [versión I], traducción de R. C. Major (1872). Egerton Manuscript, *Le Canarien* versión II. Sloane Manuscript 3298, *Voyage of George Clifford*, 3rd Earl of Cumberland.

-**British Library.** Lansdowne Manuscripts. Bibliothecae Lansdownianae. Num 792 folio: A small volume containing 6 items, among them 4. *A brief description of the Canary Islands written about the time of king James I.* fo. 97.

-**National Library of Ireland.**

10. PHOTOGRAPHIC ANNEX / ANEXO GRÁFICO

TENERIFE
AND ITS SIX SATELLITES

OR

The Canary Islands Past and Present

BY

OLIVIA M. STONE

AUTHOR OF "NORWAY IN JUNE"

*WITH MAPS AND ILLUSTRATIONS FROM PHOTOGRAPHS TAKEN BY
J. HARRIS STONE, M.A., F.L.S., F.C.S., BARRISTER-AT-LAW*

HOW WE RODE IN LANZAROTE (*page* 321)

IN TWO VOLUMES

Olivia Stone wrote the first book in history recommending the Canary Islands as a holiday destination. She is seen on camelback during her visit to Lanzarote.

Olivia Stone escribió el primer libro en la historia que recomendaba las Islas Canarias como destino de vacaciones. Imagen de ella en camello durante su visita a Lanzarote.

Engraving of a Guanche burial cave by K. von Fritsch in 1748, from *The Guanches of Tenerife* by Sir Clements Markham.

Grabado de una cueva funeraria guanche por K. von Fritsch en 1748, de *The Guanches of Tenerife* escrito por Sir Clements Markham.

PORTRAIT OF OUR LADY OF CANDELARIA,
BY JUAN PEREZ, 1703.

The Origin and Miracles of La Candelaria, by Alonso Espinosa, Seville, 1594, translated by Sir Clements Markham.

El origen y los milagros de La Candelaria, de Alonso Espinosa, Sevilla, 1594, traducido por Sir Clements Markham.

A Privateer in the Service of Benjamin Franklin. The author of the book is a direct descendent of the Cologán family firm which played a major role in funding the American Revolution.

Un corsario al servicio de Benjamin Franklin. El autor del libro es un descendiente directo de la empresa de la familia Cologán, que jugó un papel importante en la financiación de la Revolución Estadounidense.

Cologán, Pollard and Cooper exported natural dyes and rabbit fur from Lanzarote to London via Tenerife.

Cologán, Pollard y Cooper exportaron tintes naturales y pieles de conejo desde Lanzarote a Londres a través de Tenerife.

The Miller Building in Las Palmas de Gran Canaria (top image), cover of Basil Miller's book about the Miller family (below, left) and portrait of Thomas Miller (bottom, right). The Miller's were well-known exporters of fruit and vegetables to Great Britain.

Edificio Miller de Las Palmas de Gran Canaria (imagen superior), portada del libro de Basil Miller sobre la familia Miller (abajo, a la izquierda) y retrato de Thomas Miller (abajo, a la derecha). Los Miller fueron conocidos empresarios exportadores de frutas y verduras a Gran Bretaña.

ADVERTISEMENTS.

Santa Catalina Hotel,
GRAND CANARY.

The above splendid Hotel, now being erected by an ENGLISH COMPANY, from the Plans of an English Architect,

Will be OPENED for the ACCOMMODATION of VISITORS
FOR THE SEASON OF 1889-90.

The Hotel stands in its own grounds of about twenty acres, besides the sea-shore promenade, within ten minutes' walk of the Landing Stage.

Large Dining and Drawing Rooms, Ladies' Room, Reading and Writing, Billiard and Smoking Rooms, and of the seventy-five Bed and Sitting Rooms, some are arranged specially in suites for families.

EXCELLENT CUISINE & WINES, BOTH NATIVE & FOREIGN, SPECIALLY SELECTED.

HOT and COLD WATER BATHS,
Moderate Tariff, and Special Terms for Families.
ENGLISH, FRENCH, AND SPANISH SPOKEN.

Fine roads; carriages, and horses for riding; beautiful sands, with capital sea-bathing and boating; tennis courts, &c., &c.

Resident English Physician.

English Church Service.

Constant direct communication with England, France, Germany, Italy (Genoa), and Spain. Steam communication between all the Islands. About one hundred steamers call at the Port every month.

Mails to and from England every two or three days.

Telegraphic communication with all parts.

Plans can be seen, full information given, and rooms engaged by telegraph or otherwise, on application to

THE CANARY ISLANDS COMPANY, LTD.,
1, LAURENCE POUNTNEY HILL, LONDON, E.C.

L 2

The opening of the Santa Catalina Hotel was announced in the second edition of Olivia Stone's book printed in 1889.

La apertura del Hotel Santa Catalina fue anunciada en la segunda edición del libro de Olivia Stone, impreso en 1889.

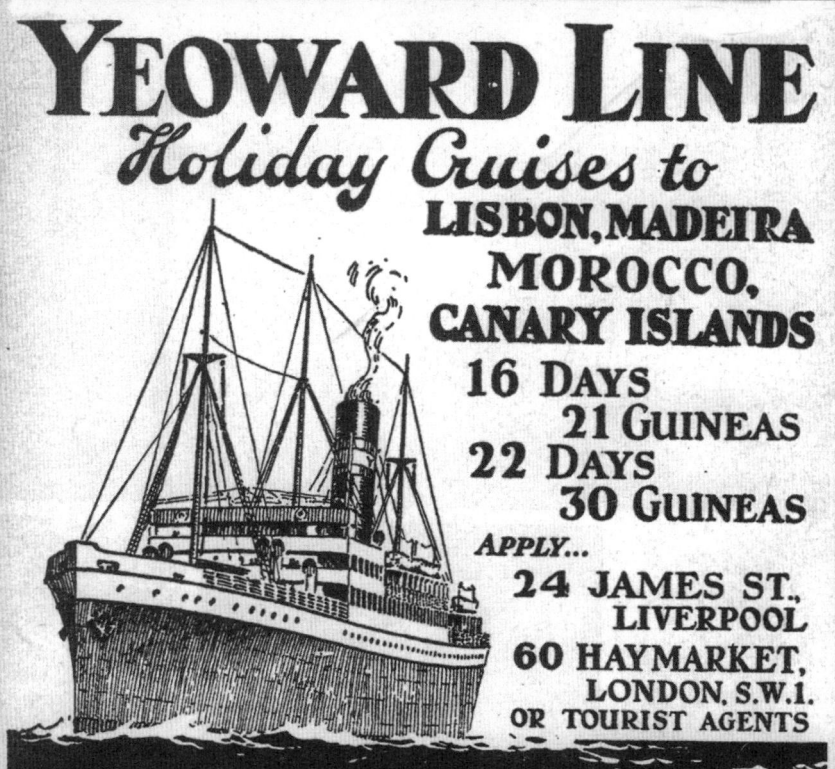

Dated 1903, this was the very first advertisement in history inviting British holidaymakers to visit the Canary Islands.

Con fecha de 1903, este fue el primer anuncio en la historia que invitaba a los turistas británicos a visitar las Islas Canarias.

GUANCHE WORDS.

O-che	Melted butter (*Galindo*).
Ofiac	As? (see Efiai).
Petut	Father? (Sentence 8).
Quebehi	Highness.
Relac	Who? (Sentence 9).
Reste	Protection (Sentences 5, 6, 7).
Rimo	Cripple.
Sabagua } for Zahaña. Sahaña	
Sahec	(Sentence 3.)
Sahur	(Sentence 5.)
Samet. Sanec.	Brother.
Sote	Under (Sentence 9).
T	Thou. Thy.
Th	They.
Ta. To	Superlative.
Tan. Ta	Preterite.
Tabayba	*Euphorbia*.
Tabona	Obsidian knife.
Tagasaste	*Cytisus proliferus (var.)*.
Taginaste	*Echium strictum*.
Tagorar	Assembly (*Espinosa*). The root of Taoro and Orotava.
Tamarco	Coat of skins (*Espinosa*).
Tanaga	He gave up (Sentence 8).
Tara	Barley (*Galindo*).
Taraire. Tagaire	Lofty ridge.
Tea	Pine tree (*Espinosa*).
Teyde	The peak.
Van (for Guan).	
Xarco	Shoe.
Xerax	Sky.
Yacoron	O God (Sentence 4).
Yoya	Juice of Mocan (*Espinosa*).
Zahaña	Vassal.
Zahori	Foreteller of events (*Espinosa*).
Zucasa	Daughter (*Galindo*).
Zonfa	Navel.

The Guanches of Tenerife by Clements Markham, 1907. The work contains 160 guanche words and 9 guanche sentences translated by Markham into English, based on historians Espinosa and Viana.

The Guanches of Tenerife escrito por Clements Markham, 1907. El trabajo contiene 160 palabras y 9 frases de origen guanche traducidas al inglés por Markham, basadas en los historiadores Espinosa y Viana.

THE NINE GUANCHE SENTENCES.

SENTENCE 1.

Alzaxiquian abcana hax xerax . . *Espinosa*
Quian for Guan (son of) (perhaps dog apparition) in the sky.
Zaxi for Sani (brother).

SENTENCE 2.

Zahañat Guayohec . . . *Viana.*
Thy vassal. I live (exist).

SENTENCE 3.

Agonec Acoron in at Zahaña guanac reste Mencey *Viana*
I swear O God to the vassals of the State a protecting Lord.

SENTENCE 4.

Agoñe Yacoron in at Zahaña chaso namet . *Espinosa.*
I swear O God to the vassals on the bone.[1]

SENTENCE 5.

Achoron nun habec sahagua reste guagnat sahur
  O God   the vassals   protection of the state
               (should be Zahaña).

    banot gerage sote . . *Viana.*
    spear   sky   under.
    (for xerax)

SENTENCE 6.

Achit guanoth Mencey reste Bencom *Viana.*
Live thou the State's Lord and protector. O Bencom.

SENTENCE 7.

Guaya echey efiai nasethe sahaña . *Viana.*
Life let live so as to become a vassal.

---

[1] See p. 37.

SENTENCE 8.

Tanaga guayoch Archimencey no haya dir han
Yielded his soul the Noble and native born
    ido sahec chunga petut . . *Viana.*
    fatherless.

SENTENCE 9.

Chucar guayoc Archimencey reste Bencom sanec
Spare the life of the noble protector Bencom's brother,
    van der relac machet Zahaña . *Viana.*
    native born who becomes your vassal.

THE HISTORY

OF THE

DISCOVERY and CONQUEST

OF THE

CANARY ISLANDS:

Translated from a SPANISH MANUSCRIPT, lately found in the Island of PALMA.

WITH AN

ENQUIRY into the ORIGIN of the ANCIENT INHABITANTS.

To which is added,

A Description of the CANARY ISLANDS,

INCLUDING

The MODERN HISTORY of the INHABITANTS,
And an Account of their MANNERS, CUSTOMS, TRADE, &c.

By GEORGE GLAS.

Cover of *The History of the Discovery...* by George Glas, written in 1760, is still a source of reference in high schools and universities.

Portada de The History of the Discovery... de George Glas, obra escrita en 1760 que sigue siendo una fuente de referencia en las escuelas secundarias y universidades.

A bonfire on the Famara cliffs was a signal for family members on La Graciosa. From David Bannerman's book, 1922.

Una hoguera en el risco de Famara era una señal para familiares en La Graciosa. Del libro de David Bannerman, 1922.

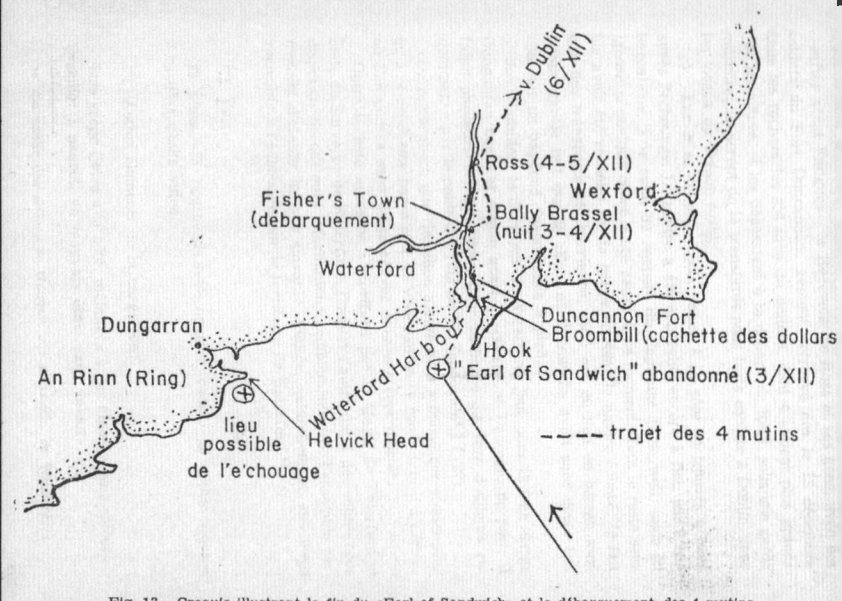

Fig. 13.—Croquis illustrant la fin du «Earl of Sandwich» et le débarquement des 4 mutins.

Sketch of the location off the coast of Ireland where the *Earl of Sandwich* sank, following the murder of George Glas.

Dibujo de la ubicación frente a la costa de Irlanda donde se hundió el *Earl of Sandwich*, tras el asesinato de George Glas.

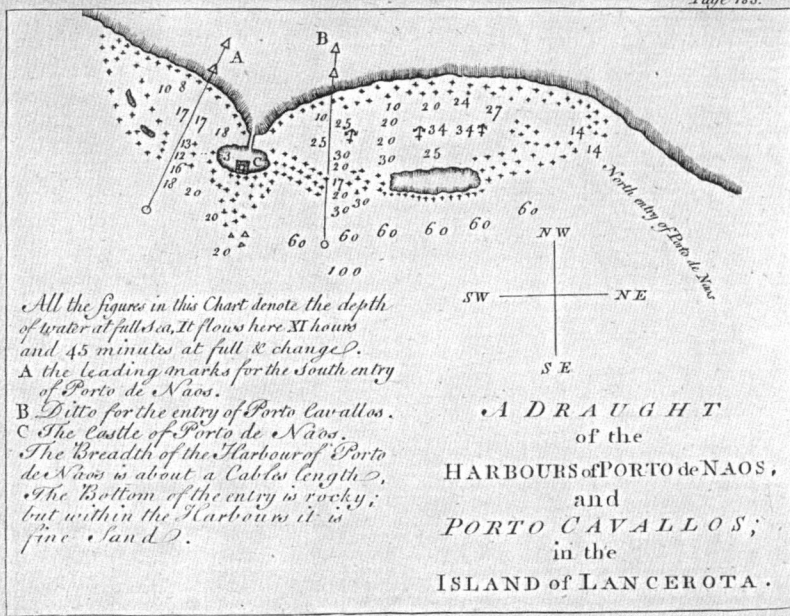

The draught of the entrance to both Arrecife harbours drawn up by George Glas.

El mapa de entrada a los dos puertos de Arrecife elaborado por George Glas.

Canary Descendants parading during Mass in San Fernando Cathedral celebrating the arrival of their ancestors. Photo: Paul Casanova García.

Descendientes canarios desfilando durante la misa en la Catedral de San Fernando celebrando la llegada de sus antepasados. Fotografía: Paul Casanova García.

The grave of the youngest survivor of the Battle of the Alamo, Alejo de la Encarnación Pérez of Lanzarote origin, is recognised as a Site of Historic Interest by the State of Texas.

La tumba del superviviente más joven de la Batalla de El Álamo, Alejo de la Encarnación Pérez, de origen lanzaroteño. Es reconocida como Sitio de Interés Histórico por el Estado de Texas.

Un mar de banderas de Lanzarote en San Antonio, Texas

La ciudad norteamericana celebra el 275º aniversario de su fundación en el año 1731 con actividades que conmemoran la llegada de los canarios que se asentaron en esas tierras

La nueva edición de LANCELOT en inglés contiene un reportaje de 34 hojas en blanco y negro y color sobre la historia de la fundación de la que actualmente es la octava ciudad más grande de los Estados Unidos: San Antonio, en el estado de Texas. De los 56 emigrantes canarios fundadores de la ciudad, 44 procedían de Lanzarote. Los descendientes de aquellos pioneros lanzaroteños enarbolaron las banderas de la isla conejera para recordar a los familiares que pisaron esa tierra por primera vez. La foto de la portada es de una descendiente del primer alcalde de San Antonio, el lanzaroteño Juan Leal Goraz.

Los nombres de las 16 familias fundadoras y sus islas de origen:

Juan Leal Goraz, Lanzarote
Juan Curbelo, Lanzarote
Juan Leal Jr., Lanzarote
Antonio Santos, Lanzarote
José Padrón, Lanzarote
Manuel de Niz, Gran Canaria
Vicente Álvarez, Tenerife
Salvador Rodríguez, Lanzarote

Francisco Arocha, La Palma
Antonio Rodríguez, Gran Canaria
José Leal, Lanzarote
Juan Delgado, Lanzarote
José Cabrera, Lanzarote
María Robayna de Bethencourt, Lanzarote
Delgada Mariana Meliano, Lanzarote
José Antonio Pérez Casanova, Lanzarote

En el acto se interpretó una obra teatral sobre la llegada de los 56 canarios a San Antonio hace 275 años. Cada uno de los "actores" es un descendiente de los fundadores de la ciudad.

Page of the newspaper *Lancelot Island Journal* that collects the names of the founding families of San Antonio, Texas and images of descendants of Canarian emigrants.

Página del periódico *Lancelot Island Journal* que recoge los nombres de las familias fundadoras de San Antonio de Texas e imágenes de descendientes de emigrantes canarios.

Photographs of Larry Yaskiel with some of the musicians with whom he collaborated during his time as a music producer. In the image above, Yaskiel next to Barry Gibbs of the Bee Gees. On the next page, above, portrayed with Miguel Ríos, and below, with the group Deep Purple.

Fotografías de Larry Yaskiel junto a algunos de los músicos con los que colaboró durante su etapa como productor musical. En la imagen superior, Yaskiel junto a Barry Gibbs de *Bee Gees*. En la página siguiente, arriba, retratado junto a Miguel Ríos, y abajo, con el grupo *Deep Purple*.

DH172 1.10
THANK YOU
ALL MY FRIENDS FOR
FOR 200 YEARS .
For free repetition of doubtful words
at office of delivery

Billboard

La conexión británica con Lanzarote y Canarias.
600 años de historia.

PRÓLOGO

Es un gran honor para mi escribir el prólogo a las investigaciones llevadas a cabo por Larry Yaskiel sobre seiscientos años de relaciones entre las Islas Británicas y Canarias. *La conexión británica con Lanzarote y Canarias. Seiscientos años de historia* es un título idóneo para la obra que nos han deparado los duros y precisos trabajos realizados por Larry Yaskiel, con la ayuda importante de su esposa, Liz Yaskiel.

Durante más de treinta años Larry y Liz Yaskiel me han permitido participar en su vida profesional y personal, lo que ha dado pie a una amistad eterna. Es un gran privilegio conocerles y ser el primero en felicitarles por los excelentes resultados de tantos años de dedicación, que han implicado muchas horas de estudios e investigaciones. Ha sido una sorpresa inesperada, pero al mismo tiempo agradable, ser invitado a escribir este prólogo.

Mi posición y cargo como Agregado Comercial Británico en Canarias entre los años 1985 y 1990 y como Cónsul Británico, con responsabilidades comerciales, en la provincia de Las Palmas, desde 1990 hasta mi jubilación en el año 2006, me colocó en un lugar privilegiado para apreciar mucho los trabajos desarrollados por Larry.

Es de conocimiento general que las relaciones entre Gran Bretaña y las Islas Canarias siempre han sido beneficiosas para ambas partes. Hoy día los comentarios sobre el tema probablemente serán reducidos a la importancia de los puertos construidos por los británicos, las exportaciones agrícolas desde las Islas Canarias a Gran Bretaña, la instalación de electricidad y agua para uso doméstico y claro, por supuesto, el turismo. Pero hay mucho más detalles sobre las relaciones históricas. Lo que es de dominio popular sobre esos vínculos históricos no es más que la punta del iceberg. Y es ahí donde Larry Yaskiel profundiza y presenta el resultado de sus investigaciones y lecturas en esta obra.

Las relaciones históricas y corrientes entre las Islas Canarias y el Reino Unido son claramente patentes en la información recopilada por Larry, información que ha encontrado en la Biblioteca Británica y en varias librerías especializadas en libros antiguos de Londres y sus alrededores. Muchísimas horas de trabajo, sumando hasta semanas y meses, han sido necesarias para conseguir una narración con tantos detalles interesantes sobre estos 'dos grupos de islas'.

Jamás olvidaré las conversaciones con Larry y Liz sobre sus investigaciones, sus viajes y las dificultades encontradas mientras buscaban lo que necesitaban, pero, sobre todo, la alegría que mostraban cuando encontraban alguna novedad histórica sobre las relaciones entre Gran Bretaña y Canarias. Tanto esfuerzo ha dado como resultado este libro lleno de revelaciones e informaciones sobre los vínculos entre una gran nación y un grupo de islas en el océano Atlántico.

Larry Yaskiel es sin duda un gran periodista e investigador cultural. Algunos resúmenes de sus mayores hallazgos han sido publicados en la edición inglesa de la revista *Lancelot* que, en perfecta armonía con sus investigaciones personales y con la colaboración de Liz Yaskiel, constituye una labor única en los últimos treinta años en Lanzarote. Las reacciones positivas y continuas de los lectores son testimonio del trabajo tan intenso realizado por parte de Larry. Algunas de sus investigaciones han sido utilizadas por los servicios educativos de Canarias, dando luz a una historia casi desconocida para el alumnado.

Larry ha investigado, con mucho detalle y precisión, una amplia lista de asuntos tratados en este libro. Es difícil creer que haya habido tantos asuntos comunes y posiblemente casi desconocidos por la gran mayoría. Hasta ahora no se han publicado muchos libros que traten con tanta información, y con tanta claridad y detalle, sobre las conexiones entre el Reino Unido y Canarias.

Los lectores de este libro reconocerán que la compilación de hechos de tanto valor histórico es un bien importante tanto para el conocimiento en general, como para investigaciones ampliadas sobre los asuntos tan variados que Larry ha presentado con tanta perfección.

Peter Nevitt
Agregado Comercial Británico en las islas Canarias entre los años 1985 y 1990 y Cónsul Británico en la provincia de Las Palmas entre 1990 y 2006.

1. INTRODUCCIÓN

Larry Yaskiel: un embajador del mundo del rock

Larry Yaskiel se retiró del mundo de la música rock en 1979, después de haber trabajado como ejecutivo para compañías discográficas internacionales durante casi 25 años. Lanzarote fue la razón. Y desde que él y su esposa Liz se trasladaron a la isla desde su casa en Londres, la pareja ha hecho todo lo posible para promover sus encantos entre sus compatriotas. La promoción internacional que han obtenido para Lanzarote desde que fundaron la primera revista local en inglés en el año 1985 se iguala, sin lugar a dudas, a los logros de cualquier embajador oficial que hubiese podido tener. Denominada *Lancelot Island Journal*, dicha publicación es una de las ramas de un grupo local de medios de comunición del mismo nombre.

La decisión de Larry Yaskiel de jubilarse anticipadamente de la industria de la música la tomó de forma repentina nada más llegar a la isla, tras haber elegido al azar venir de vacaciones en 1979. Estaba completamente agotado, después de una gira por América con *The Pirates*, grupo al que representaba como mánager. Un cuarto de siglo de tensión en el negocio de la música finalmente le llevó a esa decisión. La 'vida loca' había llegado a su fin y llegó el momento de cambiar, tras años trabajando para las compañías discográficas *Pye*, *Polydor*, *Warner Brothers* y *A & M*.

En octubre de 1966, Larry fue nombrado director gerente y socio de *Stigwood Yaskiel International*, SYI, con sede en Hamburgo. Tres meses más tarde, en enero de 1967, Stigwood, mánager de Eric Clapton y los *Bee Gees*, fusionó su compañía con la de Brian Epstein, que era mánager de *The Beatles*.

La filial alemana, SYI, recibió el respaldo financiero de dos de las principales discográficas europeas, *Polydor*, filial de *Siemens Industrial*, y *Phonogram*, filial de *Phillips Electric*, que quería que la nueva compañía promocionara y comercializara toda su lista de artistas internacionales. Entre los más conocidos figuraban Jimi Hendrix, *The*

Who, Eric Burdon y *The Animals*, James Brown, Dusty Springfield y Manfred Mann.

En 1984, después de tomarse la vida con calma durante unos cuantos años en Lanzarote, el editor de un semanario local español ofreció a Larry un trabajo escribiendo un periódico en inglés para turistas, con Liz haciéndose cargo de la publicidad, los gráficos y la fotografía. Respondiendo a su petición de ayuda, el mejor amigo de Larry en el negocio de la música, el periodista Roy Carr, se vino a Lanzarote durante diez días para darles un curso intensivo de periodismo. El premiado escritor Roy Carr fue el editor del *New Musical Express*, el mejor semanario de música pop del mundo y autor de biografías sobre *The Beatles*, *Rolling Stones* y David Bowie.

Un día, en 1998, unos veinte años después de su llegada a Lanzarote, Larry recibió una carta inesperada de un muy respetado periodista alemán llamado Bernd Matheja. Estaba escribiendo un libro sobre grupos británicos y estadounidenses que grabaron versiones alemanas de sus mayores éxitos internacionales; Larry Yaskiel figura acreditado como coautor de más de veinticinco de esas letras. Estaba buscando información acerca de muchos de los artistas con los que Larry había trabajado en los años 60, cuando fue director internacional de *Pye Records de Londres*, y su filial alemana *Deutsche Vogue*.

Titulado *1000 Nadelstiche* (*1.000 Hormigueos*), el libro de 350 páginas fue publicado por *Bear Family Records* en el año 2000 (y reeditado con tapa dura en 2007), acompañado de 12 CDs de las grabaciones. El contenido incluye varias fotografías de Yaskiel con artistas, así como una lista de canciones que tradujo al alemán, usando el seudónimo 'Montague'.

Entre los títulos más conocidos figuran: *She Loves You* de John Lennon y Paul McCartney; *Memphis Tennessee*, *Rock and Roll* y *Roll Over Beethoven* de Chuck Berry; *Needles and Pins* y *Sugar and Spice* de *The Searchers*; *Sunny Afternoon* de *The Kinks*; *Have I the right* de *The Honeycombs*; *The Hippy Hippy Shake*, *Downtown*, *Skinny Minnie* y *Woolly Bully*.

El libro fue muy elogiado en la prensa alemana, incluyendo un reportaje de seis páginas en la revista *Rolling Stone* y una excelente crítica en *Der Spiegel*. Su título, *1000 Nadelstiche*, se basa en la traducción alemana hecha por Yaskiel de la canción *Needles and Pins* grabada por *The Searchers*.

Las fotografías y un disco de oro en la pared de su casa en La Tiñosa (Lanzarote) recuerdan a Larry cada día sus años en el negocio de la música. Recuerdos como la firma del contrato de *Supertramp*; *Humble Pie* con Peter Frampton; Leo Sayer. Discos de oro, de plata y de platino por *Smoke on the Water* de *Deep Purple*; la fiesta del veintiún cumpleaños de Barry Gibb; una foto de Yaskiel con Stigwood en Munich en la noche del estreno de la gira de *Bee Gees* en Alemania, lo que suponía su primera actuación en el continente; con Jimi Hendrix en un festival televisivo en Berlín; grabando a *The Searchers* en *Pye Studios* en Londres y durante su concierto en el *Star Club* en Hamburgo; con Carol King en el lanzamiento de su álbum *Tapestry* en Londres. Sobre esta artista, varias décadas después, se ha realizado una adaptación teatral basada en su vida y música llamada *Beautiful*, que ha sido votado como el mejor musical tanto en Broadway como en Londres, desde su lanzamiento hace tres años.

También dan testimonio de su larga y exitosa carrera dos fotografías con el rockero español Miguel Ríos. Se tomaron en Londres en 1970, cuando *Song of Joy*, la versión en inglés de su éxito en español *Himno a la alegría*, alcanzó la cima de las listas británicas. Larry apostó y adquirió los derechos sobre esa canción después de que fuera rechazada por EMI. La segunda foto es de los dos juntos en Lanzarote en 2003, donde Miguel Ríos vino a dar un concierto por el Día Mundial del Turismo. Llevaban 33 años sin verse. Tras el éxito de su disco en el Reino Unido, *Song of Joy* encabezó las listas de Alemania, Canadá, Sudáfrica, Japón y Australia. Antes de salir de Lanzarote, Miguel Ríos invitó a los Yaskiel a visitarlo en su casa de vacaciones junto a La Alhambra. El artista granadino también les expresó su deseo de que, cuando escribiera su autobiografía, Larry aportara un párrafo sobre el éxito internacional del *Himno a la alegría*.

Lancelot Island Journal, la edición en inglés del semanario de información local de Lanzarote *Lancelot*, nació en 1985 y se ha convertido en una de las publicaciones en lengua inglesa más longevas en España por su permanencia en el mercado durante más de tres décadas.

Proporcionando a sus lectores, turistas y residentes, abundante información sobre las atracciones turísticas, así como sobre la cultura de la isla, sus tradiciones y su historia.

El interés de su editor, Larry Yaskiel, por la difusión de la cultura de Lanzarote le llevó, desde las primeras ediciones, a poner el foco en interesantes contenidos sobre la historia, la literatura, la geografía, la flora y la fauna de Lanzarote, generando uno de los fondos documentales más extensos sobre la isla en lengua inglesa.

En la plataforma digital *Jable* de la Universidad de Las Palmas de Gran Canaria se puede acceder a través de Internet a esas publicaciones. En *Lancelot Island Journal*, Larry Yaskiel ha publicado decenas de reportajes sobre distintos aspectos fundamentales para tener un conocimiento en profundidad sobre la isla: majos, conquista, los manuscritos sobre episodios relevantes de la historia, la vida en la isla en distintas etapas, los piratas, los comerciantes forasteros, la emigración a Estados Unidos y la fundación de San Antonio de Texas, los negocios ancestrales de la cochinilla, la barrilla, el vino, la sal... Los pioneros ingleses en el desarrollo comercial y turístico de las islas, la estancia de doce días en Lanzarote de la escritora Olivia Stone, los relatos de científicos que visitaron la isla, la agricultura y la arquitectura tradicional, la artesanía, el testimonio de turistas aventureros de los años sesenta, la vida y obra de César Manrique y los elementos que caracterizan la naturaleza insular.

La revista llevó a cabo una extensa investigación sobre los inmigrantes canarios que fundaron San Antonio (Texas) y San Bernardo (Luisiana), lo que dio lugar a que sus descendientes actuales visitaran las islas. Muchos de ellos fueron los primeros miembros de sus familias en hacer el recorrido al inverso que protagonizaron sus antepasados en el siglo XVIII.

Con el respaldo de la Consejería de Educación del Gobierno de Canarias y el CEP de Lanzarote, *Lancelot Island Journal* ha realizado una importante contribución educativa a las escuelas de la isla, donde se utilizan más de 145 artículos de diversos números de la revista, como ayuda para la enseñanza de la cultura canaria en lengua inglesa. Se incluyen 10 artículos diferentes basados en entrevistas con el difunto César Manrique, con quien el autor y su esposa tuvieron una estrecha relación de trabajo durante los últimos siete años de su vida. Ambos se consideran muy privilegiados de haber podido ver la verdadera esencia de Lanzarote a través de sus ojos. En cuanto a la historia de la isla, el autor de este libro considera al escritor e historiador Agustín Pallarés, como su mentor desde el primer número de *Lancelot*. También agradece al historiador de Teguise, Francisco Hernández Delgado, por su ayuda con la información facilitada en las últimas tres décadas.

Este libro, *La conexión británica con Lanzarote y Canarias. 600 años de historia*, es el resultado de la información recopilada entre 1985 y 2017. Su autor puede describirse mejor con una frase acuñada por el escritor portugués José Saramago sobre sí mismo: *"Lanzarote no es mi tierra, pero es tierra mía"*.

El libro de Larry Yaskiel teje más de cincuenta acontecimientos históricos que vinculan el Reino Unido con Canarias. Cada episodio ilustra el enorme interés que ha tenido una gran nación por estas islas a lo largo de la historia, inspirado por la capacidad británica para apreciar los valores de nuestra tierra y participar en su desarrollo.

Estos textos, presentados en orden cronológico, exponen una amplia variedad de personas y eventos y abarcan una extensa gama de asuntos, que se han llevado a cabo en gran parte, pero no exclusivamente, en Lanzarote, la isla que ha atraído a muchos más turistas de las Islas Británicas que de otros países europeos. Por su parte, las Islas Británicas son el origen de muchos residentes extranjeros en la isla.

Los detalles de episodios históricos que relatan lo sucedido durante más de seis siglos, en orden cronológico, explican cómo se estableció y se ha mantenido hasta nuestros días un específico vínculo literario y comercial entre Canarias y las Islas Británicas. Relevantes personalidades históricas aparecen en estos relatos, desvelando su interés por algún aspecto de Canarias, desde William Shakespeare a Winston Churchill, al igual que otros como Sir Clements Markham, presidente de la Real Sociedad Geográfica. El entusiasmo de los británicos por saber sobre Canarias atrajo hacia este territorio a académicos y comerciantes que contribuyeron en gran medida a su desarrollo, así como a reducir su aislamiento.

Un ejemplo destacado de este interés fue la publicación por el Museo Británico de la traducción al inglés de un manuscrito que describe la llegada de los normandos a Canarias a principios del siglo XV. Otros textos históricos incluyen detalles de las características únicas del paisaje y de la hospitalidad natural de los habitantes locales hacia los visitantes. Una anécdota se refiere a un turista inglés que instó públicamente a las más altas autoridades de España para que los restos de los antiguos guanches fueran tratados con respeto y no se permitiera el expolio de sus tumbas.

También se incluyen detalles de las primeras publicaciones y guías turísticas para los visitantes de Canarias, así como las actividades de los comerciantes anglo-canarios que descubrieron el potencial de la agricultura local y que luego les llevó también a la instalación de electricidad, telecomunicaciones y transporte en ciudades como Las Palmas.

La presencia británica en las islas anticipó la globalización de Canarias. Este libro señala conexiones poco conocidas entre Canarias y acontecimientos históricos de relieve mundial. Nos referimos a vínculos como los establecidos entre la colonización española de México y el cultivo de la cochinilla; la Revolución Americana y los vinos canarios; los tintes de la barrilla canaria y Napoleón; el libro *La Isla del Tesoro* de Robert Louis Stevenson y la Isla de La Graciosa; La Inquisición española e Inglaterra; la Segunda Guerra Mundial y el interés especial que tuvieron las Islas Canarias para Inglaterra; o la fundación de una importante ciudad americana por colonos canarios.

¿Y qué podemos decir sobre el autor de este libro, que ha pasado más de treinta años de su vida recogiendo los datos que se presentan a lo largo de este trabajo? Larry Yaskiel, a la edad de cuarenta y dos años, después de una exitosa carrera en los niveles más altos del mundo de la música pop en Inglaterra, decidió emprender una nueva carrera en el mundo del periodismo. Él y su esposa Liz se trasladaron a Lanzarote, donde fundaron la primera revista turística de la isla en 1984 para *Lancelot Island Journal*, un semanario de propiedad local.

Por pura casualidad, el año en que comenzaron fue exactamente 100 años después de la visita a Lanzarote de Olivia Stone en 1884. Ella fue la primera escritora de la historia que recomendó Canarias como destino turístico.

La personalidad de Larry, un intelectual con una insaciable sed de conocimiento, le impidió limitar el contenido de la revista a información sobre turismo y dónde comer bien, ya que desde la primera edición se centró también en artículos sobre la cultura y las tradiciones de Lanzarote. En su búsqueda por conocer la historia de la isla, leyó toda la literatura disponible. Hay que tener en cuenta que todo esto sucedió en la época BGE (acrónimo en inglés de "Antes de la Era de Google"), sin Internet ni correo electrónico. Sus herramientas eran cartas, llamadas telefónicas y faxes.

El autor de este trabajo comenzó con información generosamente proporcionada por el historiador local Agustín Pallarés, quien le dijo que el manuscrito original de *Le Canarien*, escrito en 1406, que documentaba la llegada de los normandos, era propiedad del *British Museum* en Londres.

Larry escribió al Museo preguntando si había alguna documentación adicional sobre el tema y si podía obtener copias. Le contestaron que la obra había sido traducida al inglés en 1872 por R.C. Major, quien había añadido su propio comentario de 70 páginas ampliando la información. También tuvo conocimiento en el mismo lugar sobre una traducción de la segunda versión de *Le Canarien*, conocida como el Manuscrito Egerton, así como un informe de una visita a Lanzarote del Duque de Cumberland en 1598, documentos de los cuales se podían comprar copias microfilmadas.

Larry adquirió copias de cada uno de esos documentos, pero como no tenía el equipo para imprimirlos, donó los microfilmes al historiador Francisco Hernández para el Archivo Histórico de Teguise, que le proporcionó a cambio las copias en papel.

Luego preguntó en el Museo Británico si se podía buscar cualquier otro documento y le dijeron que sólo era posible si proporcionaba un número de archivo. El funcionario explicó que el Museo tenía 28 volúmenes de índices de documentos sobre España, cuatro de los cuales estaban dedicados a Canarias y que los archivos del Museo Británico eran tan extensos que cubrirían más de 40 kilómetros lineales, e incluso con un número de archivo, tardaría 5 días para localizar cada obra. (Recordemos que esto fue en 1985, ¡en la época BGE!)

En respuesta a la pregunta de Yaskiel sobre cómo podría obtener más información, respondieron que el Museo podía proporcionarle una lista de personal jubilado que tenía acceso oficial a los archivos y estaban autorizados a buscar información en nombre de los clientes a cambio de una cuota que variaba entre treinta y cincuenta libras esterlinas por hora. Así fue como tuvo acceso al resto de fuentes y documentos del Museo Británico que se citan en el libro.

Además, el autor encontró dos libreros en Londres que se especializaron en libros descatalogados en lengua inglesa sobre España y Canarias, de los que adquirió más de veinticinco obras publicadas en los siglos XIX y XX, que proporcionaban detalles de la historia local.

El libro más importante fue *Los Guanches* de Tenerife, por Sir Clements Markham, publicado en 1907. Un apéndice en la parte final contenía una bibliografía de las Islas Canarias, con una lista de los 236 manuscritos, datados desde 1341, con números de archivo del Museo Británico. Entre ellos se encontraban obras de los siguientes renombrados autores: Alonso de Espinosa (1594), Antonio de Viana (1604), Abreu Galindo (1632), Sabine Berthelot (1835), Viera y Clavijo (1868), Millares Cubas (1874) y René Verneau (1891).

Larry revela en su libro que 'descubrió' el intenso interés demostrado por distinguidos académicos británicos por la historia de Canarias a través de los siglos y cita tres obras importantes que se tradujeron al inglés:

Primero, *Historia de la Conquista de las Islas Canarias*, por Abreu Galindo. Traducido por George Glas y publicado en 1764. Versión a la que Glas añadió su propia historia de los habitantes originales de las islas de Lanzarote y Fuerteventura, así como 300 palabras de la lengua de los guanches traducidas al español y al inglés. Segundo, *Le Canarien*, traducido por R.C. Mayor en 1872, con una introducción de 70 páginas, como se mencionó anteriormente. Y tercero, *Del Origen y Milagros de la Santa Imagen de Nuestra Señora de la Candelaria*, traducida por Sir Clements Markham y publicada en 1907. Donde Markham añadió 58 palabras y 9 oraciones del idioma guanche obtenidas de las obras de Espinosa, Galindo y Viana.

Finalmente, sobre este tema, Larry Yaskiel hizo hincapié en el papel de la Asociación Hakluyt, una asociación literaria fundada en 1846, dedicada a publicar manuscritos de viajes de viajeros ingleses y versiones en inglés de textos de viajeros de otras nacionalidades. Las únicas obras traducidas del español al inglés, publicadas por la

Sociedad Hakluyt, se refieren a Canarias, *Le Canarien* y *Los Guanches de Tenerife*.

El nombre Hakluyt, de origen galés, se deriva de un explorador inglés, Thomas Hakluyt (1552-1616), que recogió obras de viajeros ingleses. Fue educado en el Colegio de Cristo, Universidad de Oxford, que en noviembre de 2016 celebró el 400 aniversario de su muerte con un seminario internacional en la Biblioteca de Bodleian. Hakluyt murió en el mismo año que Shakespeare y Cervantes.

El autor de este libro, un compatriota de Thomas Hakluyt, se estableció en Lanzarote con su esposa hace más de tres décadas. Como periodista e investigador estaba decidido a aprender todo lo que pudiera sobre la historia y cultura de las Islas Canarias, así como las conexiones literarias y comerciales que los vinculaban con las Islas Británicas, para compartirlos con miles de lectores de todo el mundo.

José Juan Romero

2. SIGLOS XV y XVI

2.1. Los normandos

Gran Bretaña y Canarias comparten una experiencia histórica decisiva: los normandos. En Gran Bretaña tuvo lugar la conquista normanda en el año 1066, acontecimiento que marcó el futuro del país para siempre. Por su parte, en Lanzarote, la llegada de los normandos se produjo unos 350 años después, y fue el primer paso para la anexión del archipiélago a la Corona de Castilla, que más tarde, junto con Aragón y otros reinos, constituiría España.

Dos nobles normandos, Jean de Bethencourt y Gadifer de La Salle, lideraron en 1402 una expedición a Lanzarote, que se convirtió en la primera parte de la conquista de las Islas Canarias. Fueron acompañados por dos sacerdotes, P. Boutier y J. Le Verrier, quienes escribieron una crónica conocida como *Le Canarien*, que contiene todo lo destacable que se produjo en el momento de su llegada.

En la página referida a uno de los protagonistas se lee: *"Jean de Bethencourt (1362-1425) fue un cortesano y propietario normando, que intervino como consejero y oficial en la casa de los reyes Carlos V y Carlos VI. Ostentó varios títulos, como señor de Bethencourt y Grainville La Teinturière"* (*Teinturière* se traduce como 'tintorero', porque el pueblo era conocido por la fabricación de colorantes para la industria textil).

El manuscrito francés original, custodiado en el Museo Británico de Londres, fue traducido al inglés en 1872 por R. H. Major, el conservador del museo. En una introducción de 70 páginas, escribe: *"Antes de zarpar de La Rochelle, el líder de la expedición, Jean de Bethencourt, se reunió con el conde de Crawford y Señor de Hely"*. Unas líneas más adelante agrega: *"Ciertos caballeros ingleses estaban a bordo cuando sus naves llegaron a Lanzarote"*. Esto excluye toda duda sobre la conexión inglesa con la isla, que comenzó con la llegada de los normandos.

El lector debe tener en cuenta que Major, además de traducir el texto francés original en 1872, tuvo acceso a toda la colección de manuscritos sobre el tema de las Islas Canarias que se guardaba en los archivos del Museo Británico. Se suman 120 obras en francés, español e inglés, algunas de las cuales se remontan al año 1341. Se incluyen los escritos de Juan de Abreu Galindo (1632) y José de Viera y Clavijo (1772), así como de otros grandes historiadores españoles y británicos.

Además, R.H. Major era gran conocedor de esta historia, al recaer sobre él la responsabilidad de conservar mapas y cartas en el Museo y la secretaría de la Real Sociedad Geográfica Británica. Datos extraídos de estas fuentes se encuentran en su *"Introducción"* a *Le Canarien*, incluyendo la observación *"ciertos caballeros ingleses estaban a bordo cuando sus barcos llegaron a Lanzarote"*.

Para responder a la pregunta de cómo participaron los ingleses en esta aventura normanda en Canarias, debemos volver a 1066, año en que William, Duque de Normandía, invadió Inglaterra con su ejército y ganó la Batalla de Hastings. Se coronó rey William I de Inglaterra y con el fin de consolidar su trono ordenó la ejecución de toda la aristocracia inglesa y la confiscación de sus tierras. William los sustituyó por los nobles normandos que más tarde serían denominados anglonormandos, es decir, los ingleses de origen normando. Así que cuando Jean de Bethencourt llegó a Lanzarote unos 350 años después, en 1402, y se mencionan *"ciertos caballeros ingleses a bordo"*, realmente se refieren a anglonormandos. Es interesante recordar una situación que tuvo lugar durante 400 años después de la conquista normanda: ¡El francés era el único idioma que se hablaba en la corte del rey de Inglaterra!

2.2. La orchilla

Según *Le Canarien*, a principios del siglo XV, *"la isla de Lanzarote es una isla excelente y encantadora, y bien podría ser visitada ampliamente por los comerciantes. Muchos negocios se podrían llevar a cabo porque hay dos puertos, en particular, uno muy bueno y de fácil acceso. La orchilla (colorante) crece aquí y se lleva a cabo abundante y provechoso comercio"*. Los dos puertos eran Arrecife y La Tiñosa, hoy en día llamado Puerto del Carmen.

La orchilla es un tinte violeta obtenido a partir de los líquenes del mismo nombre, que eran los de mayor importancia para el tintado de textiles, una de las industrias más relevantes de la Europa de los siglos XIV y XV. Estos líquenes, que crecían salvajes a lo largo de la isla, atrajeron a dos personas relevantes para la historia de Lanzarote, quienes posteriormente lograron a su vez captar la atención de las potencias europeas hacia la isla.

Uno de los primeros, a principios del siglo XIV, fue Lanzarotto Malocello, un mercader de tejidos y colorantes procedente de Génova, de quien la isla tomó el nombre de Lanzarote. Luego, en 1402, vino Jean de Bethencourt, como se ha descrito anteriormente. Además, el primer libro escrito en un idioma extranjero sobre las Islas Canarias se publicó en Londres en 1523. El autor, Thomas Nichols, era un inglés que negociaba entre Canarias e Inglaterra y escribió que Lanzarote exportaba colorantes. El comercio textil y los tintes fueron dos de los factores más importantes en la economía inglesa medieval. El gremio de los tintoreros ya se había establecido en Londres en 1188 y el término 'orchilla' fue utilizado por primera vez a principios de los años 1300.

En el siglo XIV Génova era una ciudad-estado autónoma y una gran potencia comercial cuyo volumen anual de comercio era superior al de Francia. Los Malocellos eran una de las diez principales familias de comerciantes de la ciudad y negociaban con textiles y tintes, por lo que desarrollaron un notable poder político. De acuerdo con Sandro Pellegrini y Alfonso Licata, autores de estudios históricos sobre la figura de Lanzarotto Malocello, desde hacía muchos años los navegantes italianos en ruta hacia África se habían percatado de la existencia de islas en ese área en cuyas costas eran claramente visibles una profusión de plantas de color púrpura-azul, por lo que las llamaron las *Purpuraiae*, es decir, las Islas de la Púrpura.

Esto llevó a dos hermanos, de apellido Vivaldi, que habían sido figuras destacadas en el comercio textil, a navegar hasta esas islas con fines industriales. Pero nunca regresaron y el gobierno de Génova encargó a Lanzarotto Malocello que intentara encontrarlos, y de este modo Lanzarotto arribó a Lanzarote en los comienzos del siglo XIV, si bien es verdad que los hermanos Vivaldi no fueron localizados. Un mapa elaborado por el cartógrafo Angelino Dulcert en 1329 de una isla desconocida en el Atlántico contenía la anotación *"la isla encontrada por Lanzarotto"* y fue sellado con el escudo de Génova. Su nombre se traduce en francés como Lancelot y en español como Lanzarote.

Lanzarotto permaneció en la isla durante veinte años y se construyó un castillo en lo alto de la montaña de Guanapay (donde se ubica actualmente el Museo de la Piratería), con amplias vistas sobre Teguise. Algunos investigadores creen que la torre situada por encima de su puente levadizo es parte del castillo original. No existe documentación sobre la actividad de Malocello durante su estancia, pero parece lógico suponer que negoció con los tintes que crecían salvajes en las costas de Lanzarote y otras islas, para exportarlos y favorecer los negocios de su familia en Génova.

Cuando Mallocello dejó Lanzarote no regresó a Génova sino que se trasladó a Normandía, donde vivía otra rama de su familia de comerciantes. Es más que probable que fuera la fuente de información que recibió Bethencourt sobre la orchilla varias décadas más tarde, cuando se encontraba al borde de la quiebra. De repente, Bethencourt oyó hablar de una pequeña y desconocida isla llamada Lanzarote con una fuente inagotable de colorantes.

Debido a la precariedad de sus finanzas, Bethencourt fue incapaz de pagar el costo de preparar una expedición a Lanzarote y se acercó a la corte francesa con una oferta para anexionar las islas Canarias a Francia si financiaban su viaje, pero fue rechazado. A continuación lo intentó con el monarca español, que aceptó su oferta. Esto responde a la pregunta que se hacen muchos. Si algunas de las Islas Canarias fueron conquistadas por los normandos, ¿por qué pertenecen a España y no a Francia? Hasta hoy, la orchilla es denominada en francés "el tinte de las Islas Canarias".

Lilianne Bettencourt, la mujer más rica de Francia hasta fechas recientes y cuyo difunto marido era un descendiente de Jean de Bethencourt, es la accionista mayoritaria de Cosméticos L'Oreal, una marca estrechamente conectada con los colorantes. ¿Podría esta compañía multinacional de cosméticos tener su origen en los trabajos con los tintes del siglo XV de Jean de Bethencourt para los que Lanzarote resultó ser una fuente vital de suministro?

En el siglo XVIII, el navegante George Glas publicó su libro sobre la Historia de Canarias. El tercer capítulo se titula *"Del clima, del suelo y producción de las islas de Lanzarote y Fuerteventura"*. En este texto, Glas escribe: *"Una gran cantidad de hierba de orchilla, un ingrediente utilizado para crear colorantes bien conocido por los tintoreros en Londres, crece en las rocas a lo largo de la costa. Esta mala hierba ayuda a teñir y crear un hermoso color púrpura y también se utiliza mucho para dar brillo y ensalzar otros colores. También crece en Madeira, las islas de Cabo Verde y en la costa de Berbería, pero la mejor y la mayor cantidad se encuentra en Lanzarote y Fuerteventura.*

No puedo concebir cómo los europeos llegaron al conocimiento y uso de esta mala hierba; pues, en cuanto se produjo el descubrimiento de las Islas Canarias, se ha buscado como si fuera oro. Es de suponer que existiese un libro en ese tiempo que proporcionó un recuento de la orchilla, el lugar de su crecimiento, su uso y el método de extracción del tinte". En su obra Glas hace referencia once veces a la orchilla, y trata la cuestión con más detalle en un capítulo posterior.

2.3. Descripción General de Lanzarote en 1402

Le Canarien dice: *"En cuanto a la isla de Lancerote, que se llama Tite-Roy-Gatra en el idioma de los habitantes originales, es del tamaño y forma de la isla de Rodas. Contiene muchos pueblos y pocas viviendas, las cuales estaban habitadas por muchas personas, pero los españoles y otros corsarios del mar han realizado con tanta frecuencia capturas entre ellos y los han arrojado a la esclavitud, que ahora quedan, pero pocos, ya que cuando Jean de Bethencourt llegó, había apenas tres centenares de personas. No sin problemas y dificultades, fueron conquistados y, por la gracia de Dios, los consiguieron bautizar.*

Hay una gran abundancia de manantiales y depósitos de agua, como también de pastizales y buena tierra para el cultivo. Una gran cantidad de cebada crece ahí, de la que hacen excelente pan. El país está bien abastecido de sal. Los habitantes son de una raza hermosa. Los hombres van completamente desnudos, a excepción de una capa sobre sus hombros que alcanza hasta los muslos, sintiéndose indiferentes ante las partes del cuerpo que no llevan cubiertas. Las mujeres son bellas y modestas. Llevan largas túnicas de cuero que llegan hasta el suelo".

2.4. John Day

Según los historiadores, en 1480 un tal John Day vivía en Lanzarote. Creemos que este es el primer caso registrado de un inglés viviendo en las Islas Canarias. Day era un activo negociante en el comercio del colorante que viajaba entre las islas Canarias, Sevilla y Bristol. El nombre de John Day se traduce en español como Juan Día. Si añadimos una 'z', que es el caso más frecuente con los apellidos en España, tenemos Díaz, que es un apellido bastante extendido en Lanzarote.

2.5. Batallas navales y piratería en aguas Canarias

Después de muchos años de ataques a Canarias por parte de los portugueses, el Tratado de Alcazovas (1479) abrió una era de paz entre España y Portugal. Sin embargo, en 1522, Jean Fleury de Dieppe capturó el tesoro de Moctezuma cuando estaba en aguas canarias, tras haber sido enviado por Cortés al emperador Carlos V. Fleury no vivió lo suficiente para disfrutar del saqueo porque fue hecho prisionero en aguas canarias y decapitado en Toledo (de este episodio, conviene decirlo, existen diferentes versiones). En 1543, Jean Alphonse de Saintonge tomó el Castillo de La Luz en Las Palmas de Gran Canaria, pero murió en batalla con don Pedro de Menéndez de Avilés, comisionado por Carlos I para expulsar a los piratas de las costas de España. La frecuencia de estas incursiones se debió al hecho de que las Canarias eran el puerto regular de escala de la Flota de Indias, que traía a España el oro y la plata de las minas del Nuevo Mundo, lo que hacía del Archipiélago una presa demasiado tentadora como para ignorarla.

En noviembre de 1551 el corsario francés François Le Clerc, conocido como "Pie de Palo" (después de perder un brazo y una pierna en una batalla naval contra los ingleses en Guernsey), desembarcó a 700 soldados armados en Lanzarote y saqueó la capital, Teguise, quemando el granero que contenía el suministro de alimentos de la isla. Un año más tarde, en febrero, un escuadrón de corsarios franceses llegó de La Rochelle y navegó en aguas canarias durante casi dos meses, capturando todos los buques que encontraban. El 19 de abril, una flota de barcos de Canarias salió en masa y después de una batalla de un día regresó al puerto remolcando cinco naves enemigas. Santa Cruz de La Palma, que se había convertido en el puerto más importante de las islas para el comercio con las Indias, fue atacada por Pie de Palo, que incendió la ciudad destruyendo los registros de la isla. En 1570 Jacques de Sores, calvinista, capturó un buque portugués en la costa de La Palma y ejecutó a cuarenta jesuitas que iban de misioneros a Brasil. Un año más tarde, otro corsario francés, Jean Capdeville, apareció en la costa de La Gomera con cinco naves y saqueó la capital San Sebastián y, antes de retirarse, prendió fuego a la ciudad.

Calafat "El Moro" llegó a saquear Lanzarote en 1569, y dos años más tarde otro corsario procedente del norte de África quemó la ciudad de Teguise. En 1586, otro pirata moro, Morato Arráez apareció en Lanzarote con siete galeras. La marquesa de Lanzarote se refugió en la Cueva de los Verdes, pero fue capturada y no se la liberó hasta cobrar el rescate. En 1618, los corsarios prendieron fuego a las capitales de dos de las Islas Canarias, Teguise en Lanzarote y San Sebastián en La Gomera.

Los historiadores señalan que para tener una perspectiva justa hay que decir que los corsarios se vengaban de años de incursiones en busca de esclavos en las ciudades del norte de África por parte de los gobernadores de Lanzarote, Fuerteventura y La Gomera. El marqués y señor de Lanzarote, Agustín de Herrera, comandó no menos de catorce expediciones esclavistas a las costas africanas.

John Hawkins (1532-1595) fue en igual medida mercader y guerrero, aunque comenzase su carrera pacíficamente enviando vino y azúcar a Inglaterra desde Canarias. También fue el primer inglés en participar en la trata de esclavos en el continente africano. Cuando se convirtió en corsario siguió siendo muy popular entre la población de varias islas, aunque saqueaba naves en aguas canarias.

Hawkins tenía un socio en Tenerife llamado Pedro de Ponte con quien compartía su botín. De Ponte tenía conexiones con una cadena de agentes comerciales en las Américas que le pasaban información sobre los calendarios de navegación de barcos españoles que llevaban oro y plata del Nuevo Mundo a España, y que iban a recalar en los puertos de Canarias.

En 1595, Hawkins y Francis Drake, que era su primo segundo, intentaron un ataque en Las Palmas pero quedaron frustrados por las defensas de la ciudad. En años posteriores, Hawkins disfrutó de una brillante carrera en la Marina Real y terminó siendo un Almirante de la Flota. El padre de Sir Walter Raleigh estaba casado con Isabel de Ponte, lo que podría explicar la relación entre Hawkins y Pedro de Ponte.

Los ataques de corsarios individuales en Canarias fueron reemplazados por los de las marinas regulares. El 26 de junio de 1599 se presenció la llegada a las costas de Las Palmas de Gran Canaria del almirante holandés Pieter Van der Does, al mando de 74 barcos y de 8.000 soldados. Capturó la ciudad después de un fuerte bombardeo, pero la ciudad se defendió y se libró de los atacantes. Tres semanas después Van der Does hizo lo mismo en la isla de La Gomera.

En la primavera de 1657, el almirante inglés Blake llegó a Santa Cruz de Tenerife, con una flota de cuarenta naves y con la intención de capturar un escuadrón de la flota de las Indias, integrada por once naves que anclaban en la rada. El comandante español prendió fuego a sus propias naves, y Blake, viendo a su presa escaparse de sus garras, tuvo que retirarse con importantes pérdidas y bajo el fuego enemigo que venía de los puertos.

2.6. *Una agradable descripción de las islas afortunadas de Canarias* de Thomas Nichols (1583)

Esta obra fue publicada en Londres en 1583 y es el primer libro sobre las siete islas. Thomas Nichols era un comerciante de Bristol que negociaba con tintes de orchilla, tejidos y vinos, y que se instaló en Tenerife, visitando todas las islas y escribiendo un breve capítulo sobre cada una. Dice que en su primera visita fue encarcelado porque no era católico y para él las Islas Afortunadas se convirtieron en las *"Islas Desafortunadas"*. Como autor, se llama a sí mismo el *"Pobre peregrino"*.

Isla de Tenerife: "*La Isla de Tenerife está a 27 grados y medio del ecuador, y está a 12 leguas al noreste de Canaria. Es la más fértil de todas las islas y hay un área de una legua de tierra entre dos municipios llamados La Orotava y Realejo que debe ser la más hermosa del mundo entero.*

El suelo produce agua dulce de los acantilados o montañas, todo tipo de maíz y frutas y excelente seda, lino, cera y miel, azúcar y leña. También elabora en abundancia muy buen vino, mucho del cual va a las Indias Occidentales y otros países.

La isla mide 17 leguas de longitud y en el centro cuenta con una colina llamada Pico Teide, cuya cumbre se encuentra a más de 15 leguas, el equivalente a 45 millas inglesas. A menudo el pico emite fuego y azufre. A su alrededor, en dos millas, no hay nada más que cenizas y piedra pómez. El área fría del pico está cubierto de nieve durante todo el año. Algo más abajo, crecen árboles poderosos llamados viñátigos, con una madera que nunca se pudre en el agua. Hay otra madera conocida como barbusano.

En la isla también crece otro árbol conocido como drago, que crece entre las rocas. Cuando se corta en la parte inferior, derrama un líquido con el color de la sangre que es muy apreciado entre los boticarios. Cierto musgo crece en las rocas altas, se conoce como orchilla y los tintoreros lo compran. Hay 12 casas de azúcar llamadas 'ingenios', que producen grandes cantidades de azúcar."

Isla de Canaria: "*Hay tres ciudades, Telde, Galder y Guía, y la ciudad principal se llama Civitus Palmarum (hoy conocida como Las Palmas), que tiene una hermosa catedral. Está gobernada por un gobernador y tres jueces a quienes los habitantes de todas las islas pueden apelar si tienen un agravio.*

Canaria fue nombrada así por la cantidad de perros que se encontraban allí. Según el historiador francés André Thevet, el rey Juba llevó con él dos perros grandes de regreso a Mauritania y, posteriormente, el nombre de Canaria fue utilizado para describir a la isla (de la palabra latina 'cani').

Otros dicen que el nombre se deriva de una caña cuadrada que crece en la isla que cuando se toca emana un licor blanco como la leche, que es un veneno letal, y que algunos de los primeros colonizadores murieron por tener contacto con esa caña. No puede referirse a la caña de azúcar, ya que tanto el vino como el azúcar empezaron a cultivarse sólo después de la llegada de los conquistadores.

Algunos creen que los habitantes de las islas originalmente vivieron en África bajo el dominio romano, pero fueron castigados y les cortaron las lenguas por blasfemar contra los dioses. Luego fueron llevados a la orilla del mar y colocados en botes sin remos que estuvieron a la deriva hasta llegar a estas islas."

Isla de Lanzarote: "Lanzarote fue la primera isla conquistada por los españoles, empresa en la que contaron con la compañía de algunos nobles ingleses. En el siglo XVI la isla estuvo gobernada por Agustín de Herrera, conde de Fuerteventura y Lanzarote. Lo único que se produce en esta tierra es la carne de cabra y la orchilla, un colorante rojo o violeta hecho de líquenes. Los barcos navegan semanalmente desde la isla a Gran Canaria, Tenerife y La Palma cargados de carne de cabra seca llamada tussinetta, que se sirve en lugar del tocino y es muy buena carne.

En Lanzarote principalmente se come carne de cabra y leche de cabra, el pan se hace con cebada agregándole leche de cabra, que es conocido como 'gofio', alimento que he comido varias veces, ya que se considera saludable. La isla se ubica a 26 grados del ecuador y mide 12 leguas de longitud".

Isla de Fuerteventura: "La isla de Fuerteventura pertenece al Señor de Lanzarote y se encuentra a 50 leguas de un promontorio llamado Cabo de Guer en el continente de África, así como a 24 leguas de Canaria hacia el este. Es bastante fructífera en trigo y cebada, así como en orchilla, vacas y cabras. Fuerteventura y Lanzarote tienen muy poco vino".

Isla de La Gomera: "La Gomera se encuentra al oeste de Tenerife, a seis leguas de distancia, pero es una pequeña isla de sólo 8 leguas de longitud. Es un condado, cuyo gobernante es el conde de Gomera, pero en el caso de cualquier controversia los habitantes pueden apelar a los jueces superiores del rey que residen en Canaria. La isla tiene un pueblo llamado Gomera con un puerto excelente donde los barcos con destino a las Indias se aprovisionan.

También cultivaban suficiente grano y fruta para sus propias necesidades. Hay una casa de ingenio de azúcar y una producción importante de vino y de otras clases de frutas que Canaria y Tenerife tienen, pero la única mercancía rentable para el comercio es la orchilla. La isla se encuentra a 27 grados de distancia del ecuador hacia el Polo Ártico".

Isla de La Palma: "La Palma se encuentra a 12 leguas de distancia de La Gomera hacia el noroeste. Esta isla es rica en la producción de vino y azúcar y tiene una ciudad en condiciones llamada Palma, de la que parten envíos importantes de vino a las Indias Occidentales. La ciudad tiene una iglesia noble y un gobernador y regidores para ejecutar la justicia y una bella segunda ciudad llamada San Andrés.

La isla tiene cuatro ingenios que producen excelente azúcar, dos de los cuales se llaman Los Sauces, y los otros dos Tazacorte. Hay poco pan de maíz por lo que el resto es importado desde Tenerife y desde otros lugares. Los mejores vinos se elaboran en un lugar llamado Brenia, que produce 12.000 barricas anuales de malvasía".

Isla de Yron llamada El Hierro: "La isla se encuentra a 10 leguas de distancia de La Palma hacia el oeste y pertenece al conde de La Gomera. Mide seis leguas a la redonda, con una población muy pequeña. Los principales productos son la carne de cabra y la orchilla. No hay vino, pero un inglés de Taunton ha plantado un viñedo entre las rocas, su nombre es John Hill.

La isla no tiene agua dulce, pero posee en su centro geográfico un gran árbol, con una cisterna a su pie, con hojas como las del olivo. Este árbol está continuamente cubierto de nubes, por lo que las hojas gotean con regularidad agua dulce en la cisterna de abajo y es así cómo este agua satisface las necesidades de todos los que viven en la isla, así como las del ganado".

Este trabajo de Thomas Nichols fue traducido al español por el historiador Alejandro Cioranescu y publicado en ambos idiomas por la Universidad de La Laguna en 1963.

2.7. Francis Drake ataca Santa Cruz de La Palma

En 1585 Santa Cruz de La Palma fue atacada por una armada de 24 barcos comandados por el pirata inglés Sir Francis Drake, que dio como resultado la destrucción del puerto. Esta incursión precipitó el inicio de la guerra anglo-española (1585-1604), un conflicto intermitente entre los reinos de España e Inglaterra que nunca fue declarado formalmente.

George Glas escribió en 1760 que Santa Cruz de la Palma era el mejor puerto de las Islas Canarias, ya que una embarcación podía entrar y salir de él durante todo el año, y el anclaje era seguro.

2.8. Conde de Cumberland (1598)

En 1598, George Clifford, tercer conde de Cumberland, hizo escala en Lanzarote en su camino hacia Puerto Rico, destino que veía *"como un punto estratégico de las Indias Occidentales, que sería útil para la interceptación de las líneas españolas de comunicación y como una base desde la cual capturar galeones ricos"*. En cuanto a Lanzarote, su plan era capturar y retener al rico Marqués de la isla, por el que pensaba pedir un rescate de 100.000 libras.

"El jueves antes de Pascua, 14 de abril, la flota echó anclas delante de la isla". Aunque tomaron el castillo (ahora Museo de la Piratería) y la localidad de Teguise, el rico gobernador eludió a los hombres de Cumberland. A pesar de que no encontraron ningún tesoro, los marineros hallaron y consumieron varias cubas de vino joven y regresaron a sus naves con fuertes dolores de estómago.

3. SIGLOS XVII Y XVIII

3.1. El manuscrito de Lansdowne

A brief description of the Canary Islands, escrito durante el reinado de *James I* (1603-1625). Obra publicada en 1603.

"Después de Tenerife y Gran Canaria, Lanzarote es la isla canaria que más interesa en lo que toca al comercio. Su suelo arenoso produce una gran cantidad de trigo y cebada en años benignos, pero en los últimos tiempos, por falta de lluvia, no se ha enviado nada a Tenerife, ya que apenas produce lo suficiente para sus propias necesidades. Su comida es cebada, tostada y luego molida, que se conoce como 'gofio'. Este cereal ha seguido siendo un alimento popular en todas las Islas Canarias hasta la actualidad.

El agua de lluvia se almacena en grandes maretas ya que sólo hay un par de manantiales. La isla sufre bastante por la falta de lluvia, grandes cantidades de ganado mueren y los habitantes a menudo deben caminar largas distancias para recoger agua para su uso en sus propios hogares. Los camellos, especie abundante en la isla, se utilizan para arar los campos y transportar el maíz, conocido como 'millo' en la isla. Cada camello puede cargar de cinco a ocho quintales. Resisten bastante tiempo sin comer y suelen beber solamente una vez cada tres días.

Hay una gran cantidad de cabras y se hace abundante queso de su leche. Su principal comercio es con Tenerife, tanto para el maíz como para el ganado. La isla está gobernada por un marqués conocido como el Conde de Lanzarote. No hay cuotas de aduana sobre las mercancías importadas, pero debe pagarse una quinta parte del valor de todos los productos enviados desde la isla.

Prácticamente no hay árboles que crezcan en la isla. La 'syringa' es un pequeño arbusto que arrancan de los campos por la raíz. Hay poca o ninguna fruta. Puerto Naos, su único puerto, es donde los buques mercantes que cruzan a las Indias suelen pasar el invierno. Dicho muelle tiene capacidad para 30 barcos. Es un lugar desierto y en la bajamar su fondo no pasa de seis o siete pies (entre 1'82 y 2'13 metros de profundidad). La marea sube y baja unos diez pies (3 metros), de modo que con marea llena puede entrar un buque de tamaño considerable.

No hay fortaleza para su defensa, pero hay un castillo a unas seis millas en el interior de la isla, desde el cual hay vistas a la ciudad principal (Teguise), que consta de unas ciento veinte casas. El castillo está bien situado, en lo alto de la ciudad, pero sólo cuenta con unos seis o siete cañones. Hay algunos pueblos pequeños y muchas casas diseminadas, ya que los habitantes temen la invasión de los moros, que, en tiempos pasados, saquearon toda la isla llevándose a muchos cautivos.

En el sur de la isla hay muchas calas de arena. Hacia el norte la costa es muy rocosa, se ven salinas, las cuales podrían producir grandes cantidades de sal, pero en el momento actual parecen abandonadas. A poca distancia en el mar están las islas de La Graciosa y Alegranza, ambas deshabitadas. En primavera grandes cantidades de cabras son llevadas allí para pastar durante varios meses. A veces, esas islas también son ocupadas por las tripulaciones de los buques de guerra. Entre el sur de la isla y Fuerteventura se encuentra la Isla de Lobos, que está despoblada, pero llena de conejos".

3.2. Sir Walter Raleigh en Lanzarote

Durante su último viaje, en 1617, sir Walter Raleigh recaló en Lanzarote para aprovisionarse en su camino hacia América del Sur. Estando en la isla tuvo lugar una escaramuza entre algunos miembros de su tripulación y otros tantos habitantes locales, en la cual murieron dos marineros. Cuando Raleigh fue juzgado por traición a su regreso a Inglaterra, se hizo mención a ese incidente ocurrido en Lanzarote. Después de ser declarado culpable fue ahorcado en la Torre de Londres.

A pesar de que no tenía nada que ver con los cargos reales a los que Raleigh se enfrentaba, la escaramuza fue presentada por el fiscal como prueba de que *"Raleigh se estaba comportando como un pirata"*. Se prestó testimonio al efecto de que Raleigh había incitado a sus hombres a atacar a la gente del lugar. El fiscal declaró: *"El 8 de septiembre de 1617, Sir Walter Raleigh llegó a fondear en la isla de Lanza-*

rote, como saben, una de las Islas Canarias. Mientras estaba allí, un capitán, un tal Bayley, huyó en uno de sus barcos, a cierta distancia, afirmando que temía que Sir Walter se pasara a la piratería. En mi opinión Bayley se arrepentirá y se sentirá avergonzado por lo que ha hecho y por el escándalo en el que ha involucrado a su general mediante el envío de un informe proyectando dudas sobre su persona".

Otro testigo llamado Weekes testificó a su favor, diciendo que Raleigh había llegado con toda tranquilidad, que puso en tierra a 400 hombres y envió un mensaje al gobernador para que le permitiera cargar agua y otros artículos de primera necesidad, y que sus hombres se vieron envueltos en una pelea sin su conocimiento. Según Weekes, pese a que se perdieron vidas, Sir Walter Raleigh había salido de la isla sin vengar sus muertes, *"aunque varios de sus capitanes le hubieran urgido a ello".*

3.3. Vinos canarios en las obras de William Shakespeare

Entre 1596 y 1601, menos de veinte años después de la publicación del primer libro en lengua inglesa sobre las Islas Canarias, William Shakespeare hizo numerosas referencias a los vinos canarios, a los que él llamaba *malmsey*, (en España recibían la denominación de malvasía). También hizo varias menciones del *sack*, un nombre genérico para el vino blanco fortificado o generoso (conocido en Canarias también como 'mistela'). Esto indicaría que, a finales del siglo XVI y principios del XVII, el hombre de la calle de Inglaterra estaba totalmente familiarizado con los vinos de Canarias, de lo contrario el dramaturgo no habría hecho tantas referencias a ellos. Además, la palabra "vino" se cita ochenta y seis veces en todas las obras de Shakespeare, pero el único lugar de origen mencionado es "canario".

El origen de la palabra "malvasía", que aparecía en las etiquetas de esos vinos de Canarias (*malmsey* en inglés y *malvoisie* en francés) está aún hoy poco claro; lo que sí se sabe con seguridad es que hace referencia a una localización del Mediterráneo Oriental donde la uva originaria crecía abundantemente en la Antigüedad.

La referencia más notoria al vino *malmsey* en la literatura ocurre en la obra *Ricardo III* (acto 1, escena 4). Este historia se basa en un incidente que ocurrió, se cree, durante la Guerra de las Dos Rosas (1455-1487), cuando dos facciones rivales de la familia Plantagenet luchaban por el control del trono de Inglaterra. Shakespeare nos dice que el rey Ricardo acusó a su hermano Clarence de traición y lo metió en la cárcel en la Torre de Londres. Mientras estaba confinado allí, el rey ordenó su asesinato a manos de dos hombres. El trágico fratricidio se describe de la siguiente manera: *"Cuando los agresores se acercaron al desprevenido Clarence, él les pidió una copa de vino. A lo que respondieron: 'Vos tendréis vino de sobra, mi señor, pronto'. Luego lo apuñalaron mortalmente y uno de los asesinos dijo 'lánzalo al fondo del tonel de la malvasía' para ocultar el cuerpo"*.

Como poeta laureado, Shakespeare recibía un estipendio anual de cien guineas de oro y de doscientos cincuenta y seis galones de vino canario. En *Henry IV*, Parte II, a Falstaff se le describe con la expresión *"nariz de malvasía"*, y en otro capítulo declara que su bebida favorita es el *"vino malvasía que calienta la sangre"*. Falstaff también afirma que *"si mil hijos tuviera, el primer principio humano que les inculcaría sería el de renunciar a las bebidas livianas y aficionarse al sack"*.

En *Enrique IV*, el dramaturgo incluso se refiere a Falstaff como *"Sir John Canary"*. Esta es posiblemente la razón por la cual algunos estudiosos de Shakespeare creen que el personaje Sir John Falstaff o Sir John Canary es en realidad el propio álter ego del dramaturgo. Parafraseando un antiguo proverbio: *"Si bebo tu vino, cantaré tus loas"*.

Malmsey, *canary* o *sack* se mencionan más específicamente en cinco obras: *Las Alegres Comadres de Windsor*, *Enrique IV* (parte II), *Trabajos de Amor Perdidos*, *Ricardo III* y *Noche de Reyes*. En *Trabajos de Amor Perdidos*, *malmsey* se cita algo burlonamente durante una conversación entre Berowne y la Princesa de Francia, *"Metheglin, wort y malmsey"* (*"hidromiel, mosto y malvasía"*).

En *Enrique IV* (acto 1, escena 2), Falstaff dice: *"Entonces, ¿qué hora es, joven?"*, a lo que el príncipe Enrique responde: *"Te has embrutecido tanto bebiendo canary sack, desabrochándote después de cenar y acostándote a dormir en los bancos desde media tarde... ¿Qué demonios te importa a ti la hora del día? A menos que las horas fueran jarras de canary sack y los minutos fueran capones... No veo razón alguna para que hagas preguntas tan superfluas"*.

Otras citas:
Enrique IV. Segunda parte, acto 2º: *"¡Pero a fe mía! Habéis bebido demasiado Canarias, que es un vino maravilloso y penetrante".*

Las alegres comadres de Windsor, Acto 1, escena 3: *"Iré con mi honrado caballero Falstaff y beberé vino de Canarias con él".*

Noche de Reyes, acto 1, escena 1: *"Sir Tobías: ¡Caballero! ¿Cuándo os he visto tan abatido? Lo que necesitáis es una copa de vino de Canarias". "Sir Andrés: Creo que nunca en vuestra vida, a no ser que me veais sucumbir ante el vino de Canarias".*

"White Canary Sack" se menciona cuatro veces en *Enrique IV* y una sola vez en *Noche de Reyes*. Finalmente, la palabra "canary" es también el nombre de un baile en *Trabajos de Amor Perdidos*, y en *Bien está lo que bien acaba,* como se ve en las expresiones *"danza canaria"* y *"canario con los pies".* Hay debate entre los estudiosos que dicen que la palabra *"sack"* se deriva de la palabra francesa "sec", que significa "seco", mientras otros opinan, por el contrario, que procede de la palabra española "sacar", es decir, de sacar el vino de un barril.

3.4. Judíos en las Islas Canarias

Según el historiador Viera y Clavijo, la Inquisición española se estableció en las Islas Canarias en 1504, debido a la gran cantidad de judíos que habían encontrado asilo en el Archipiélago después de haber sido expulsados de la Península española en 1492. Agentes del tribunal de la Inquisición buscaban judeoconversos en las Islas, pesonas que habían aceptado cambiar su fe para convertirse al cristianismo, que asistían a misa y se confesaban en la iglesia, pero que en la intimidad de sus hogares llevaban a cabo las oraciones y los rituales de su antigua religión.

Cuando se les identificaba eran cruelmente torturados, hasta que confesaban los pecados de *"herejía y judaísmo"*, todo ello antes de ser condenados a muerte y ser quemados en la hoguera en Las Palmas, al tiempo que se les confiscaban todos sus bienes. Según el autor Lucien Wolf, en su obra *Judíos en las islas Canarias* (Londres, 1923), ese fue el destino de Luys Fernández de San Bartolomé, que es el único caso registrado de un habitante de Lanzarote.

El libro de Wolf está basado en manuscritos originales que pertenecieron al Santo Oficio de Canarias, documentos comprados por el Marqués de Bute y que llevaban por título *"Calendario de casos de judíos en la Inquisición en las Islas Canarias"*. Las 248 páginas de la obra consisten en declaraciones de informantes y testigos ante el Obispo y, posteriormente, ante el Tribunal de la Inquisición entre los años 1499 y 1525.

A mediados del siglo XVII se estableció la primera comunidad judía en Londres con el canario Antonio Fernández Carvajal a la cabeza; estaba formada por refugiados de España y Francia. En 1701, abrieron la Sinagoga de Bevis Marks, en el centro financiero de Londres, que fue la primera en Inglaterra, y ahora, más de 300 años después, es el lugar de culto judío que más tiempo lleva funcionando de forma continua en toda Europa.

La comunidad también adquirió un terreno para un cementerio en *Mile End Road*, en el este de Londres, camposanto que se abrió en 1657 y en el que fue enterrado Antonio Fernández Carvajal. Entre otros notables, en ese cementerio recibió sepultura Benjamin D'Israeli, abuelo del primer ministro británico Benjamin Disraeli (1804-1881), que fue amigo cercano de la reina Victoria. El cementerio, que forma parte de la Universidad *Queen Mary*, en el Campus de *Mile End* de Londres, fue reconocido como Sitio de Interés Histórico en 2014 y está incluido en el Patrimonio Inglés, con Nivel II.

España ha aprobado recientemente una ley que permite solicitar el pasaporte español a los descendientes de los judíos expulsados en 1492. Esto ha llevado a muchos miembros de la comunidad judía en Gran Bretaña que se opusieron al Brexit a solicitar la doble nacionalidad.

3.5. El corsario Woodes Rogers y *Robinson Crusoe*

En 1708, Woodes Rogers, el corsario inglés que fue más tarde gobernador de Bahamas, amenazó con bombardear el Puerto de La Orotava (hasta más tarde no tomaría oficialmente el nombre de Puerto de la Cruz). Después de prolongadas negociaciones, aceptó retirarse a cambio de suministros. En ese mismo viaje, el 1 de enero de 1710, rescató a Alexander Selkirk, abandonado en una isla desierta de la costa de Chile durante cuatro años. Su historia fue la base del libro *Robinson Crusoe* de Daniel Defoe.

3.6. Tropas inglesas fueron derrotadas en Fuerteventura en la batalla de Tamasite

En 1740, los británicos decidieron lanzar un ataque contra Fuerteventura, pero fueron derrotados en la batalla de Tamasite, cerca de la bahía de Gran Tarajal. Este episodio, que se saldó con la muerte de 90 ingleses, tuvo lugar durante los 10 años de conflicto de la Guerra del Asiento entre Gran Bretaña y España, también conocida como guerra de la Oreja de Jenkins en Inglaterra, que había comenzado en octubre de 1739 y que finalmente se quedó en un episodio más de la Guerra de Sucesión Austríaca.

La guerra se desencadenó por un incidente ocurrido en 1738, cuando el capitán Robert Jenkins, de la Royal Navy, apareció ante un comité de la Cámara de los Comunes en Londres, durante una discusión sobre los ataques españoles contra las posesiones británicas de ultramar.

Afirmó que un navío militar español había abordado su barco en las Indias Occidentales y le había arrestado. Entonces acusaron a Jenkins de contrabando, confiscaron sus pertenencias, le cortaron una oreja, remolcaron el barco hacia el interior del océano y lo dejaron allí, amenazando con hacer lo mismo con su rey si se comportaba como él lo había hecho. Después de concluir su discurso, se cree que Jenkins levantó la oreja cortada por encima de su cabeza a plena vista de toda la cámara.

Los parlamentarios se indignaron y votaron a favor de tomar represalias mediante el ataque a una posesión española en el Atlántico, a saber, Fuerteventura, la segunda de las Islas Canarias en tamaño.

Estos tipos de ataques no fueron llevados a cabo por buques de la armada real, sino por corsarios, una práctica que implicaba que los barcos de un país estaban autorizados por su gobierno a atacar a los barcos de otro país a cambio de una parte de cualquier botín. Las víctimas de tales incursiones consideraban piratas a sus autores; los habitantes de Fuerteventura todavía ven a los invasores de 1740 como piratas.

Según Antonio de Bethencourt Massieu, en su libro *Ataques ingleses a Fuerteventura* (1992), los dos ataques piratas de Fuerteventura en 1740 ocurrieron en poco más de un mes. El primero fue llevado a cabo por una banda de 50 piratas que se adentraron en la bahía de Gran Tarajal y marcharon tierra adentro con tambores y banderas para saquear la aldea de Tuineje. No sabían que en aquel momento las milicias locales habían reunido a sus tropas en defensa de la isla, recientemente fortificada por los castillos y torres de Caleta de Fuste y El Tostón, desde donde un vigía había visto la llegada de la balandra inglesa.

Melchor Cabrera Bethencourt, que más adelante llegaría a ser coronel de la isla, lideró a sus tropas contra los corsarios invasores matando a 30 y capturando a 20. Según el escocés George Glas, los isleños atacaron a los ingleses con palos y piedras, usando camellos para protegerse del fuego de los mosquetes. Seis semanas más tarde, 300 hombres montaron un segundo ataque a la isla en el mismo lugar, pero todos fueron asesinados durante la batalla de Tamasite.

Glas señala en sus escritos que, debido a la audacia de lanzar un segundo ataque en tan poco tiempo, los majoreros se mostraron poco dispuestos a la indulgencia: *"Los nativos, enfurecidos al encontrar la isla perturbada de nuevo en tan poco tiempo, decidieron no dar cuartel a los segundos invasores"*.

El lector debe tener en cuenta que, además del autor de una obra histórica muy conocida, George Glas fue también un destacado capitán de su propio buque con la reputación de saber más sobre las aguas de las Islas Canarias que cualquier otro marino. Además, comerciaba y realizaba negocios en las Islas en la época en que se produjo la Batalla de Tamasite. Un capítulo entero de su libro está dedicado a ese acontecimiento.

En octubre de 2017, un equipo de arqueólogos de la Universidad de Las Palmas de Gran Canaria inició una investigación para localizar los restos de los ingleses que murieron durante este conflicto. Su trabajo cuenta con el apoyo de la Dirección General de Patrimonio Histórico del Gobierno de Canarias, el Cabildo de Fuerteventura y el Ayuntamiento de Tuineje.

La batalla de Tamasite se conmemora cada año en Fuerteventura con diversos eventos, incluyendo una reconstrucción de la batalla en Tuineje, Gran Tarajal y Tarajalejo. Muchos turistas y expatriados británicos se unen a la población local para festejar el acontecimiento.

3.7. *Historia de las Islas Canarias*, por George Glas

El escocés George Glas (1725-1765) fue un hombre notable, comerciante, aventurero y autor, que alcanzó la grandeza en varios campos antes de su trágica muerte a la edad de cuarenta años. Su libro, publicado en 1764, se centra en la conquista de Canarias, con una descripción detallada de la población aborigen de Lanzarote y Fuerteventura, incluyendo 300 palabras de su lengua. El trabajo sigue siendo una fuente importante de referencia para los estudiosos y fue traducido al español por la Universidad de La Laguna en 1982.

Glas nos dice que los viñedos no se cultivaron en Lanzarote hasta las erupciones de Timanfaya, en el periodo 1730-1736. Escribe que *"un volcán estalló y cubrió muchos campos con polvo fino y piedrecitas de ceniza, que han mejorado el suelo de tal forma que las vides que se plantan ahora crecen de forma próspera y producen uvas. Sobre las rocas en la costa del mar se da una gran cantidad de orchilla, un musgo blanquecino que produce una abundante tintura violeta que se utiliza para teñir y que es bien conocida por los tintoreros de Londres".*

El Capitán General de Canarias sospechaba de Glas, en la creencia de que su vasto conocimiento de las aguas canarias, junto con su capacidad como marino, le permitía competir más que favorablemente con la flota pesquera local, y los canarios que trabajaron en su barco fueron condenados a muerte. Glas había declarado públicamente que había mayor abundancia de pescado en las aguas canarias que en las de Terranova. Las autoridades también sospechaban que Glas pretendía apropiarse de las posesiones españolas en la costa del norte de África, en nombre de Gran Bretaña, para utilizarlas como punto de apoyo para invadir las Islas Canarias. Glas fue detenido en Lanzarote y llevado a Tenerife, donde pasó encarcelado más de un año, pero el gobierno británico presionó y obtuvo su liberación.

En septiembre de 1765, George Glas decidió regresar a Inglaterra con su esposa e hija, a bordo de un barco que había fletado, llamado Conde de Sandwich, con el fin de llevar mercancía desde Tenerife a Inglaterra en nombre de la firma comercial londinense Cologan, Pollard y Cooper y de su asociado Robert Jones. La mercancía consistía en cochinilla, vino, seda cruda e hilada, una gran cantidad de monedas españolas por valor de 106.000 libras esterlinas y algunos lingotes de oro, oro molido y joyas.

Glas había gestionado los envíos de la compañía Cologan durante muchos años. De origen irlandés, con oficinas centrales en Londres y Tenerife, esta compañía estaba entre los mayores exportadores de productos canarios, especialmente los vinos, a través de sus sucursales en Dublín y París, así como en las colonias británicas de América del Norte. Los detalles de la conexión entre el socio principal, John Cologan y la Revolución Americana se explican en el próximo epígrafe.

Cuando los cuatro miembros de la tripulación descubrieron la cantidad de metales preciosos que Glas iba a transportar, decidieron robarlos. Así, en el momento en el que el barco se acercaba a la costa irlandesa, mataron a Glas y lo arrojaron al mar. A su esposa e hija también las echaron al mar sin piedad. Luego los amotinados hundieron el barco cerca del puerto de Waterford, en el condado de Wexford, y se dirigieron a tierra con 250 bolsas de monedas de oro. Sin embargo, al día siguiente el buque salió a flote. Los asesinos fueron capturados y, después del juicio, se les condujo a la horca en la cárcel de Dublín.

Una segunda edición del libro de George Glas sobre la historia y el origen de las Islas Canarias apareció en Dublín en 1767, dos años después de su muerte. Esta versión póstuma, que es idéntica al primer volumen en lo que respecta a la historia de las Islas Canarias, añade el relato de su muerte a manos de una tripulación amotinada mientras navegaba de regreso a Inglaterra desde Tenerife.

La obra, que consta de dos volúmenes, fue publicado en Dublín por D. Chamberlaine, Dame Street y James Williams, de Skinner Row. Lo que sigue es un extracto editado, cortesía de la Biblioteca Nacional de Irlanda.

"En el mes de septiembre de 1765 el Conde de Sandwich zarpó de Orotava a Londres y tenía a bordo a John Cockham, capitán; Peter McKinley, contramaestre; George Gidley, cocinero; Richard Quintin, Andros Zizerman y Benjamin Gillespie, grumete, con el capitán Glas, su esposa y su hija, y sus sirvientes como pasajeros.

Antes de que el barco saliera de Canarias, Gidley, Quintin, Zizerman y McKinley organizaron una conspiración para asesinar al capitán y a todos los demás que iban a bordo y quedarse el tesoro que llevaba el barco. En la noche del sábado 30 de noviembre, los cuatro amotinados, que estaban de guardia nocturna, mataron al capitán con una barra de hierro y lo arrojaron por la borda. El ruido hizo levantarse a los demás de sus camas y subieron las escaleras, con Charles y James Vincent en cabeza. Les apuñalaron y esperaron al capitán Glas, que subía las escaleras con su espada, pero al llegar a cubierta, fue atacado por detrás por McKinley, quien junto con los otros tres amotinados logró arrancarle su espada, con la cual lo mataron y arrojaron su cuerpo al mar.

El fuerte ruido atrajo a la señora Glas y a su hija a la cubierta, y viendo lo que había ocurrido, suplicó misericordia, pero Zizerman y McKinley se acercaron a ella, que estaba abrazada a su hija, las agarraron a las dos y las arrojaron al mar. A estas alturas, el barco había alcanzado el Canal de la Mancha, de camino hacia Londres, pero tras el motín, se dieron la vuelta inmediatamente y navegaron en dirección a la costa de Irlanda con los dos jóvenes sirvientes todavía a bordo. El martes 3 de diciembre, alrededor de las dos de la tarde, llegaron al puerto de Waterford y Ross, decididos a hundir la embarcación para ocultar todas las pruebas incriminatorias de su delito.

Para protegerse a sí mismos y a su tesoro, levantaron la chalupa y la cargaron con bolsas de monedas de dos toneladas de peso, y luego abandonaron el barco y los dos niños perecieron con él. Uno de ellos rogó que lo llevaran a bordo de la chalupa; al ser rechazado saltó al mar y se aferró a la borda de la chalupa, pero fue golpeado y se ahogó. Poco después de que abandonaran el barco, éste se llenó de agua y se hundió, mientras la tripulación observaba cómo el otro chico era arrojado por la borda para ahogarse en el mar.

El bote había llegado a la boca del puerto. Remaron durante aproximadamente tres millas y al tener miedo de desembarcar con tal tesoro, *entraron por la bahía de Broomhill, en el condado de Wexford, a dos millas de Duncannon. Allí enterraron 250 bolsas de monedas y subieron por el río Ross con el resto de sus monedas, lingotes de oro, joyas y oro molido y atracaron en Fisherstown, a cuatro millas de Ross. Los cuatro se refrescaron en una taberna en Ballybrassil donde cambiaron 1.200 monedas, contrataron seis caballos y compraron tres cajas de pistolas antes de partir hacia Dublín, adónde llegaron el 6 de diciembre, y se detuvieron en el Black Bull Inn en Thomas Street.*

A Dublín llegó la noticia de que un barco cargado de riquezas sin un alma a bordo había sido llevado a la orilla del Condado de Waterford al mismo tiempo que la banda de rufianes había llegado cargada de monedas de oro. El magistrado principal de Ross, Charles Tottenham, acompañado por miembros de la policía, arrestó a los villanos en el Black Bull Inn. Luego interrogaron por separado a Richard Quintin, Andros Zizerman, George Gidley y Peter McKinley, y cada uno confesó los asesinatos y dio detalles del lugar donde habían enterrado el resto del tesoro con la esperanza de evitar con ello la pena de muerte. Los cuatro fueron hallados culpables y ahorcados. Durante años después, los esqueletos de esos miserables pendieron de la horca de la isla Dalkey como una advertencia de lo que esperaba a los malhechores en alta mar."

En 2014 Bodegas El Grifo, en Lanzarote, presentó un vino tinto dulce llamado George Glas. La fecha de creación de esta bodega data de 1775, sólo 11 años después de que el libro de George Glas fuese publicado por primera vez, en 1764.

El padre de George Glas, John Glas (1695-1773), un predicador conocido como Juan el Divino, tenía un conflicto serio con el ministerio de la Iglesia de Escocia debido a su interpretación del misterio de la Trinidad. Emigró a los Estados Unidos, donde fundó su propia iglesia, que todavía existe hoy en día y cuyos miembros son conocidos como *Glassitas*.

3.8. El comercio de los vinos canarios "financió" la Revolución Americana

El brindis por la Declaración de la Independencia de los Estados Unidos de América el 4 de julio 1776 se realizó con una copa de vino de Canarias. Este episodio, hasta ahora desconocido de la historia de la Revolución Americana, fue revelado por Carlos Cólogan Soriano, en su libro *Un corsario al servicio de Benjamin Franklin,* publicado en 2014.

Carlos Cólogan, historiador y autor de varias publicaciones, reside en Tenerife y es descendiente directo de John Cologan, un irlandés que se estableció en Tenerife en el siglo XVIII. Fundó una empresa comercial en La Orotava para la exportación de productos de las Islas Canarias y pronto se amplió, abriendo oficinas en Londres, Dublín, París y en los Estados Unidos.

El producto de mayor éxito de la compañía, con diferencia, eran los vinos canarios, que se vendieron muy bien durante muchos años en los trece estados de la colonia británica. Pero surgió una dificultad, ya que Gran Bretaña dictó las Actas de Navegación, por las cuales toda la mercancía de España para las trece colonias tuvo que ser transportada a bordo de un buque que enarbolara la enseña azul, es decir, con capitán y tripulación británica, y que, además, zarpara desde un puerto inglés.

El coste de navegar de esta manera, además de las excesivas tasas de importación, duplicó el coste del vino canario en el mercado americano. Portugal, aliado de Gran Bretaña, no tenía ningún tipo de restricciones y se hizo cargo de todo el mercado vendiendo su vino de Madeira por un tercio menos de valor, como mínimo, que sus rivales canarios.

Entonces John Cologan tuvo una idea luminosa. Se dijo: *"vamos a enviar nuestros vinos a América etiquetados como portugueses para permitirnos competir con los de otras regiones sin trabas como severos impuestos y derechos de aduana".* Él y su esposa estaban muy unidos a Benjamin Franklin, quien se había establecido en París oficialmente como representante de los trece estados británicos coloniales en América aunque, en realidad, estaba organizando el envío de productos a América a través de corsarios para evitar el bloqueo comercial británico.

Dos de los más conocidos de estos corsarios fueron el capitán Bligh, del famoso buque *Bounty*, y George Glas, cuya historia fue relatada en el capítulo anterior. Las 100.000 monedas de oro por las que fue asesinado por los amotinados eran las ganancias de la mercancía que Glas había entregado en nombre de John Cologan y estaba rumbo a Irlanda para devolverla a la empresa y para recoger más carga.

Durante más de veinte años, el comercio de vino canario "disfrazado" fue altamente rentable y un socio silencioso en la empresa fue Robert Morris, que financió la Revolución Americana y fue uno de los firmantes originales de la Declaración de Independencia. Es por ello que él y Benjamin Franklin brindaron por el éxito de sus resultados con una copa de malvasía vertido desde una botella con etiqueta de Madeira.

La información contenida en el libro de Carlos Cólogan se basa en 100.000 páginas de contratos y correspondencia de la empresa de su antecesor John Cologan. La documentación, que ha sido meticulosamente catalogada por el autor, se cree que conforma la mayor colección de documentos comerciales de valor histórico en manos privadas en España. Como un homenaje a los orígenes irlandeses de la familia Cólogan, la impresión de la obra se concluyó el 17 de marzo de 2014, día de San Patricio.

La compañía de John Cologan figura relacionada en capítulos posteriores con la exportación de barrilla, cochinilla y piel de conejo de Lanzarote a Inglaterra en los siglos XVIII y XIX.

3.9. La planta de la barrilla - carbonato de sodio: 1769-1794

La barrilla crecía y sigue creciendo cerca de la orilla del mar de Lanzarote y otras islas de Canarias. Hasta 1793, las cenizas de esta planta propia de suelos salobres fueron la fuente de carbonato de sosa utilizada en el comercio. Durante el siglo XVIII la barrilla fue un ingrediente fundamental para la fabricación de jabón y vidrio. El mercado inglés absorbió la mayor parte de la cosecha de Lanzarote, que alcanzó un total de producción anual de 1.400 toneladas y llegó a venderse por 33 libras esterlinas por tonelada en el mercado de Londres.

Un comerciante lanzaroteño envió a Londres muestras de la barrilla que cultivaba para que un químico llamado Benjamin Jennings la analizara. Muy impresionado por su calidad, Jennings dio instrucciones precisas para su cultivo, cosecha y posterior quema para obtener la más alta calidad posible de la ceniza de sosa. El producto de Lanzarote fue considerado como el mejor en el mercado.

El carbonato de sodio fue enviado desde el puerto de La Tiñosa, ahora conocido como Puerto del Carmen, a la empresa londinense Cologan, Pollard y Cooper, quienes, debido a la excelencia del material de Lanzarote, tenían pedidos que cubrían toda la producción. Muchas de las primeras fortunas de la isla se realizaron con el comercio de la barrilla, comerciantes que luego se construyeron algunos de los mejores edificios en la calle principal de Arrecife. Un área de la costa contigua a la Playa Chica en Puerto del Carmen todavía se llama 'Paseo de la Barrilla', ya que los agricultores traían su barrilla seca a las rocas de la orilla para machacar las hojas antes de quemarlas.

Por desgracia, el auge de este producto llegó a su fin con las guerras de la Revolución Francesa. La barrilla se había vuelto tan cara que Napoleón ofreció un premio muy bien dotado económicamente para la invención de un producto químico que pudiera usarse para la fabricación de carbonato de sosa. Esto dio lugar a la creación de no menos de trece alternativas sintéticas y el precio de la barrilla se redujo a menos de 2 libras esterlinas por tonelada. Hoy en día en el campo de Lanzarote todavía hay gente que utiliza la barrilla para eliminar manchas difíciles en las manos y la ropa.

3.10. Piel de conejo y *conejeros*

Un punto de interés adicional es que la firma londinense de Cologan, Pollard y Cooper fueron también los principales importadores para el mercado inglés de pieles de conejo de la isla destinadas a los fabricantes de sombreros de piel. Una vez más, la calidad de la piel de los conejos de Lanzarote fue muy superior a la de cualquier otra fuente en Europa. Esta mercancía se estuvo enviando hasta el final del siglo XVIII desde Tenerife a Londres, previo embarque en el puerto de La

Tiñosa. José Agustín Álvarez Rixo, en su obra *Historia del Puerto del Arrecife*, cuenta la historia del origen del gentilicio popular 'conejeros' para los habitantes de Lanzarote. La Universidad de La Laguna rindió tributo en 2016 a este investigador, Álvarez Rixo, dedicándole el Día del Libro, incorporando su valioso archivo a la Biblioteca de la ULL, lo que permite ponerlo a disposición de los investigadores, gracias a la donación realizada por los herederos del homenajeado.

Estos datos son de una gran importancia histórica ya que permiten conocer el origen de por qué los habitantes de Lanzarote son conocidos como 'conejeros', palabra derivado de 'conejo'. Al parecer, los exportadores en Tenerife se referirían a sus homólogos de Lanzarote como 'conejeros', es decir, los exportadores de pieles de conejo. El apodo se sigue utilizando con afecto para cualquier persona nacida en la isla.

3.11. La batalla de Santa Cruz de Tenerife de Nelson en 1797

El almirante Horatio Nelson navegó a Santa Cruz de Tenerife en el buque insignia Teseo a finales de julio de 1797 en un momento en que España estaba aliada con Francia contra Inglaterra. Estaba a la cabeza de un escuadrón compuesto por ocho naves, montando entre ellos casi 400 cañones y llevando un gran número de tropas de desembarco bajo el mando de Sir Charles Troubridge. Las tropas que fueron desembarcadas tuvieron que luchar una feroz batalla en las calles con las milicias bajo el mando del general Gutiérrez, pero lograron llegar al monasterio dominico donde se atrincheraron.

Troubridge ofreció retirarse a las naves si los españoles pagaban una indemnización, pero el general español, a la manera de aquellos días, respondió que no tenían oro y sólo podía darle *"acero y muerte"*. El inglés había perdido a la mitad de sus soldados y, después de largos parlamentos, firmó una capitulación que posteriormente fue ratificada por Nelson y que estipulaba que la escuadra no volvería a atacar Canarias durante la guerra.

Mientras las luchas callejeras continuaban, Nelson, que ya había perdido el ojo en la batalla de Calvi (Córcega), perdió su brazo derecho, que fue destrozado por una bala de cañón de una batería costera, justo cuando su barco se dirigía a tierra. Cayó llorando y diciendo: *"Han acabado conmigo."* Su joven hijastro, militar con el rango de teniente, le hizo un torniquete con su camisa. Nelson fue llevado de vuelta al Teseo, donde su brazo fue amputado. Era el siglo XVIII, *"el siglo de la caballerosidad"* y, después de la batalla, el almirante y el general intercambiaron gestos de cortesía. Gutiérrez envió a Nelson vinos y quesos y en las cartas que se intercambiaron cada uno expresó que tendría *"un gran placer en conocer a una persona dotada de tantas cualidades loables".*

Los españoles sufrieron sólo 30 muertos y 40 heridos, mientras que los británicos contabilizaron 250 muertos y 128 heridos. El viaje a Inglaterra fue difícil, ya que Nelson había perdido a muchos hombres. Gutiérrez le prestó a Nelson dos goletas para ayudar a los británicos en su camino de regreso. El general español también permitió a los británicos salir con sus armas y honores de guerra.

Sin embargo, Nelson comentaría más tarde que Tenerife había sido el infierno más horrible que jamás había sufrido, y no sólo por la pérdida de su brazo. Los británicos nunca más trataron de tomar Santa Cruz. La carta de Nelson ofreciendo un queso como muestra de su gratitud se exhibe en el nuevo Museo del Ejército Español en Toledo. Cada año, el 25 de julio, Santa Cruz celebra el evento mediante una recreación de la batalla en la que los actores llevan reproducciones fieles de los uniformes y armas de la época.

3.12. Alexander Von Humboldt

El naturalista y geógrafo alemán Alexander von Humboldt (1767-1785) fue famoso por sus viajes por América del Sur; de hecho, la corriente fría que baña las costas de Perú fue bautizada con su nombre. De joven, su primera travesía por mar fue con el naturalista inglés George Forster, que había navegado con el capitán James Cook en muchos viajes de descubrimiento. El explorador alemán pasó mucho tiempo en Inglaterra donde fue presentado a Sir Joseph Banks, presidente de la Royal Society, que movilizó sus contactos para ayudarle en su investigación científica. Se dice que los escritos de Humboldt influyeron sobre diversas figuras científicas de Inglaterra, incluyendo a Charles Darwin.

En 1799 Humboldt llegó a la isla de Lanzarote, a bordo de la corbeta Pizarro, de paso hacia Tenerife donde esperaba que los británicos hubieran levantado el bloqueo del puerto de Santa Cruz (así fue el caso, y pasó seis días recorriendo la isla y haciendo observaciones científicas).

Si bien no bajó a tierra, desde su embarcación, anclada frente a la costa oeste de Lanzarote, Humboldt tomó notas sobre la devastación causada por las erupciones de Timanfaya. Veinticuatro años después, en 1823, se publicaron sus textos en París en lengua inglesa.

"16 Junio de 1799. A las cinco, estando el sol más bajo, la Isla de Lanzerota [sic] se presentaba tan claramente, que me era posible tomar el ángulo de una montaña cónica, que se elevaba majestuosamente sobre las otras cumbres y que nos pareció que era el gran volcán que había causado tantos estragos en la noche del 1 de septiembre de 1730.

La parte occidental entera de Lanzarote, de la que teníamos una visión cercana, tiene la apariencia de una tierra transformada recientemente por erupciones volcánicas. Todo es negro, reseco y despojado de tierra vegetal. Distinguimos, con nuestros prismáticos, basalto estratificado en capas delgadas y con fuerte pendiente. Varias colinas hacían recordar a Monte Nova, cerca de Nápoles, o los montículos de escoria y ceniza que la tierra abierta vomitó en una sola noche a los pies del Volcán Jorullo en México.

De acuerdo con el abate Viera [José de Viera y Clavijo], más de la mitad de la isla había cambiado su aspecto después de que el volcán de Timanfaya entrara en erupción, expandiendo desolación sobre una de las regiones más fértiles y cultivadas, siendo nueve pueblos totalmente destruidos por la lava. Esta catástrofe había sido precedida por un tremendo terremoto, y durante varios años seguían sintiéndose sacudidas igualmente violentas.

Este último fenómeno es especialmente singular, ya que rara vez ocurre al final de una erupción, cuando los vapores elásticos han encontrado ventilación por el cráter, después de la expulsión de la materia fundida. La cumbre del gran volcán es una colina redondeada, pero no del todo cónica. A partir de los ángulos de altitud que tomé en diferentes distancias, su elevación real no excede de seiscientos metros. Las colinas vecinas y las de Alegranza y Montaña Clara estaban apenas por encima de los 200 metros.

La isla de Lanzarote fue nombrada antiguamente como Titeroygatra. A la llegada de los españoles sus habitantes fueron distinguidos de los otros canarios por marcas de mayor civilización. Sus casas estaban construidas con bloques de piedra, mientras que los habitantes guanches de Tenerife, como verdaderos trogloditas, vivían en cavernas. En el siglo XV, Lanzarote contenía dos pequeños estados diferenciados, separados por una pared; una especie de monumento que sobrevive a las enemistades nacionales, y que encontramos en Escocia, China y Perú".

Texto facilitado por cortesía del profesor Hanno Beck, Humbolt Gesellschaft, Bonn.

4. SIGLO XIX

4.1. El tinte de la cochinilla

En el siglo XIX, Gran Bretaña fue el principal importador de la cochinilla de Lanzarote a través de la firma Cologan, Pollard y Cooper. Alcanzó fama inmediata en todo el país ya que se utilizaba para dar color a los llamativos uniformes de los guardias del Palacio de Buckingham y para las casacas rojas de la Policía Montada de Canadá.

Cuando España conquistó México, en 1519, los soldados observaron que antes de entrar en batalla, los indios aztecas se manchaban la cara y el cuerpo de rojo con pinturas de guerra con jugo extraído de la tunera. La cochinilla es un colorante de color escarlata natural que se extrae de los cuerpos desecados de un insecto que parasita la tunera. El antiguo término azteca para el color era 'nochezli', que los españoles convirtieron en "cochinilla".

El rey Felipe II de España declaró en 1556 que *"uno de los productos más valiosos que proporcionan nuestros territorios de ultramar es la cochinilla, ya que representa una quinta parte de todos los ingresos que entran en las arcas del país"*, y las emergentes industrias textiles de Europa estaban a punto de descubrir que era mejor que cualquier otro tinte utilizado en el pasado.

El sistema de cría de la cochinilla en la tunera fue introducido por primera vez en Canarias desde México a principios del siglo XIX y pronto se convirtió en el principal producto de exportación de las Islas Canarias, que asumieron el papel de proveedor más importante del mundo. El cultivo de la cochinilla en Lanzarote se inició en 1835 cerca de Tiagua, en la finca El Patio, donde en la actualidad está el Museo Agrícola, y poco después se extendió a Guatiza y Mala y también a otras zonas de la isla.

El cultivo se expandió rápidamente por todas las islas y alcanzó una producción anual de 2,5 millones de kilos en 1874, lo que trajo una nueva era de prosperidad a la región. El Archipiélago Canario suministró a toda Europa este polvo hecho a partir de insectos desecados y triturados, lo que derivó en una incomparable materia colorante roja utilizada por los fabricantes de textiles para el teñido de ropas, productos alimenticios, farmacéuticos y cosméticos.

Con el progreso continuo en el campo de la química llegó el descubrimiento en Alemania de los tintes de anilina. Esto permitió a la industria de colorantes artificiales producir colorantes a un coste ridículo, que expulsó del mercado a los colorantes naturales, aunque fuesen de mejor calidad. El cultivo disminuyó gradualmente y un siglo más tarde la producción ya se había detenido en la mayoría de Canarias, a excepción de Guatiza y Mala en Lanzarote y, en menor grado, en el sur de Tenerife.

Hace diez años se inició un resurgimiento de la industria de la cochinilla tradicional en Lanzarote debido a Sebastiana Perera, directora de la escuela de educación primaria de Mala y ex presidenta del Cabildo de la isla. Ella concibió un proyecto piloto para que su alumnado participara en el desarrollo de un centro de exposiciones de la cochinilla, la industria local que una vez fue floreciente. Ella enseñó a los jóvenes los fundamentos de la cría de la cochinilla y la cosecha para dar a los visitantes una visión de todo el proceso, desde la colocación del parásito sobre la planta que lo acoge hasta su extracción.

Los efectos de los esfuerzos de Sebastiana Perera dieron sus frutos cuando a finales de 2015 la reactivación de la industria local se incluyó en el Programa de Desarrollo Rural de la Comisión Europea y en el año 2016 el Gobierno de Canarias declaró el cultivo de la cochinilla tradicional como Patrimonio Natural Protegido con una Denominación de Origen.

4.2. Las erupciones volcánicas de 1824 y Florence Du Cane

A continuación reproducimos unos extractos significativos del primer registro escrito sobre la segunda serie de erupciones históricas de Lanzarote, que tuvieron lugar en 1824, casi un siglo después de las erupciones de Timanfaya de 1730-1736. Proceden de una serie de cartas escritas por Antonio Cabrera, habitante de Tinajo, que presenció este acontecimiento.

"Un leve terremoto precedió a la aparición de un nuevo cráter en la madrugada del 1 de julio de 1824, en el pueblo de Tao, en el centro de una llanura. El cráter, que en un principio tenía la apariencia de una gran grieta, emitió una lluvia de arena y piedra al rojo vivo, e hizo gran daño a la región circundante, destruyendo algunos de los aljibes más valiosos. Se temió incluso que Tiagua, pueblo situado a una cierta distancia, se viera afectado y destruido, ya que una pequeña montaña en la zona empezó a echar humo.

El 16 de septiembre, después de haber estado dieciocho horas arrojando una lluvia de cenizas calientes, el cráter comenzó a expulsar una densa columna de humo que brotaba sin parar, y el estruendo se oía desde muy lejos, y desde la pequeña montaña, que en un principio sólo echaba humo, surgió un torrente de agua hirviendo.

Después de una relativa calma durante algún tiempo, se escuchó un fuerte ruido, y el agua hirviendo corrió hacia el exterior formando torrentes. A veces el humo no es denso y se disipa a lo lejos, y de repente vuelve el agua otra vez", escribe el testigo.

"El 29 de septiembre el volcán reventó la capa de lava de 1730 y torrentes de fuego corrieron hacia el mar. Un ruido como el de un gran trueno ininterrumpido impidió que los habitantes durmieran, incluso a muchas millas de distancia. No es de extrañar que temieran una repetición de los desastres de 1730 a 1736, ya que en dos meses se habían abierto dos nuevos cráteres".

Su relato continúa: "Ahora es 18 de octubre y no hay duda de que tenemos un horno bajo nuestros pies. Durante doce días el volcán pareció muerto, aunque las sacudidas frecuentes de terremoto nos advertían que no era así, y justo ayer el volcán estalló a través de un lecho de lava en el centro de una gran llanura, levantando en el aire una columna de agua hirviendo de 150 pies de alto".

También se dice que el calor era sofocante, y que los marineros apenas podían ver la isla debido a la humareda causada por el volcán.

Información extraída del libro *Las Islas Canarias*, publicado en Londres en 1911 por Florence du Cane. Las ilustraciones son de su hermana Ella du Cane (1874-1943), que se forjó una reputación como pintora talentosa de acuarelas de paisajes en lugares exóticos. La reina Victoria compró 26 de sus obras.

4.3. ¿Es La Graciosa *La isla del tesoro* de R. L. Stevenson?

Algunos cronistas creen que el libro *La isla del tesoro*, de Robert Louis Stevenson, se basa en un incidente que tuvo lugar frente a la costa noroeste de Lanzarote, en la vecina isla de La Graciosa. Se sabe que muchos barcos con destino a las Indias Occidentales y América del Sur pasaban a través de El Río, el estrecho brazo de mar que separa a las dos islas. En una ocasión, un barco británico llegó a La Graciosa cargado con el botín de una batalla en el mar, sin darse cuenta de que había sido seguido por un galeón pirata.

Los marineros lograron llegar a tierra y enterrar su tesoro antes de que los bucaneros irrumpieran tras ellos. Superada totalmente en número, la tripulación británica fue capturada y se les obligó a revelar el escondite de su tesoro. Pero todos prefirieron morir antes de compartir el secreto. Sin embargo, sin ser detectado por los piratas, un grumete logró escaparse y se dirigió a la isla de Lanzarote, donde embarcó en un navío con destino a Inglaterra. Sin embargo, por alguna razón no reveló el paradero del tesoro enterrado hasta poco antes de su muerte.

Robert Louis Stevenson inicialmente tituló su libro *El cocinero del mar*, pero luego cambió ese nombre por el de *La isla del tesoro*, a petición de la editorial. El personaje del cocinero del libro, Long John Silver, solo tenía una pierna, ya que había perdido una de sus extremidades inferiores mientras servía a bordo de una nave comandada por el almirante Hawke. Entonces decidió presentarse para el trabajo de cocinero a bordo de un navío llamado *La Española*, y el relato dice que *"Long John Silver estaba familiarizado con las aguas donde transcurre esta historia"*.

En el transcurso de la investigación sobre la historia local y sobre las relaciones entre Lanzarote y Canarias con Gran Bretaña, el autor de esta publicación que tiene en sus manos ha tenido conocimiento de un encuentro naval que tuvo lugar en Lanzarote, en la década de 1760, y uno de los principales personajes involucrados fue el Almirante Hawke, mencionado por Stevenson.

Según el historiador canario Viera y Clavijo, en 1762 *"dos galeones bajo el mando de los almirantes Hawke y Anson patrullaban regularmente las rutas marítimas entre Canarias y las Azores, incluyendo El Río, el estrecho de mar entre Lanzarote y La Graciosa. Mientras intentaban capturar un barco español anclado en Puerto Naos, atacaron Arrecife".* Clavijo llega a la conclusión que *"obviamente la tripulación al mando de Hawke ya había adquirido un conocimiento de primera mano de estas aguas en momentos previos".*

Dado que el mapa en el libro de *La isla del tesoro* está fechado en 1754, no es tan desencaminado relacionar al Long John Silver de la ficción, *"que había servido a Hawke"*, con los marineros de la vida real, que antes de 1762 habían adquirido *"un conocimiento de primera mano de estas islas"* navegando con Hawke.

Por cierto, cuando los cañones de los barcos de Hawke y de Anson comenzaron a disparar en Arrecife, se encontraron con una respuesta desde los cañones del Castillo de San Gabriel. La costrucción de este castillo fue recomendada originalmente por el ingeniero italiano de fortificaciones Leonardo Torriani en 1590, como parte de una cadena de defensas de toda Canarias ordenada por Felipe II de España. El castillo fue destruido y reconstruido en varias ocasiones.

4.4. Pioneros anglo-canarios del comercio y del turismo

La llegada del escocés Thomas Miller a Las Palmas en 1824 marcó el inicio de unos negocios de importación y de exportación que tendrían consecuencias de largo alcance para Gran Canaria, así como para las otras islas. A mediados de siglo, gracias entre otras razones a la brillantez de Miller para los negocios, Las Palmas se convertiría en importante punto de aprovisionamiento de carbón para los buques de carga que navegaban desde Gran Bretaña a Sudáfrica y América del Sur.

Alfred L. Jones llegó a Las Palmas unos sesenta años más tarde. Fue un magnate de la industria hecho a sí mismo que se convirtió en presidente y director general de la *Elder Dempster Company* de Liverpool y, algo que también debe mencionarse en esta breve introducción, Jones eligió Las Palmas como estación carbonera para su línea marítima *Union Castle Shipping Line* en 1884 y, entre otras empresas, fue responsable de la introducción del plátano en Inglaterra.

Sus buques de carga en ruta hacia el continente americano y africano se ofrecieron también para el transporte de pasajeros desde Gran Bretaña a Canarias, cuando hacían escala en Las Palmas y Tenerife. Introdujeron de este modo a los primeros turistas modernos, entonces conocidos como viajeros, que se alojaban en hoteles espléndidos de Gran Canaria y Tenerife que fueron construidos por estos anglo-canarios de la época victoriana. Fueron ellos también quienes convirtieron el cultivo de frutas y verduras de la zona en uno de los mayores mercados de exportación al Reino Unido.

Canary Wharf (muelle canario), en Londres, se llama así por el enorme volumen de los buques con origen y destino en las Islas Canarias que recalaban allí, lo que impulsó al Banco de Bilbao a abrir una sucursal en *Covent Garden*. Sin intención de faltar al respeto a su memoria, debemos decir que no hay espacio en este libro para incluir los nombres e historias de todos los emprendedores británicos de la época en Canarias, tales como los descendientes de Miller, los Swanstons, los Blandys y otros, así como los residentes en Tenerife. En estos capítulos se cuenta nada más que una pequeña parte de la historia de un grupo de laboriosos empresarios que hace 150 años fueron los fundadores de una industria que en la actualidad atrae a más de 5 millones de británicos a esta región cada año.

Basil Miller escribió una biografía familiar, titulada *Saga de Canarias. La familia de Miller en Las Palmas, 1824-1990*, que publicó la propia familia en 1990. En sus páginas, el autor se propuso descubrir los orígenes de su bisabuelo y recopilar toda la información acerca de la familia y de la empresa. En ese momento, los Miller habían vivido en Canarias durante cuatro generaciones, desde la llegada de Thomas Miller en 1824.

La curiosidad del autor se despertó mientras rellenaba un impreso para renovar su pasaporte en Londres. Basil señaló que su padre y su abuelo habían nacido en Las Palmas, pero desconocía quién había sido el último de sus antepasados que nació en el Reino Unido. Posteriormente, Basil Miller descubriría que su bisabuelo, Thomas Miller, había nacido en Escocia y se trasladó a Las Palmas a la edad de 19, a invitación de su primo, James Swanston, que había estado viviendo allí durante doce años.

Thomas Miller y James Swanston y sus hermanos se especializaron en el comercio de tres productos que ofrecían grandes oportunidades en ese momento: la cochinilla, la barrilla y la orchilla. Como ya se ha detallado, la cochinilla fue un tinte natural de color escarlata y carmín muy eficaz, con una gran demanda en muchas partes del mundo, y China y el Lejano Oriente absorbían todo lo que podían producir. La barrilla, una planta costera de flores blancas, crece silvestre en Canarias y se recolectaba principalmente para obtener de ella carbonato de sosa que se utilizaba para la fabricación de jabón. La orchilla facilitaba un tinte púrpura que se vendió en todo el mundo. En su apogeo era una exportación muy importante y se cultivó incluso en granjas para la producción a granel.

Thomas pronto se hizo cargo de sus propios negocios entre las islas con goletas de dos mástiles y comenzó fletando buques para la exportación de cochinilla a China. El auge de la cochinilla tuvo su apogeo en 1850, pero el descubrimiento unas décadas después de los tintes de anilina hizo que el mercado cayera. Desde principios de los años 1840, Thomas había estado diversificando el negocio mediante la importación de telas procedentes de Manchester y Escocia, así como proveyendo a los agricultores locales con productos que mejoraban su actividad, tales como papas de siembra y alimentos para el ganado. También creció la producción de plátanos y de tabaco, abriendo oficinas en Tenerife. Parte de su gran popularidad se debía a que todos los empleados de su creciente imperio de negocios eran canarios.

Su siguiente negocio fue importar carbón de Cardiff para abastecer a los hogares y las fábricas locales. En ese momento no había un puerto protegido en Canarias para los buques que transportaban mercancías como el carbón, excepto un muelle muy pequeño en la ciudad de Las Palmas, que proporcionaba un refugio limitado a embarcaciones pequeñas. Las goletas de vela anclaban en aguas profundas cercanas a la costa a la espera de condiciones meteorológicas favorables que permitieran a las barcazas acercarse para descargar. Thomas levantó naves para almacenar el carbón cerca de la base del muelle. El carbón se cargaba en sacos que se depositaban en las mencionadas barcazas, y una vez cerca, los operarios lanzaban los sacos a tierra.

Esta iniciativa de Thomas de gestionar las primeras provisiones de carbón para Gran Canaria, aunque inicialmente fuese sólo para el consumo doméstico, pasó luego a ser vital no sólo para el desarrollo de su propia empresa, sino también para el futuro del comercio y la prosperidad de toda la isla. En 1854 Thomas registró su propia compañía, *Thomas Miller & Co.*, denominada con posterioridad *Thomas Miller & Sons*. El comercio floreció y el dinero que generaban sus distintas actividades era tanto que decidió abrir el primer banco no español en la isla, que también representaba a las mayores entidades bancarias británicas, españolas y del sur y norte de América. Un primo fue enviado a Tenerife para abrir una oficina de Miller, pero más tarde se estableció por su cuenta, con la firma Peter S. Reid, ejerciendo como banquero, comerciante general y agente naval en el Puerto de La Orotava.

Se estaba viviendo el paso de las embarcaciones de vela a las de vapor, circunstancia que proporcionó la oportunidad real de prosperar tanto a la familia Miller como a Las Palmas. Se dieron cuenta de que las Islas Canarias ocupaban una posición ideal para proporcionar instalaciones de aprovisionamiento de combustible de carbón en un cruce marítimo geoestratégico entre Gran Bretaña y los continentes de África y América. Thomas y sus hijos vieron la oportunidad y la aprovecharon, disponiendo de su carbón de Gales. La firma Miller había sido pionera en un comercio que finalmente condujo, en la década de 1880, a la construcción del Puerto de La Luz en La Isleta, en Las Palmas, donde tuvieron su sede más de siete empresas carboneras diferentes.

Debido a que el carbón se estaba suministrando a un precio muy bajo, los barcos en el Reino Unido se abastecían del carbón necesario justo para alcanzar Las Palmas, donde cargaban todo lo que necesitaban para el resto del viaje a Sudamérica o África y vuelta a Las Palmas. Durante un periodo de veinticuatro horas en 1912, los Miller suministraron a 56 barcos un total de 3.560 toneladas de carbón. La firma empleó a un gran número de trabajadores en la nueva zona portuaria: tripulaciones para barcazas de carga y descarga, remolcadores y lanchas; empleados para los almacenes y depósito de carbón; estibadores y vigilantes; mecánicos en el nuevo astillero de reparación de buques; y oficinistas y contables.

Las empresas de los Miller, gestionadas más tarde por los descendientes del fundador, se ramificaron en el sector de los seguros y otros negocios. Obtuvieron una concesión del gobierno para establecer la primera compañía telefónica en la isla y, cuando los coches de motor aparecieron en escena, la compañía fue nombrada agente importador de Renault. Un nieto, Gerald Miller (1889-1982) ocupaba el puesto de director general de *Miller & Co.* en el momento de la transición del cambio del carbón al petróleo y la compañía construyó los primeros tanques de petróleo de Shell. Gerald fue el padre de Basil Miller, autor del libro *Saga de Canarias. La familia de Miller en Las Palmas, 1824-1990.*

En torno a 1888 la colonia británica estaba aumentando significativamente en cuanto a número. Además de varias navieras británicas, se encontraba también el negocio de la fruta, especialmente el plátano de Canarias, y el comercio de verduras. En la ciudad de Las Palmas se abrían tiendas inglesas, así como hoteles propiedad de miembros de esta colonia. Hubo un cementerio británico (alrededor de 1850), la casa del marinero (1890), el Hospital Queen Victoria (1891), un club de golf (1891), un club de tenis (1896), un Club de Cricket (1903), el club británico de Las Palmas (1908) y la iglesia anglicana Holy Trinity (1913). La firma Lloyd, de Londres, había abierto ya en 1850 una oficina de seguros en Las Palmas.

Otro gigante de la época fue Alfred L. Jones, quien comenzó su carrera como grumete en la compañía *African Steamship Company*, propiedad de *Elder Dempster* de Liverpool. En un periodo de veinte años Jones se había convertido en el director general y accionista mayoritario de la empresa. Él decidió que Gran Canaria era un lugar ideal geográficamente para que sus buques se abastecieran de carbón, en sus trayectos desde el Reino Unido a las colonias británicas en África Occidental. En 1884, Jones fundó la *Gran Canaria Coaling Company Ltd.* (Departamento de vapores y carbón, buque de vapor, telégrafo y agentes de tránsito). También fundó un servicio de barcos de vapor interinsulares, conocidos popularmente como 'correíllos' que llevaban a los canarios y a los extranjeros entre islas. Esta fue la primera conexión de viajes regulares entre las islas más pobladas y las que tenían menos población.

Al darse cuenta de que sus embarcaciones regresaban a su país de origen vacías de carga, Jones decidió llevar a bordo frutas y hortalizas cultivadas en las islas para el mercado del Reino Unido. A medida que el negocio crecía en volumen, comenzó a adquirir tierras en varias de las islas para cultivar, en particular, el plátano de Canarias. En ese momento esta fruta era poco conocida en el Reino Unido y ningún comerciante estaba interesado en comprarla. Pero cuando Alfred Jones comenzó a negociar su venta directamente a "los chicos de las carretillas" (vendedores ambulantes) de Liverpool, los comerciantes de frutas vieron adecuada la distribución del producto. Trabajó en estrecha colaboración con los principales importadores de plátano del Reino Unido, como Fyffes, de Londres, entidad que Jones finalmente absorbió e integró en su empresa *Elder Dempster*.

Los principales actores implicados en la creación del Puerto de La Luz en Las Palmas fueron Alfred L. Jones, los Miller, los Swanston, además de la sociedad canaria y especialmente Fernando de León y Castillo, un político muy influyente, natural de Gran Canaria, que fue ministro de Asuntos Exteriores de España. Con el desarrollo del mayor puerto de la zona y naves de todas las líneas que recalan regularmente en la isla, *Elder Dempster* comenzó entonces a transportar pasajeros que ofrecían el trayecto de ida y vuelta Reino Unido-Canarias al bajo precio de 15 libras (10 libras para billetes de ida). Jones construyó el Hotel Metropole para atender a los viajeros que en ese momento comenzaban a visitar Canarias.

Más tarde, en el siglo veinte, *Elder Dempster* representaba a las navieras *Cunard* y *Castle*, así como a la *British United Airways*, primera aerolínea en volar desde el Reino Unido a Canarias. Entre las personas ilustres que visitaron Las Palmas se encontraban el Duque y la Duquesa de York, más tarde convertidos en rey Jorge VI y la reina Isabel, y el primer ministro británico Harold Macmillan. La escritora Agatha Christie pasó largos periodos de tiempo en Las Palmas, donde escribió alguna de sus famosas novelas de misterio.

La cantidad de barcos que hacían escala en Las Palmas aumentó de 160 en 1874, a 718 sólo seis años después, en 1880. Durante ese periodo, el suministro de carbón por este incremento de las conexiones marítimas pasó de 640.000 a 1.635.000 toneladas. Entre 1884 y 1886 la cantidad anual de las exportaciones de plátanos de Canarias al Reino Unido aumentaron de 10.000 a 50.000 manillas, logrando una facturación de 500.000 libras al año, en gran parte debido al ingenio en las ventas y en el *marketing* de Alfred L. Jones.

En 1892, el periódico *El Liberal* de Las Palmas escribió: *"El nombre de Alfred L. Jones es conocido y respetado en toda la provincia y especialmente en Las Palmas, donde sus actividades, su energía y su talento han creado prosperidad y han traído progreso a toda la región..., gracias a las visitas frecuentes de sus naves, a la actividad de su compañía de carbón, a la primera línea de transporte marítimo interinsular que conecta todas las islas, y a que ha incrementado significativamente el cultivo de frutales. Deseamos expresar nuestro agradecimiento a Alfred L. Jones en nombre de todos los canarios."*

En 1998, Liverpool adoptó el *Superlambanana* como símbolo de la historia de la ciudad, recordando cuando el plátano y el cordero eran los productos más importantes de los bulliciosos muelles. El *Superlambanana* fue instalado exactamente 100 años después de que Alfred L. Jones trajera el plátano canario a Liverpool y al resto del país.

Peter Spence Reid fue enviado por su primo Thomas Miller a Tenerife en 1863 para abrir una filial de la empresa familiar en el Puerto de la Orotava (Puerto de la Cruz), donde fue nombrado vicecónsul británico. Dos años más tarde se estableció por su cuenta y compró una de las empresas más exitosas en el Valle de la Orotava.

Gradualmente amplió su negocio como banquero, comerciante general y agente de buques de vapor, importando madera de los países del mar Báltico, porcelana y productos alimenticios de Inglaterra. Reid fue pionero en la exportación de plátanos de la isla de Tenerife, pero fue más conocido por su venta de semillas de cebolla a los Estados Unidos. Otra iniciativa suya fue la importación de telas de alta calidad desde Irlanda destinadas al calado, actividad que aún hoy permanece activa y próspera. De hecho, las generaciones de mayor edad no han olvidado los numerosos puestos de trabajo creados por el escocés, especialmente para las mujeres locales.

4.5. Visita de Karl von Fritsch a la Cueva de Los Verdes

"Esta cueva es sin duda la mayor gruta de lava que se conoce en el mundo", declaró Karl von Fritsch. Casi 100 años antes de la apertura de la Cueva de Los Verdes como el primer Centro de Arte, Cultura y Turismo del Cabildo de Lanzarote, una vez que se instaló la iluminación diseñada por el artista Jesús Soto, el vulcanólogo alemán Karl von Fritsch examinó las cavernas a la luz de faroles y usando cuerdas. La siguiente detallada descripción del interior fue publicada en 1886 gracias a la escritora inglesa Olivia Stone.

"Las cavidades conducen a las altas galerías subterráneas abovedadas de la gran Cueva de los Verdes. Estas galerías se amontonan unas encima de otras como pisos. Incluso allí donde se rompen los techos de estos túneles naturales, que son masas de lava, generalmente de hasta un metro de espesor, se puede subir o bajar de una galería a otra por medio de una cuerda. En la mayoría de los lugares la altura de las galerías excede los diez metros de altura y su anchura en el centro puede alcanzar los ocho metros. En algunos lugares el techo se acerca más al suelo, o las paredes laterales se acercan unas a otras y estrechan el paso, de modo que, especialmente en el piso más bajo, es difícil, si no imposible, adentrarse más.

Las paredes laterales se elevan directamente hasta el techo abovedado, o bien se asemejan a una escalera vuelta al revés. Desde el techo, como desde los salientes de las paredes laterales, cuelgan estalactitas de lava puntiagudas, y en muchos casos las paredes laterales y el techo tienen una incrustación de yeso, a veces en estado sólido, pero otras veces con un aspecto más pulverizado. En la parte inferior de las paredes laterales, las placas de lava de longitud irregular se presentan a veces como un pedazo de revestimiento y en otros casos se parecen más a una capa de chapa. En muchos casos se pueden ver tablas de lava en el suelo de la cueva a poca distancia de la pared. Estas son de uno a dos decímetros de altura y están a unos cuatro decímetros de distancia de la pared, formando filas.

En otra parte, el suelo está formado por losas o cubierto por trozos de escoria, o con grandes protuberancias que han caído desde el techo. Los túneles están formados con una regularidad maravillosa en largos tramos. En un tramo caminamos por galerías casi rectas durante seiscientos pasos y ochocientos pasos en otro, sumando mil cuatrocientos en total, casi más de un kilómetro. Esta cueva es, sin duda, la mayor gruta de lava que se conoce en el mundo. Está formada por la masa interna de un arroyo de lava -que discurrió de forma líquida durante más tiempo que en el exterior- continuando su curso bajo la endurecida corteza superior. Esto sólo ocurre cuando no dejan atrás espacios vacíos o cuevas.

Normalmente, una cueva como ésta se formaría debido a un río de lava que rellenase un estrecho valle, pero la existencia de un túnel como los que acabo de describir requeriría la presencia más bien de un barranco profundo".

Extracto del libro *Ein Beitrag zur Kentniss Vulkanisher Gebirge* (1866) de Karl von Fritsch, traducido al inglés por Olivia Stone y publicado en su libro *Tenerife y sus seis satélites* (1887).

Leer lo anterior hace que uno se dé cuenta del enorme reto al que se enfrentó Jesús Soto cuando se le asignó la tarea de iluminar las galerías, escaleras y pasajes de La Cueva de los Verdes. Cuando terminó, el gran César Manrique se volvió hacia él y le dijo: *"¡Eres un genio!"*

4.6. Traducción al inglés de *Le Canarien* (1872)

En 1872, Richard Henry Major tradujo al inglés *Le Canarien* y añadió una introducción. Era el encargado del Departamento de Mapas y Cartas en el Museo Británico y Secretario Honorario de la Real Sociedad Geográfica Británica. Su trabajo dio lugar directamente a cuatro obras de gran importancia para Lanzarote y Canarias, todas los cuales se muestran en este libro: Olivia Stone en 1887; John Whitford en 1890; Sir Clements Markham en 1903 y David Bannerman en 1920.

Además, si no fuera por la introducción de cincuenta y cinco páginas de R.H. Major, basada en los manuscritos no publicados en el British Museum, no habríamos sabido que la conexión anglonormanda con Lanzarote se remonta en el tiempo a 1402.

El Manuscrito Egerton (Ms 2709) es la crónica de la llegada de los normandos a Lanzarote en 1402, de acuerdo a la versión de Gadifer de la Salle, el caballero que acompañó a Jean de Bethencourt. Aunque la narración de los hechos por parte de cada uno de los dos nobles fue escrita en el mismo año, por los mismos escribanos, y ambas fueron tituladas *Le Canarien*, no hay diferencias de importancia histórica entre las dos versiones. Este último se llama el Manuscrito Egerton, ya que fue adquirido por el Museo Británico en 1888 con fondos donados por Francis Egerton Henry, el octavo conde de Bridgewater.

4.7. Olivia Stone estrena Canarias como destino vacacional

No cabe duda de que la escritora inglesa Olivia Stone fue la principal responsable de la introducción de Lanzarote y el resto de Canarias en la opinión pública británica, presentando a estas islas como un destino ideal para las vacaciones. Después de haber pasado seis meses en las distintas islas entre 1883 y 1884, regresó a Inglaterra y escribió un libro de 450 páginas que contiene completa información sobre los sitios de interés en cada una de las islas, abordando la historia, las tradiciones y la cultura del Archipiélago. La primera edición del tomo de Olivia Stone, titulado *Tenerife y sus seis satélites*, fue publicada en 1887 y despertó tanto interés que la segunda edición salió al mercado tan sólo dos años más tarde. Las últimas páginas contenían nombres de varias empresas españolas que ofrecían servicios a los visitantes, incluyendo el famoso Hotel Santa Catalina en Gran Canaria, que anunciaba su apertura para la temporada 1889/1890.

El siguiente texto es un breve extracto de las páginas de su libro que tratan sobre Lanzarote, isla que la autora describe como su favorita entre todas. Hizo hincapié en esta opinión cuando eligió poner un dibujo de sí misma sentada sobre un camello en Lanzarote al principio del libro. Stone aparece sentada sobre lo que todavía se conoce como "silla inglesa", ya que este tipo de asiento era elaborado artesanalmente para la comodidad de los visitantes desde Gran Bretaña, que fueron los primeros turistas extranjeros en visitar las islas en cantidades considerables.

"El puerto de Arrecife es el único natural en Canarias. Aunque las rocas exteriores se presentan como una amenaza para las embarcaciones, por su aspecto volcánico e irregular, tanto desde el mar como desde tierra, lucen singularmente pintorescas. Lo más significativo de las mismas es una escasa capa de herbaje sobre ellas. Según entramos en el puerto, cayó una fuerte lluvia, una curiosa e inusual bienvenida a Lanzarote. El año 1876-1877 había sido muy desastroso por la falta de agua. Los buques llegaron cargados en su totalidad con el precioso líquido, y 8.000 personas emigraron por pura hambre y sed. Cuando nosotros llegamos, siete años más tarde, llovió más que en todo el siglo pasado. Todos los aljibes estaban ya llenos de agua, y si no volvía a llover, tendrían tan sólo para tres años. Cada casa, independientemente de su tamaño, tiene un gran tanque debajo del patio, hacia el que corre el agua del techo. (...) En la actualidad sólo 14.000 almas viven en la isla (...), sin embargo hay muchos cultivos, y nosotros pasamos por extensos campos de maíz".

Olivia Stone escribió que mientras duraba la sequía, la población de la isla recibió su ración de agua en el depósito de la Gran Mareta, al pie de la colina de Guanapay, en Teguise, con la excepción de los ciudadanos de Arrecife. Esto fue debido a que los habitantes de Teguise estaban todavía molestos, ya que su ciudad, que había sido la capital de Lanzarote desde hacía casi cinco siglos, había sido sustituida como capital por Arrecife en 1847.

"La lluvia cesó tan repentinamente como había empezado, y el sol brillaba, por lo que nos fuimos a ver la ciudad. En el desembarcadero se veía como cargaban varios camellos con barriles recién descargados de los barcos. Pero la escena más inusual, no vista desde hacía al menos treinta años, fueron los inmensos charcos de agua que se formaron en los baches de las calles."

Es poco menos que increíble que en su viaje alrededor de la isla en camello y burro, Olivia Stone proporcione, de un modo intuitivo, descripciones de la mayoría de los sitios en los que César Manrique empezaría a crear los Centros de Arte, Cultura y Turismo ochenta años más tarde. Curiosamente, la ruta turística que ella siguió fue diseñada por Antonio María Manrique, notario público, vinculado familiarmente con el artista César Manrique como tío abuelo. La ruta incluía el molino de viento en Guatiza, donde actualmente se encuentra el Jardín de Cactus, que ella describe como una cantera de piedra que había sido abandonada más de 150 años antes de su visita, y añade que el molino de viento era del tipo que *"Don Quijote habría atacado con su lanza"*.

Entre otros lugares, ella escribe sobre la excelente vista que se disfruta desde los acantilados de Famara, apreciando La Graciosa y los demás islotes, dirigiendo la mirada hacia el mar desde el mismo punto donde el Mirador del Río se ubica actualmente. También menciona la visita a la Cueva de los Verdes de un explorador alemán, como se ha detallado en el epígrafe anterior. Finalmente visitó la *Montaña Quemada* (*The Burning Mountain*) y utilizó las mismas palabras utilizadas por todos los escritores victorianos para describir aquel lugar. Antes de abandonar la isla dijo: *"Lanzarote es mi favorita entre todas las Islas Canarias."*

Cuando Olivia Stone visitó por primera vez Canarias entre 1883 y 1884, las islas eran prácticamente desconocidas para el gran público británico. En el periodo de seis meses que estuvo en las islas tan sólo se encontró con otros tres visitantes británicos, y fue solamente en los núcleos urbanos de mayor tamaño. En el prólogo de la versión de 1889, la autora expresa su satisfacción al saber que Canarias se dio a conocer al público inglés gracias a la primera edición de su libro.

Según Stone: *"En 1748, Pitt escribió que Inglaterra debía emplear todos sus esfuerzos para intercambiar Gibraltar por las Islas Canarias. Inglaterra, por supuesto, no podía, ni consentiría en este intercambio, aunque es muy posible que España sí lo hiciera, ya que es tan poco el valor del Archipiélago para la Península, y es tan grande la espina que tiene clavada España a cuenta de nuestra posesión de Gibraltar... Pitt era un gran hombre de Estado, y entendió cómo Inglaterra desarrollaría todos los recursos de una posesión en la que España no mostraba ningún interés"*. William Pitt era el primer ministro de Inglaterra en ese momento.

La siguiente carta, escrita por el marido de Oliva Stone, se publicó en *The Times* el 4 de enero de 1884: *"Los guanches y las Islas Canarias"*.

"Para el editor de The Times.
Estimado Señor mío:
Durante los últimos meses he estado viajando a través de estas islas y me ha encantado la riqueza del paisaje, que ha convertido cada día en

una sorpresa y en una experiencia gratificante. Estas islas gozan de un clima más saludable, más seco y más estimulante que el de Madeira, solo hace falta que los ingleses las conozcan para disfrutar de ellas.

En la actualidad están prácticamente sin descubrir por nuestra nación. Podría mencionar el hecho de que el principal sacerdote en la exquisita isla de El Hierro me dice que yo soy el primer visitante de nacionalidad inglesa que ha estado allí en los tiempos modernos.

Ciertamente Tenerife tiene su puñado anual de turistas por el pico de fama mundial, La Palma sus excursionistas anuales que visitan la Caldera, y la ciudad de Las Palmas de vez en cuando recibe a extranjeros con destino a tierras muy lejanas, pero, salvo estas excepciones insignificantes, pocos ingleses visitan las Islas Afortunadas. En un futuro próximo es muy probable que, por varias razones, este encantador archipiélago sea tan visitado como ahora desatendido. Pero el objeto de mi escrito no es intentar alabar lo que la naturaleza tan amorosamente ha dotado, sino pedirle que por el bien de las generaciones presentes y futuras, eleve su voz de largo alcance en el esfuerzo de detener un daño, que, si continúa, será siempre lamentado.

Los nobles y caballerosos guanches, esa raza extinguida que antiguamente habitó estas islas, dejaron tras de sí vestigios de su existencia. Los cementerios guanches en La Isleta, a sólo tres millas de la ciudad de Las Palmas, han sido terriblemente deteriorados. Hay una gran demanda de cráneos guanches, y por lo tanto cada pila de piedras ha sido destruida, y el contenido de las tumbas ha sido robado. La última visita que hice a este interesante lugar fue hace unos días, cuando me encontré con dos golfillos rodeados de ruinas, divirtiéndose mientras pulverizaban los fémures blanqueados de un guanche gigantesco.

Unos pocos años más serán suficientes para arrasar las tumbas restantes, para hacer desaparecer los huesos, y para erradicar este registro de una raza extinguida de la faz de la tierra.

Entonces, ¿por qué el Gobierno español no puede prohibir decididamente esta destrucción intencionada de monumentos que en realidad no pertenecen a ninguna raza o nación? Las medidas parciales no son suficientes. Una mano firme y precauciones estrictas y sanciones cuidadosamente promulgadas son las únicas medidas que podrán enfrentarse a la urgencia de la situación.

Un pronunciamiento del rey Alfonso tendría un gran efecto aquí. Es joven, generoso, y su educación le permitirá apreciar la importancia del asunto. A él se le respeta mucho, y sus deseos serán tratados como órdenes.

Afectuosamente,
J. Harris Stone, Las Palmas de Gran Canaria.

J. Harris Stone era el marido de Olivia Stone, que la acompañaba en su viaje en Canarias dibujando todas las ilustraciones que aparecen en el libro.

4.8. John Whitford (1890)

Curiosamente, el primer trabajo sobre Canarias en la estela del libro de Olivia Stone apareció sólo un año más tarde, en 1890. El autor fue John Whitford, un miembro de la *Royal Geographical Society* de Inglaterra. *Un paseo en camello a las Montañas del Fuego* es el título del capítulo dedicado a Lanzarote de *Las Islas Canarias como destino de invierno*. John Whitford, que se alojaba en una posada en Arrecife, llamó a John Topham, el vicecónsul británico, para pedirle consejo sobre lugares interesantes que visitar. Entre otros sitios, le recomendó que visitase las Montañas del Fuego en camello. El cónsul le dijo al visitante que había estado en la cima, donde había introducido un palo en la hendidura de una roca y, al sacarlo, había visto que estaba quemado.

"*Debido al intenso calor al mediodía en la Montaña y no habiendo casa cercana en la que poder refugiarme, me aconsejaron que iniciara la excursión a las dos de la madrugada. Llamaron a un camellero, y tenía tal cara de buen humor que era un placer llegar a un acuerdos con él. Me preguntó tímidamente si comería algo durante el trayecto, y al prometerle que tendría libertad para devorar la mitad de lo que yo llevara, quedó más que satisfecho.*

La gente del hotel me proporcionó una gran cesta de comida y dos botellas de un cuarto de agua, ya que no hay manantiales en el camino como en las otras islas, más afortunadas. A la hora acordada, en medio de la noche, el camello, equipado para su fatigoso viaje, apareció guiado por la luz de una linterna, reclinándose en silencio, con sus largas piernas dobladas bajo su cuerpo desgarbado, enfrente de la posada. Sus grandes ojos asombrados parecían decir: 'Amo, sé bueno, déjame descansar aquí donde estoy'. Y, en verdad, quien esto escribe se sentía muy inclinado a hacerlo.

Un sillón áspero, pero fuerte, en cada lado del lomo del animal, fue fijado sólidamente a la barra inferior de la silla de montar, atada firmemente por cinchas. En la parte superior de la silla de montar había dos botellas de piedra que contenían agua, además de las provisiones para el viaje, sujetas por medio de cuerdas. El peso de las dos personas que iban a montar el camello tuvo que ser tomado en consideración, a fin de conseguir equilibrio. Una silla acomodó al conductor, y la otra a la víctima.

A cada silla se le colocó una tabla colgante para que los pies descansaran sobre ella, que actuaron como dobles estribos, de modo que sólo por una violenta sacudida hacia adelante, lo cual ni se nos ocurrió pensar, el camello podría deshacerse de su carga humana. Debajo de cada silla había un cajón profundo. Una bozal de hierro se fija sobre la boca del animal, con el propósito de evitar que la bestia muerda las piernas de sus amos. Muchos camellos se divierten de esa manera inaceptable antes de ponerse en marcha. El soñoliento posadero bostezó, se frotó los ojos, y dijo como en sueños 'Adiós', llevándose con él la alegre compañía de su linterna.

La primera parte del recorrido, a causa de una oscuridad densa como el alquitrán, se pareció al realizado por Don Quijote de la Mancha, cuando se monta en el célebre caballo de madera volador, a una altura elevada en el aire, atravesando el cielo nocturno. No había nada que ver salvo las estrellas, muy brillantes, y su luz nos hizo creer que estábamos a miles, quizás millones, de millas más cerca de ellas que en Inglaterra. Era como nadar en el aire, o andar sobre nubes negras, ya que la pisada del camello era tan suave, casi silenciosa. Sólo el cencerrito que llevaba al cuello sonaba como un recordatorio de la tierra.

Al alba, los pájaros comenzaron a cantar -desde el suelo- y tuvo un efecto aún más sorprendente. No había ni árboles ni arbustos ni cercas para que los cantores se posaran. Poco antes de las cinco el sol se levantó sobre África, que está a sólo sesenta o setenta millas de distancia, pero no es visible en el horizonte. Bellamente las abubillas moteadas comenzaron a levantar el vuelo desde el suelo y nos brindaron mucha alegría. En el primer pueblo por el que pasamos, una anciana de buen corazón nos preparó café. Después de que el camellero gritase 'Peche, peche', el camello, obediente, se arrodilló, por lo que pudimos bajarnos de nuestras sillas y caminar para entrar en la tienda perteneciente a la señora que nos hizo el café.

Era en una de esas tiendas en las que se puede beber vino y que son tan comunes en todos los pueblos de estas islas, donde, además de las barricas de vino a granel, había cajas de queroseno, tabaco americano en hoja... También había galletas londinenses y salchichas de Bolonia en latas y fósforos suecos, entre otros artículos. El café era bueno y el sitio resultaba refrescante.

Retomamos nuestros asientos, y tras requerir al camello que subiera y reanudara la marcha, así lo hizo con su habitual queja que expresaba gruñendo y refunfuñando, haciendo un ruido como si se le rompiera el corazón. Varias cadenas de camellos nos pasaron de camino hacia Arrecife; algunos iban cargados con cebollas, otros con centeno, apilado en grandes montones sobre las jorobas, dando a los animales la apariencia de pacas con cuatro patas. A lo largo de esta ruta hay muy pocas palmeras e higueras, ya que se encuentran sobre todo en valles protegidos donde la lluvia se aprovecha y se almacena. En un lugar, un gran cinturón de lava se extiende entre dos montañas hasta el mar.

Ahora estamos viajando por una muy buena carretera, pero no hay rastro de una rueda sobre ella. Tiene marcados los kilómetros, desde uno al veintidos, en postes pintados de blanco, y termina en el pequeño pueblo de Yaiza. El rumor dice que sólo hay un carro en la isla, y que nunca se utiliza. Poco a poco habrá vehículos de alquiler. Mientras tanto, los camellos, moviéndose de forma constante y cómoda, a una velocidad de dos millas por hora, o burros activos para distancias cortas, son los únicos trenes expresos disponibles.

A las diez en punto, después de un viaje de ocho horas en camello, vaciamos la cesta de las provisiones y disfrutamos de un buen desayuno. Después de descansar un rato y mirar cómo disfrutábamos, el camello se levantó y tomó su desayuno en los cactus que crecen en las orillas de los campos de lava, dando bocados, cada uno del tamaño de un plato pequeño, y devorando las tajadas ovaladas con infinito placer, sin que le importaran las afiladas púas. A continuación nos dirigimos a la localidad de Yaiza para rellenar las botellas de agua.

Pronto localizamos a un guía, que dirigió al camello por un camino muy áspero a través de la lava. Después de dos millas dejamos al animal atado a una punta y caminamos el resto del sendero hasta el pie de la colina de fuego. Con la excepción de unos riscos en la cima de la Montaña del Fuego, toda la superficie se presenta de forma ondulada, como la arena que está a la orilla del mar. No hay ni una sola brizna de hierba, ni un solo rastro de vegetación. Ascendiendo a unos 500 pies llegamos a tramos donde se encuentra el mineral de azufre sobre la superficie formada por los gases que estallaron hacia arriba a través de fisuras en las cenizas. Cuanto más alto se va, más numerosos son estos depósitos de azufre".

El escritor tenía el deseo ardiente de llegar a la cima de la montaña, a 1.400 pies de altura, y se dirigió hacia arriba hasta darse cuenta que se asfixiaría si intentaba seguir adelante, por lo que se detuvo. "Para empezar, el día era caluroso, el aire no se movía y el sol brillaba directamente encima de nuestras cabezas. Ya era mediodía. Cada cual pisaba su propia sombra. Estábamos rodeados de colinas, y estábamos sufriendo un verdadero proceso de horneado. Esa zona de azufre debe ser especialmente adecuada para los pacientes reumáticos. Un par de semanas de tratamiento curarían a cualquiera que no estuviera desahuciado del todo.

En cada conjunto de casitas junto a la carretera por la que el camello marchaba lentamente en su viaje de regreso a casa, había grupos de gente disfrutando del fresco de la tarde y la noche. La diversión y las reuniones al aire libre son universales en todas las tierras del sur soleado. Aquí los viejos están sentados en sus terrazas, bien adornadas con flores, mirando sonrientes cómo juegan sus nietos. Algunos de los hombres más jóvenes se dedicaban a deportes atléticos, otros jugaban a las cartas y fumaban cigarrillos. Los chicos y las chicas jóvenes se reunían en grupos separados, se entretenían de diversas formas; pero se situaban a no mucha distancia, al alcance de la voz, y en ocasiones se mezclaban y bailaban al ritmo de la música de una guitarra. Todos parecían felices.

Cuando pedí un vaso de agua me fue amablemente servido en la mejor taza o vaso que poseían en el hogar. El agua de su destiladera estaba fresca, muy buena y agradable. A nadie se le ocurre pedir o aceptar dinero por cualquier pequeño servicio; es puramente una cuestión de bondad ofrecida con buena voluntad, y un rasgo natural del trato amable de su carácter.

En el viaje de vuelta fuimos por una ruta diferente y atravesamos el pueblo de Teguise. Cuando la oscuridad una vez más cubrió la tierra y los habitantes del pueblo se hubieron retirado al interior de sus viviendas, sólo podíamos mirar las estrellas. El movimiento del camello era tan suave que quien esto escribe se quedó dormido cómodamente y sólo se despertó en mitad de la noche, cuando el camello se detuvo en el hotel de Arrecife, casi veinticuatro horas después de salir el día anterior. Yo aconsejaría a cualquiera que viaje a las Islas que reserve al menos cuatro días para ver lo que es digno de mención en Lanzarote".

4.9. Las plantaciones de plátano de Yeoward

Esta es la historia, contada por Eileen Yeoward, de cómo una fruta cultivada en Canarias jugó un papel importante en el establecimiento de una de las primeras líneas de cruceros del mundo. El plátano de las Islas Canarias es de la variedad enana Cavendish y se introdujo por primera vez en la región a finales del siglo XIX. Uno de los principales productores de plátano era R. J. Yeoward, que compró tierras en Gran Canaria y en Tenerife. Tuvo que aclarar, limpiar y construir enormes tanques de almacenamiento de agua, acequias y adquirir empaquetadoras de la fruta, y allanar el terreno para construir terrazas para el cultivo del plátano.

"Muy pronto hubo grandes plantaciones de plátano en las cuatro islas de Tenerife, Gran Canaria, La Palma y La Gomera. Medio siglo más tarde, durante la década de 1950, las Islas Canarias habían logrado el mayor volumen de producción en el mundo:15 toneladas por acre en 1958, Brasil ocupó el segundo lugar con 11 toneladas por acre".

Yeoward envió los plátanos a Inglaterra en sus propios barcos de carga, Avoceta, Avetora, Andoriña, y el bebé de la flota, Alca. Estos navíos, que llevaban todos el nombre de aves de España, navegaban semanalmente en línea regular con Liverpool, transportando fruta y 80 pasajeros. Con un peso cada uno de 4.000 toneladas, a una velocidad de 18 nudos, les llevaba 23 días hacer el viaje de ida y vuelta con escala en Lisboa y los puertos de las islas. Navegaban con bandera española con las iniciales Y.B. en el centro. De vez en cuando viajaban por el Mediterráneo y por el Báltico. La Línea Yeoward fue la primera en llevar a cabo trayectos marítimos de corta distancia, siendo los precursores del turismo de cruceros como lo conocemos hoy en día.

4.10. El Hierro – Hora media de Greenwich

El Hierro, la más meridional y occidental de las Islas Canarias, era conocida en la historia europea como el primer meridiano, la ubicación geográfica más alejada del Viejo Mundo. En el año 1634, el rey Luis XIII y el cardenal Richelieu de Francia decidieron que El Hierro debería ser el principal punto de referencia en todos los mapas.

Esta siguió siendo la situación hasta el año 1884, cuando la Conferencia Internacional del Meridiano, en Washington, decidió elegir la longitud solar media local de la longitud (0º) en el Observatorio Real de Greenwich (Inglaterra), que se había utilizado en Gran Bretaña desde 1847. La hora media de Greenwich fue reemplazada por Tiempo Universal Coordinado (UTC) en 1967.

4.11. Guía Ellerbeck de Canarias (1892)

"Los barcos de vapor interinsulares de Las Palmas van cuatro veces al mes a Arrecife, la capital de Lanzarote, que queda a cerca de 6 horas. Hay una pequeña fonda aquí. Los camellos se utilizan para trasladar pasajeros y como bestias de carga. No hay puntos de interés en la isla, excepto, tal vez, las cuevas en la zona de Yaiza y Haría. Nadie debe recalar aquí para una estancia si no está completamente equipado con tienda de campaña y alimentos. El clima es muy seco, ya que no hay árboles, y por lo tanto, poca lluvia. Los volcanes están todavía calientes.

Las siguientes enfermedades son las que más se pueden beneficiar de una estancia en estas islas: la inflamación, la pleuresía, la enfermedad de Bright, la diabetes, el asma, la bronquitis, el reumatismo, la gota, la tuberculosis... Todos los viajeros que harían bien en llevar un pequeño botiquín con ellos y caléndula cerato, hecha de hojas y flores de caléndula para la cara durante el viaje y para las contusiones accidentales. La vaselina preserva la piel, pero no tiene propiedades curativas.

Entre los fármacos incluya baptisia y ledum, este último para mosquitos y otras picaduras. Un paraguas robusto, que haga las funciones de palo y de sombrilla, debe ser seleccionado también. Puede que los viajeros más activos prefieran llevar su propia silla de montar y estribos, y además deberían tener en cuenta que el pie español es más pequeño y más estrecho que el inglés, y un estribo demasiado pequeño no es seguro. El aceite de eucalipto es conveniente en ambientes cerrados, y como purificador. Se dice también que es útil para alejar a los mosquitos, frotándolo o espolvoreándolo sobre la piel, aunque sólo de vez en cuando son molestos.

(...)

Mi argumento para ofrecer este pequeño libro al público es que las Islas Canarias, siendo una nueva tierra, sólo ahora se están empezando a abrir al exterior y se han encontrado muchos lugares que merecen una atención más detallada..., cuatro de las islas son raramente visitadas ya que no cuentan con alojamientos...".

4.12. Guía de Samler Brown (1894)

"Arrecife, 3.025 habitantes: Los pasajeros desembarcan mediante pequeños barcos en el muelle. Los derechos portuarios: 1 peseta por cada persona, paquetes adicionales aparte. Hay una fonda bastante buena con ocho camas. Se cobran 3 chelines al día, incluyendo el vino. La primera impresión que impacta al visitante es el número de camellos acostados o de pie junto a la antigua fortaleza situada a la derecha y que se encuentra todavía conectada a la ciudad por un puente levadizo de madera.

Una excursión que puede hacerse en camello tiene como destino la antigua capital de San Miguel de Teguise, a seis millas y media siguiendo la carretera norte, pagando 4 chelines, lugar al que hay que dedicar por lo menos cuatro buenas horas. El antiguo castillo de Guanapay se ve a la derecha. La Iglesia es pintoresca y merece una atención especial el techo de la sacristía. El antiguo Convento de Santo Domingo contiene una imagen de la Virgen de la que se dice que detuvo el flujo de lava en 1824.

En el sur, las Montañas del Fuego, que estuvieron activas en 1733, se encuentran tan calientes que la madera se quema en algunas de las grietas... Cerca del pueblo de Haría, en el norte, la célebre Cueva de Los Verdes merece una visita. Es la fortaleza en la que los antiguos habitantes se refugiaban en caso de invasión. Se dice que es la gruta de lava más grande que se conoce".

5. SIGLO XX

5.1. *Los Guanches de Tenerife* (1907)

El libro *Los Guanches de Tenerife*, escrito por Sir Clements Markham, presidente de la Real Sociedad Geográfica, fue publicado en Londres en 1907. El autor se centró en los guanches, palabra que estrictamente debería usarse sólo para los antiguos habitantes de Tenerife, pero que en su momento se empleaba por extensión para denominar a los aborígenes de todas las Canarias, y tradujo al inglés una obra de un fraile franciscano sobre los orígenes de la Señora de La Candelaria, una virgen muy venerada en Canarias.

Su libro contiene además una referencia bibliográfica de todos los libros y manuscritos que existían desde 1341 sobre las Islas Canarias y que se podían encontrar en la Biblioteca del Museo Británico. Sir Clements Markham fue también el presidente de la Asociación Hakluyt, que fue fundada en 1846 para publicar trabajos famosos sobre exploraciones e investigaciones, un cargo que también ocupó R. C. Mayor, traductor de *Le Canarien*.

Escribía Clements Markham: *"Los guanches eran virtuosos, honrados y valientes, y las mejores cualidades de la humanidad se hallaban unidas en ellos; magnanimidad, habilidad, coraje, poderes atléticos, fuerza de alma y cuerpo, orgullo de carácter, nobleza de conducta, una apariencia sonriente, una mente inteligente y devoción patriótica.*

Sus características se asemejan a las de los cinco esqueletos encontrados en las Cuevas de Cro-Magnon en la Dordoña francesa en 1868. Según el antropólogo francés Dr. René Verneau los rasgos más señalados son un cráneo largo y una cara corta. Ambos compartían rasgos fuertes que denotaban superioridad intelectual. Eran nómadas, cazando grandes mamíferos con armas hechas de piedra; eran laboriosos, hacían objetos de hueso y cuerno, lucían pieles bronceadas y se adornaban con collares y brazaletes hechos de fósiles, conchas, dientes de animales salvajes, guijarros y granos de arcilla. Hacían también vasijas de barro y tallaban con herramientas de pedernal, mostrando su poderoso instinto artístico en las siluetas talladas del hombre y la bestia".

En 1899, sir Clements Markham, como presidente de la Royal Geographical Society, planeó una expedición a la Antártida para que Gran Bretaña fuera el primer país en llegar al Polo Sur y el capitán Robert Scott de la Armada Real se ofreció para dirigirla. Desafortunadamente, cuando él y su equipo llegaron, encontraron que el explorador noruego Amundsen se les había adelantado, al llegar un mes antes. Ni Scott ni ningún miembro de su equipo sobrevivieron al viaje de regreso, todos murieron de frío y agotamiento.

5.2. Bannerman

En 1920, el ornitólogo inglés David Bannerman R.A. (1886-1979), llegó al puerto de La Tiñosa desde Fuerteventura, como parte de un viaje por Canarias en busca de áreas de anidamiento de aves poco comunes. Sus resultados están incluidos en la monumental obra de 12 volúmenes *Aves de las islas del Atlántico*, que todavía se considera la principal obra de referencia sobre el tema.

Bannerman describe vívidamente la escena al desembarcar de la siguiente manera: *"No creo que haya visto nunca tanta gente reunida en un espacio tan pequeño. ¡No eran turistas pasando un rato de ocio! Era gente que se dedicaba afanosamente a la tarea de empaquetar cebollas. Tanto hombres como mujeres hacían el trabajo. Cada hombre iba ataviado de distinta manera, mientras que todas las mujeres usaban grandes sombreros de paja.*

(...)

Los camellos cargados de cebollas estaban echados en la playa, que se encontraba cubierta de cajas que las mujeres llenaban de cebollas, mientras los hombres las cerraban con martillo y clavos. Incluso se veían cebollas balanceándose entre las olas como si hubiera habido un terrible naufragio. Las mujeres cantaban, los niños gritaban y los hombres martilleaban las cajas cerradas que luego se llevaban a un gran almacén donde se guardaban antes de su consignación desde el puerto de La Tiñosa".

Estas son algunas de las especies de aves que Bannerman catalogó en la isla: aviones comunes, gaviotas patiamarillas, vencejos pálidos, gorriones morunos, pardillos comunes, camachuelos trompeteros, bisbitas camineros, terreras marismeñas, cernícalos, guirres, zampullines cuellinegros, vuelvepiedras, chorlitejos patinegros, cuervos, alcaravanes y halcones de Eleonora.

5.3. Agatha Christie

La escritora más exitosa del mundo de las novelas de misterio vino a Canarias en los comienzos del siglo XX para recargar su imaginación. Más de treinta años de visitas al Puerto de La Cruz y a Las Palmas inspiraron el ingenio de Agatha Christie, ayudándole a crear a Hércules Poirot y a Miss Marple, así como a otros personajes inolvidables que los lectores han disfrutado en los últimos 90 años.

Agatha Christie llegó por primera vez a Tenerife en 1929, con su hija Rosalind y una acompañante. Su esposo, el piloto de la RAF Archibald Christie le había pedido recientemente el divorcio después de haberse enamorado de su secretaria, Teresa Neele. Eso, junto con la muerte reciente de su madre, así como graves problemas financieros, supuso que la escritora llegara al Valle de la Orotava en un estado de profunda depresión en busca de un lugar tranquilo para descansar y recuperarse de la conmoción. Lo que buscaba lo encontró allí, en el barrio antiguo de la ciudad costera de Puerto de la Cruz, donde pasó días simplemente caminando y respirando el aire balsámico del valle.

Estos paseos tranquilos en una tierra que aún no había sido perturbada por el desarrollo desmedido y el turismo de masas, permitieron que su mente evocara las intrigantes conclusiones de historias como *El misterio del tren azul* y *Los cuatro grandes*. De hecho, mientras su hija jugaba a su alrededor, escribía incesantemente en los jardines del Hotel Taoro, que estaba al lado de la Iglesia Anglicana de Todos los Santos y cerca de la Biblioteca Inglesa, que eran el corazón de la pequeña comunidad británica. A su regreso a Inglaterra dijo a la prensa que *"las Islas Canarias disfrutan del clima más hermoso del mundo y son un lugar maravilloso para las vacaciones"*.

En una de las visitas, Agatha Christie estaba triste y preocupada y eso se reflejaba en algunas de las cosas que escribió sobre Puerto de la Cruz. Incluso mencionó el suicidio. Pero esos largos paseos le ayudaron y fue en uno de sus paseos a La Paz, por encima de los acantilados de Martiánez que dan a la bahía, donde ambientó una de sus mejores novelas, en la mansión que aún hoy pertenece a descendientes de una familia irlandesa, los Cologans. Fue allí donde ella concibió al Sr. Satterthwaite de *El misterioso Sr. Quin* y además urdió la trama de muchos problemas que Miss Marple debía resolver.

Agatha Christie también solía ir a tomar el té de la tarde en Sitio Litre, en aquellos días propiedad de la familia Brown. Admiraba sus magníficos jardines de orquídeas y los comparaba favorablemente con los de *Kew Gardens*. No hay duda de que esta prolífica escritora encontró no sólo consuelo en Puerto de la Cruz, sino inspiración y personajes con los que su mente creativa concibió relatos que aún mantienen a los lectores en suspenso hasta el final.

La novelista se trasladó después a Las Palmas de Gran Canaria para pasar tiempo en la playa, ya que era una entusiasta de la natación. Se alojó en el Metropole, que tenía pistas de tenis cerca y era el centro de la vida británica en la isla. El hotel también le serviría como escenario de numerosos misterios de Hercule Poirot a lo largo de los años.

Durante esta visita, Agatha Christie comenzó a escribir *La señorita de compañía*, que se incluiría en la colección de relatos cortos titulada *Miss Marple y los trece problemas*. La línea argumental de la historia gira en torno a una playa en un pueblo llamado Agaete, a unos 45 kilómetros de Las Palmas, así como a algunos otros lugares de la isla.

Agatha Christie volvió a las islas muchas veces durante los siguientes treinta años, muy a menudo a Gran Canaria.

En la actualidad, se celebra un Festival Agatha Christie cada dos años en Puerto de la Cruz, en Tenerife, donde se ha erigido un busto en una plaza pública para conmemorar sus visitas.

5.4. La Tiñosa y *Canary Wharf* en Londres

Antes del gran advenimiento del turismo en la década de 1980, toda la zona de Puerto del Carmen y Mácher se había dedicado a la agricultura. La mayoría de los sitios ahora ocupados por hoteles y complejos de apartamentos estaban cubiertos por campos de tomates y cebollas, gran parte de los cuales fueron exportados a Inglaterra desde los puertos de La Tiñosa, Arrecife y el resto de Canarias. Las verduras fueron descargadas en el *Canary Wharf*, que fue construido en 1936 por Líneas Fred Olsen, que importó un gran volumen de frutas y hortalizas canarias para el mercado inglés, especialmente durante los meses de invierno. Unos ochenta años después, Fred Olsen sigue operando ferris que conectan la mayoría de las Islas Canarias, incluyendo servicios diarios regulares entre Lanzarote y Fuerteventura.

5.5. Stanley Pavillard

Stanley Pavillard fue un médico que fundó la Clínica Británico-Americana en Las Palmas. Como oficial médico durante la Segunda Guerra Mundial fue capturado por los japoneses y enviado a trabajar a las obras del tristemente famoso ferrocarril de Birmania-Tailandia. Inventó un aparato de bambú para producir una solución salina para tratar el cólera e incluso fabricó agujas con el mismo material. Posteriormente fue galardonado con la MBE (Orden del Imperio Británico). El Dr. Stanley Pavillard es conocido como Dr. 'Pav' en la película *El puente sobre el río Kwai*.

Dos calles de Las Palmas llevan el nombre de miembros de esta familia Pavillard, incluido el de este importante doctor. El padre del Dr. Stanley Pavillard fue el sucesor de Alfred J. Jones y su hermana Anita fue la vicecónsul británica en Las Palmas.

5.6. Las Islas Canarias en la Segunda Guerra Mundial

Cuando Winston Churchill se convirtió en primer ministro de Gran Bretaña tras el estallido de la Segunda Guerra Mundial, la inteligencia militar le informó de que el gobierno español tenía previsto permitir que el ejército alemán entrara en España para tomar Gibraltar, con su base naval británica y su aeródromo. Como nación insular, el Reino Unido dependía en gran medida de los bienes importados y necesitaba más de un millón de toneladas de materiales importados a la semana, principalmente alimentos y municiones. Era esencial evitar que el ejército alemán ocupara Gibraltar y también obtuviera el control de los puertos y aeródromos de las Islas Canarias en el Atlántico. Esa situación les proporcionaría una base para atacar los convoyes de América que llegaban a Inglaterra.

Como medida de contraataque, Churchill pidió al Ministerio de Guerra, encabezado por Sir Dudley Pound, que ideara planes para controlar los aeródromos y puertos de Gran Canaria y Tenerife bajo el nombre en clave Pilgrim. Según las memorias de Churchill, los británicos habían planeado enviar 24.000 tropas a las islas, incluyendo 5.000 comandos. No se sabía si Alemania también ayudaría a España a defender Lanzarote y Fuerteventura contra un ataque aliado.

Al estallar la Segunda Guerra Mundial, en Lanzarote se instalaron defensas costeras en El Río, La Bocaina (ahora Playa Blanca), Arrecife, Arrieta o Caleta de la Villa (ahora Caleta de Famara) y en Fuerteventura en La Bocaina (ahora Corralejo), la península de Jandía, Puerto de Cabras, Gran Tarajal o San Antonio.

Después del exitoso aterrizaje anglo-canadiense en Dieppe (Francia) a finales de 1942, un oficial alemán consideró que los armamentos que había en ambas islas eran totalmente inadecuados y sugirió una artillería antiaérea y antitanques adicional, además de defensas de campo en forma de búnkers de hormigón reforzado. Sin embargo, estas ideas nunca fueron probadas porque Franco rechazó la solicitud de Hitler de quedarse Gibraltar y los británicos nunca invadieron las Islas Canarias.

En 1942 la inteligencia naval británica publicó una serie de manuales geográficos para buques de guerra, con mapas de las siete Islas Canarias que indicaban dónde podían hacerse los desembarcos. La información que el Ministerio de Guerra tenía sobre Lanzarote y Fuerteventura cuando estalló la guerra en 1939 era tan escasa que pidieron a la población británica que había pasado las vacaciones en las islas que enviara cualquier foto que hubiera tomado, mostrando costas u otros puntos de valor estratégico.

Los detalles publicados en el manual incluían un plano del Puerto de Arrecife, los castillos de San José y San Gabriel, el Charco de San Ginés, además de las entradas a todos los islotes y puertos, así como de la costa de La Tiñosa.

Extractos del manual sobre ambas islas que describen dónde podrían hacerse los desembarcos. *"Lanzarote: los arrecifes rocosos casi continuos y los riscos hacen que la isla sea muy difícil para desembarcar. Desde el extremo de Punta Fariones hasta Arrecife, a una distancia de aproximadamente 40 kilómetros, hay acantilados bajos con rocas situadas cerca de la costa, haciendo que el desembarco sea casi imposible, sin embargo, se ha construido un pequeño embarcadero en la bahía de Arrieta, unido por carretera a Haría y a Arrecife.*

Al sur de Arrecife hay un lugar de desembarco en la playa de La Tiñosa [ahora Puerto del Carmen] ocupando una abertura en los irregulares promontorios. Este pequeño pueblo es visitado por los barcos de vapor locales, que recogen los cultivos de cebolla para la exportación.

La protección natural del puerto principal de Arrecife se ha visto muy mejorada por la construcción de un rompeolas. El muelle mide 670 pies de largo con una profundidad de 15 pies a marea baja y acoge barcos de hasta 800 toneladas. Las embarcaciones grandes pueden obtener un anclaje de 17 a 30 brazas en la rada al sur de El Quebrado de Arrecife, pero está expuesto a los vientos del sur.

Puerto de Naos, aunque no sea grande, es seguro e importante como refugio para pequeñas embarcaciones durante las tormentas. Los barcos grandes pueden anclar fuera del puerto en 18 a 22 brazas de agua, pero la rada está expuesta a los vientos del sur.

Fuerteventura tiene un trazado litoral comparativamente regular a excepción de la considerable península de Jandía en el suroeste. Aunque los acantilados se extienden a lo largo de gran parte de la costa, hay grandes trechos de largas playas de arena. El puerto principal es Puerto de Cabras, en la costa este, que se encuentra en el sector noroeste de una bahía que ofrece un anclaje de 4 a 7 brazas en un fondo arenoso a unas cien yardas de la costa. Un muelle de piedra se proyecta unas 100 yardas hacia el mar desde el extremo oriental de la ciudad, dando así un refugio adicional a una ensenada de casi 40 yardas de ancho por casi 50 yardas de largo, en la que pueden entrar pequeñas embarcaciones. Los vapores interinsulares atracan junto al muelle o fondean en la rada justo al lado del puerto. Cables submarinos conectan el puerto con Las Palmas (103 millas náuticas) y con Arrecife (35 millas náuticas). Es posible desembarcar en otras calas, especialmente en Gran Tarajal. Más allá del Istmo de la Pared, la costa occidental se prolonga hacia el noreste en dirección hacia Punta del Tostón, pero aunque los acantilados son casi ininterrumpidos, el desembarco es posible en dos puntos.

En la costa sur se encuentra el Puerto de la Peña, aunque el fuerte oleaje suele dificultar el desembarco en la playa, pero los pescadores locales suelen utilizar un acantilado al norte. Otros fondeaderos se encuentran frente al Puerto de Tarajalejo y el puerto de La Pared. La costa desde Punta del Tostón a Punta Gorda forma la orilla sur del Estrecho de la Bocaina, pero es inaccesible porque los acantilados, aunque bajos, son continuos. La pequeña Isla de Lobos se encuentra a aproximadamente un cuarto de milla de la Punta de Corralejo. El estrecho que la separa de Fuerteventura es propenso a un fuerte oleaje."

5.7. Winston Churchill visita Gran Canaria (1959)

Winston Churchill llegó a Gran Canaria en febrero de 1959 a la edad de 84 años, a bordo del yate de lujo 'Christina' como invitado de Aristóteles Onassis. Quizá conociera la isla anteriormente, porque su madre, Lady Randolph Churchill, que era estadounidense, había visitado la isla en 1900 camino a Sudáfrica. En su segunda visita en octubre, Churchill y su mujer Clementine visitaron la Caldera de Bandama y vieron grandes superficies de plantaciones de plátanos desde la cima de la montaña de Arucas, y más tarde se quedaron encantados cuando captaron una hermosa vista del pico nevado del Teide, en la isla vecina de Tenerife, la montaña más alta de España.

En su último crucero por el Atlántico pasando por Canarias a bordo del 'Christina', la parada final fue Nueva York, donde Onassis celebró una cena de despedida para su invitado de honor, Winston Churchill. Adlai Stevenson, el embajador estadounidense de las Naciones Unidas, propuso el brindis: "*Me gustaría que todos ustedes llenasen sus copas y la alzasen ante el hombre que ha sido la conciencia del mundo libre y el salvador de nuestra libertad*".

5.8. Los Beatles en Tenerife en 1963

En abril de 1963, tres de los Beatles, Paul McCartney, George Harrison y Ringo Starr, se fueron de vacaciones a Tenerife. Viajaron a Canarias por gentileza de su manager, Brian Epstein, para relajarse después de un año agitado de gira y la grabación de su álbum de debut, mientras que él y John Lennon se tomaban un breve descanso en Torremolinos.

Nadie se dio cuenta de que sería la última vez en sus vidas que los miembros del grupo serían capaces de pasear por un lugar turístico como cualquier otro ciudadano sin llamar la atención de la población. A pesar de que ya habían tenido éxito, con un número uno en el Reino Unido, con su single *From Me To You*, su fama no se había extendido en el extranjero y los lugareños, así como muchos españoles, ni siquiera habían oído hablar de ellos.

El artista Luis Ibáñez, residente en Lanzarote desde hace años, vivía en aquel momento en Tenerife y describió lo que sucedió cuando se preparaba para montar su primera exposición individual en una galería de arte ubicada en el Instituto de Estudios Hispánicos, cerca de la iglesia principal en el centro de Puerto de la Cruz, en abril de 1963.

—"*¡Ayuda! Necesito a alguien, ¿me podría ayudar por favor?*"

—"*Yo estaba descargando cuadros de mi furgoneta, pero el lienzo más grande me resultó difícil de manejar, cuando tres chicos jóvenes y una chica que estaban caminando y hablando inglés, vinieron y me ayudaron. Cuando finalmente conseguimos sacar el lienzo, la chica tomó un par de fotos de los cuatro mientras sujetábamos el cuadro.*

Fueron muy amables, y por lo que me dijeron, intuí que estaban disfrutando de sus vacaciones en Tenerife. Para expresar mi gratitud por su ayuda les invité a la inauguración de mi exposición esa noche y vinieron los cuatro. Estuvieron paseándose por la galería con una copa de vino en las manos, mientras que la chica capturó todo una vez más con su cámara. Antes de salir me dijeron que mis pinturas les parecían maravillosas.

Ni yo ni nadie teníamos idea de quiénes eran; nadie los conocía fuera de Inglaterra. Hablando con un amigo llamado David Gilbert al día siguiente relaté la anécdota de la ayuda que me prestaron. Mi amigo era dueño de un complejo con piscinas y bares, así como de un restaurante llamado Lido San Telmo, frecuentado por una clientela bastante elegante, que ofrecía entretenimiento musical durante la cena todas las noches. Me dijo que los mismos cuatro amigos habían cenado allí y preguntaron si podían practicar con los instrumentos de la banda de la casa, y que con gusto se ofrecían a dar un concierto gratis. ¡Tan pronto como mi amigo oyó al baterista golpear la batería les dijo 'No, gracias', ya que esa música tan ruidosa podría molestar a los otros clientes!".

Luis Ibáñez concluyó diciendo: "¡Qué lástima que ni yo ni los demás supiéramos lo que en el futuro inmediato aguardaba a esos músicos ingleses de vacaciones en las Islas Canarias!".

Poco después de que los Beatles volvieran a casa tras su corta escapada al extranjero, su primer álbum, *Please Please Me*, alcanzó el número uno en las listas del Reino Unido y se quedó allí durante un año. Fue el comienzo de la Beatlemanía, y para los cuatro muchachos de Liverpool la vida ya no volvería a ser la misma.

Las vacaciones de los Beatles en Tenerife fueron posibles gracias a su amigo Klaus Voormann, cuyo padre tenía una casa de vacaciones en el Puerto de La Cruz, y fueron acompañados por la fotógrafa Astrid Kirchherr, una amiga común del grupo. Fue ella quien tomó las instantáneas de las vacaciones sin las cuales el breve viaje a las Islas Canarias habría permanecido perdido en la noche de los tiempos.

Tres años antes, en 1960, los alemanes Klaus y Astrid estudiaban arte en Berlín y decidieron pasar unos días en Hamburgo. Ambos eran amantes de la música y la ciudad del norte de Alemania ya había ganado reputación musical por la presencia frecuente de grupos ingleses.

Una noche se pasaron por un club llamado el Kaiserkeller (Bodega del Kaiser) en la famosa zona de Reeperbahn y fueron hechizados por la música que tocaban en el escenario cuatro músicos desconocidos. Los dos berlineses regresaron noche tras noche y se dieron cuenta de que estaban experimentando algo realmente especial, se presentaron al grupo y descubrieron que compartían los mismos gustos en música, moda y cultura.

Esto estimuló a los estudiantes de arte a trabajar en la creación de un estilo para que los cuatro chicos de Liverpool se diferenciaran de otros grupos en cuanto a la apariencia, de la misma manera que la calidad de su música daba vuelta y media a todos los demás.

En esos días, las bandas musicales lucían trajes oscuros en el escenario y Klaus sugirió que los Beatles cambiaran y usaran chaquetas de cuero, mientras que Astrid se dispuso a proporcionarles un peinado verdaderamente único, llamado por la prensa más tarde *Mop Heads* (cabezas de fregona). Se había creado un concepto visual dinámico en el escenario que iba de la mano con la música emocionante que los Beatles estaban haciendo y que ya estaba causando furor entre el público de las ciudades portuarias de Hamburgo y Liverpool y que pronto captaría la imaginación de los aficionados de todo el mundo.

Klaus Voorman se trasladó más tarde a Londres, donde compartió piso con George y Ringo y se hizo muy conocido por sus propios méritos al tocar el bajo en el exitoso grupo de música pop de Manfred Mann, así como por el diseño de la portada de *Revolver*, el LP de los Beatles por el que ganó un Grammy. Por su parte, Astrid desarrolló su carrera como fotógrafa, y tanto él como ella mantuvieron la amistad con los Beatles a lo largo de sus vidas.

Las instantáneas en sí no tenían más valor que las tomadas por la gente común pasándolo bien de vacaciones. Tres miembros de los Beatles en traje de baño y camisas blancas de manga larga para protegerse de las quemaduras solares, Paul con una tirita en la nariz como protección adicional, George acurrucado con Astrid, Ringo con un sombrero de picador y Paul y George haciendo el tonto en un Austin Healey Sprite, el coche del padre de Klaus Voormann.

Las once fotografías en blanco y negro tomadas por Astrid Kirchherr en una cámara Rolleicord se pasaron a tecnicolor en 1985 y formaron parte de la colección "Tenerife '63" puesta a la venta por *Heritage Auctions* en Dallas en 2014. La colección fue vendida a un comprador de Nueva York por 6.250 dólares. Según Ulf Krüger, cuya empresa K+K Center of Beat de Hamburgo representó durante 20 años la obra fotográfica de Astrid Kirchherr, no quedan más negativos de la histórica visita de los Beatles a Tenerife hace más de medio siglo.

Cuando Astrid Kirchherr y Klaus Voormann vieron por primera vez a los Beatles en Hamburgo eran un grupo de cinco miembros, con un bajista llamado Stuart Sutcliffe y un batería cuyo nombre era Pete Best, que fue reemplazado más tarde por Ringo Starr. Astrid se enamoró de Sutcliffe y los dos decidieron casarse y volaron a Liverpool para encontrarse con su familia. Pero a su regreso, de repente, comenzó a sufrir fuertes dolores de cabeza que terminaron con su trágica muerte por hemorragia cerebral en noviembre de 1962.

En 1967 Astrid se casó con Gibson Kemp, el baterista que había reemplazado a Ringo Starr en su primer grupo, *Rory Storm and the Hurricanes*, y más tarde fue miembro de *Paddy, Klaus & Gibson*. Cuando se separaron, Gibson se unió a la empresa *Stigwood Yaskiel International*, con sede en Hamburgo, que representaba en Alemania a muchos artistas británicos importantes en colaboración con el manager de los Beatles, Brian Epstein. El jefe de la compañía, Larry Yaskiel, autor de este libro, fue presentado a Astrid por Gibson y disfrutó durante muchas horas escuchando sus interesantes historias sobre los Beatles y los primeros días de la escena musical en Hamburgo y Liverpool.

El capítulo anterior fue completado en febrero de 2017. Por coincidencia, en ese momento se celebraban los 50 años del matrimonio entre Gibson y Astrid y del feliz encuentro del autor de este libro con esta pareja. También se recuerda en esa fecha el 50 aniversario de la trágica y temprana muerte del manager de los Beatles Brian Epstein, que también llevaba al grupo *Paddy, Klaus & Gibson*. Murió con tan sólo 32 años.

Se celebró el lanzamiento de una versión en tapa blanda del libro de Klaus Voormann sobre el premio Grammy por su diseño del álbum *Revolver* de los Beatles en febrero de 2017 con un concierto con Gibson a la batería, su hijo como vocalista y Klaus en el bajo. Gibson anunció desde el escenario: *"Todavía debo a Ringo Starr 12,50 libras esterlinas por el traje que me dio cuando abandonó a los Rory Storm para unirse a los Beatles y le sustituí en la banda".*

La pintura de Luis Ibáñez sacada de la furgoneta por Paul McCartney, George Harrison y Ringo Starr y fotografiada por Astrid Kirchherr fue comprada por el propietario del Hotel Tenerife Playa porque mostraba la panorámica del Puerto de La Cruz vista desde la entrada del hotel. Pocos años después, esa misma persona se puso en contacto con Luis Ibáñez, quien ya se había mudado a Lanzarote, y le dijo que querían renovar por completo esa parte de la ciudad.

¿Podría Luis Ibáñez invitar a César Manrique a idear un plan para remodelar esa parte del litoral del Puerto de la Cruz? Esta propuesta vio la luz con el Lago Martiánez, un complejo diseñado por Manrique con siete piscinas y un enorme lago artificial con toboganes, terrazas, bares, restaurantes y kioscos de helados, que se convirtió en una importante atracción turística para el Puerto de la Cruz.

5.9. Cultura y celebridades

También se han establecido conexiones entre Gran Bretaña y Canarias en el mundo del cine y la música. En 1965, el director británico Don Chaffey produjo la película *Hace un millón de años*, protagonizada por Raquel Welch en Tenerife y Lanzarote. La foto de la estrella con su bikini de pieles medio roto en el Charco de los Clicos de El Golfo aún está a la venta a 25 dólares, más de 50 años después y el cartel se encuentra entre los más buscados en la historia del cine. Las legiones de fanáticos del cine británico conocieron por primera vez los paisajes volcánicos únicos de Tenerife y Lanzarote, así como las arenas doradas de la playa de Papagayo. En 1984, la BBC filmó en Canarias cuatro episodios de la serie clásica de culto *Doctor Who*, con Jon Pertwee en el papel principal, y veinte años más tarde se grabó otro episodio de la misma serie.

La presencia de dos de los mejores grupos del mundo en Canarias, los Beatles en 1963 y U2 en 1991, también ha contribuido a cimentar esta conexión. Los Beatles se mencionan en un capítulo anterior y U2 pasó unas vacaciones en Lanzarote en 1991, seguidas de una visita al Carnaval de Tenerife, cuyas fotos se usaron en su CD *Achtung Baby*.

En 1986, el artista lanzaroteño Ildefonso Aguilar concibió la idea de un Festival de Música Visual en el auditorio subterráneo único de los

Jameos del Agua, con el objetivo de ofrecer música ambiental en los paisajes protegidos de esta isla volcánica. Aguilar invitó al artista británico Brian Eno a liderar el concepto del festival con su grupo, presentando el primer concierto, lo cual atrajo inmediatamente la atención internacional. Poco después, Eno regresó a la isla para montar una de sus primeras instalaciones en Europa en la Cueva de los Verdes.

El festival WOMAD (World Music And Dance) fue fundado en 1980 por el músico de rock inglés Peter Gabriel, miembro fundador de *Genesis*. La idea era dar una serie de conciertos que reunieran estilos musicales de todo el mundo, especialmente fusionando los ritmos frescos y vibrantes de la percusión africana para complementar el pop y el rock europeo. En 1993, el Womad llegó a Las Palmas y atrajo a algunos de los artistas más talentosos de ambos continentes al evento, que se repitió durante unos años en la ciudad. Años más tarde se trasladó a otras latitudes y no volvió a celebrarse en Las Palmas hasta 2017.

El bio-escultor británico Jason de Caires Taylor creó el primer parque de esculturas subacuáticas de Europa y del océano Atlántico, inaugurado en enero de 2017. El Museo Atlántico se encuentra en las claras aguas azules de la costa sur de Lanzarote, en Playa Blanca. La exclusiva instalación está construida a 14 metros por debajo de la superficie y es accesible para buceadores. La inauguración fue muy elogiada por los medios nacionales e internacionales que realizaron más de 141 piezas de cobertura mediática.

Jason de Caires Taylor integró sus habilidades como conservacionista, fotógrafo subacuático e instructor de buceo para producir instalaciones únicas que fomentan la implantación y el crecimiento de los corales y la vida marina. La revista Forbes la describe como "una de las principales atracciones del mundo". En 2014, la revista americana FT reconoció a este escultor ecológico británico entre los 100 pensadores globales más importantes, en la categoría de artistas.

5.10. El informe sobre comercio de Peter J. Nevitt

Peter J. Nevitt fue cónsul británico en Las Palmas de 1990 a 2006, y Agregado Comercial para todas las Islas Canarias desde 1986. Escribió el siguiente informe sobre cómo se recuerda a los pioneros anglo-canarios del comercio, así como un informe sobre el comercio entre el Reino Unido y Canarias durante ese período:

"Thomas Miller y Alfred L. Jones tienen calles con sus nombres en Las Palmas, y un polígono industrial y el barrio adyacente se llaman Miller Bajo. El Edificio Miller, un antiguo almacén, es ahora el lugar de celebración de eventos solidarios y culturales del Ayuntamiento. El Edificio Elder Dempster en el Parque de Santa Catalina alberga ahora el Museo de la Ciencia, y un distrito en la ciudad de Vecindario lleva el nombre de los Yeoward. Los anglo-canarios también instalaron la primera central eléctrica y el suministro de agua de la ciudad. Las Palmas es hoy el quinto puerto más importante de España.

(...)

Cuando asumí el puesto de Agregado Comercial en 1986, las exportaciones anuales británicas a las Canarias ascendían a 35.000.000 libras, y subieron a 70.000.000 libras después de mi primer año. Todavía visito 400 tiendas al año promoviendo productos británicos que ahora alcanzan un volumen de 200.000.000 libras al año: 20% de alimentos, 20% de alcohol, 20% de metal, automóviles, herramientas, etc. En 2005, Canarias exportó productos agrícolas por valor de 60.000.000 libras al Reino Unido, que absorbe el 50% de su mercado de exportación, mientras que el resto se destina a Rotterdam para su distribución en toda Europa.

(...)

Antiguamente, las grandes compañías de vapor se dedicaban exclusivamente a transportar carga desde y hacia las posesiones británicas en la costa de África y Sudáfrica, y sólo hacían escala en las Canarias para abastecerse de carbón, pero empezaron a transportar pasajeros que querían irse de vacaciones a estas islas, incrementándose este volumen de pasajeros a pasos agigantados en poco tiempo. Nuevos vapores interinsulares, con servicios mejorados, fueron introducidos por los emprendedores británicos e hicieron accesibles islas periféricas como Lanzarote".

5.11. La evolución del turismo británico

Sin duda, la chispa que despertó el interés del ciudadano de a pie en la Inglaterra victoriana para ir de vacaciones a las Islas Canarias se remonta al libro de Olivia Stone publicado en 1887, descrito en detalle en un capítulo anterior. En dos años, los británicos habían construido el Hotel Santa Catalina en Las Palmas, además de abrir otros en Gran Canaria y Tenerife. En tándem, las líneas marítimas que operaban entre Reino Unido y Sudáfrica comenzaron a transportar pasajeros a Canarias, a la vez que lanzaron cruceros por todo el archipiélago. Entre ellos, la Línea Yeoward, que en 1903 anunciaba *"Cruceros de vacaciones a las Islas Canarias y otros destinos durante 16 días por 21 Guineas"*.

Este goteo de pasajeros a bordo de los buques de carga fue el precursor del turismo de masas que comenzó a jugar un papel importante en la vida económica de las Islas Canarias en la segunda mitad del siglo XX. Los operadores turísticos comenzaron a organizar las vacaciones para un gran número de británicos a Tenerife y Gran Canaria en los años 60 y 70, seguidos por Lanzarote y Fuerteventura en los años 80 y 90.

Turistas británicos que visitaron Canarias 1980-1985

Año	Turistas
1980	410.115
1982	478.569
1983	564.798
1984	788.365
1985	860.500

Fuente: ISTAC: *Estadísticas básicas de Canarias 1980-1985.*

Número de turistas británicos que entraron en Canarias 1987-1992

Año	Turistas
1987	1.330.304
1988	1.498.711
1989	1.496.146
1990	1.448.928
1991	1.571.017
1992	1.734.887

Fuente: ISTAC: *Estadísticas básicas de Canarias 1987-1992*.

Número de viajeros llegados desde aeropuertos británicos a Canarias 1993-2000

Año	Turistas
1993	2.272.236
1994	2.736.487
1995	2.725.553
1996	2.562.352
1997	2.776.244
1998	3.296.080
1999	3.519.775
2000	3.720.051

Fuente: ISTAC (www.gobiernodecanarias.org).

5.12. Topham, una larga saga irlandesa en Lanzarote

Guillermo Topham, uno de los periodistas más famosos de Lanzarote del siglo XX, fue descendiente del anglo-irlandés William Topham que emigró a Lanzarote desde el condado de Cork en Irlanda en 1814. Al establecerse como comerciante de éxito, William Topham fue considerado como una de las figuras principales en la modernización de Arrecife de aquella época, y se casó con una mujer de una de las familias más prominentes de la isla.

Uno de sus hijos, Juan, fue nombrado el primer cónsul británico en Lanzarote y se reunió con dos famosos autores ingleses que aparecen en este libro, Olivia Stone en 1887, y John Whitford en 1889. Proporcionó información sobre las atracciones turísticas más interesantes de la isla.

El bisnieto de William Topham, Guillermo Topham, comenzó a trabajar como periodista en 1941 y defendió la causa de Lanzarote en la prensa regional y nacional. Fundó el periódico *Antena* en 1953 y dedicó gran parte de su energía y espacio editorial a fomentar el turismo de calidad para la isla casi dos décadas antes de la llegada del turismo de masas. Uno de sus primeros informes refería que la isla estaba llena de visitantes, cuando todas las habitaciones del hotel Parador en el paseo marítimo de Arrecife —el único en la isla— estaban ocupadas. Falleció en julio de 2000. Fue muy llorado como pionero del periodismo local en Lanzarote y nieto de un cónsul británico.

6. SIGLO XXI

6.1. Viajeros y exploradores en Canarias a lo largo de la historia

El autor e historiador de Tenerife Nicolás González Lemus ha sido pionero en el tema de los viajeros y exploradores británicos en Canarias a lo largo de la historia. Rara vez un investigador ha profundizado en asuntos tan dispares como estudios académicos y económicos, con obras sobre Agatha Christie y la visita de los Beatles a Tenerife en la última fiesta de sus vidas como turistas anónimos. También publicó libros aclamados sobre ambos iconos británicos, así como ediciones actualizadas con motivo del 50º aniversario de esas efemérides.

Nicolás Lemus, que actualmente es profesor de la Universidad de La Laguna de Tenerife, es Doctor en Geografía e Historia y Licenciado en Filosofía y Letras. También es miembro de la Real Sociedad de Historia, de la *Royal Geographical Society* de Gran Bretaña y de la prestigiosa Asociación Hakluyt.

Las obras de Nicolás Lemus estuvieron entre las fuentes de nuestro capítulo dedicado al estudio de los pioneros anglo-canarios del comercio en Canarias en los siglos XIX y XX. Una de las más de treinta publicaciones de este autor contiene los nombres de cada británico ilustre que ha visitado las Canarias desde el 1600. Entre ellos figuran Bertrand Russell, (1930) Winston Churchill, (1959) Richard Burton y Elizabeth Taylor (1956) y Paul McCartney, George Harrison y Ringo Starr (1963).

6.2. David Cameron en Lanzarote

Acompañado por su esposa Samantha y sus tres hijos, el primer ministro David Cameron pasó sus vacaciones de Semana Santa de 2014 y 2016 en Lanzarote. Estuvieron la mayor parte del tiempo en la playa, practicando surf y buceo, además de visitando las zonas turísticas más

235

populares entre los turistas del Reino Unido, más de un millón de los cuales elige Lanzarote anualmente para sus vacaciones. Se alojaron en un hotel rural en San Bartolomé durante su primera visita y en un hotel en Playa Blanca en la segunda ocasión.

6.3. El silbo gomero, declarado Patrimonio Cultural Intangible de la Humanidad por la Unesco en 2009

"Si desea encontrar una isla del Atlántico donde la gente habla como los pájaros debe alejarse de las zonas turísticas de Canarias y coger el vapor en dirección oeste hacia La Gomera. El lenguaje silbado de La Gomera ha sobrevivido a través de los siglos desde un pasado remoto. Es una de las maravillas desconocidas del ingenio humano". Cita del libro *Island Time Forgot*, de Lawrence G. Green, después de su visita a la isla a finales de la década de 1950.

La Gomera es una isla redondeada, de origen volcánico y muy montañosa. Cuenta con 22,4 kilómetros de diámetro y se halla cortada por barrancos anchos y abruptos, con profundos cauces que parten desde el centro y discurren radialmente hacia el mar. Es una superficie difícil, donde dos puntos separados por sólo 500 yardas en línea recta pueden suponer varias horas de recorrido a pie. Los pastores, situados a ambos lados de los profundos barrancos, no pueden hacerse oír gritando a través de esos escarpados relieves, y se necesitan muchas horas de subida y bajada y mucho esfuerzo para hablar con alguien al otro lado.

La áspera orografía ha llevado a su gente a desarrollar una forma extraordinaria de comunicación a través del silbido —conocido como el silbo gomero—, cuyos tonos claros pueden entenderse hasta desde una distancia de tres millas. Como todos los idiomas, esto debe haber comenzado sólo con la expresión de los pensamientos más básicos, pero paulatinamente se hizo tan elaborado, que todo lo que puede decirse en español también puede ser silbado. Sus orígenes se remontan a los antiguos habitantes prehispánicos de Canarias.

El eminente antropólogo especializado en temas canarios Herbert Nowak dice que el silbo gomero traduce la palabra hablada al silbido y, por lo tanto, no es un código de sonidos silbados. Hay sonidos claros silbados para cada una de las vocales (a, e, i, o y u), mientras que los sonidos de las consonantes son transicionales. Todas las palabras pueden traducirse a silbidos, pero los oídos de los que escuchan están acostumbrados a las palabras usadas en la conversación cotidiana común y no se emplea habitualmente para elaborar conversaciones o palabras inusuales. En condiciones climáticas favorables, los sonidos se pueden escuchar a tres y cuatro kilómetros de distancia.

Según Nowak, hay diferentes métodos para producir los sonidos silbados: poniendo un dedo o el nudillo de un dedo doblado en la boca, poniendo dos dedos o, directamente, sin usar ningún dedo. Otra forma, utilizada a veces, es colocando las manos ahuecadas, situándolas como una boquilla.

El silbo de La Gomera se originó en la era de los antiguos habitantes prehispánicos de las islas, los guanches. Según un documento relacionado con el asesinato del primer Conde de La Gomera, su amante, de origen local, le había advertido que había oído conspiradores hablando en lenguaje silbado que planeaban su asesinato.

Durante siglos, el silbido fue la principal forma de comunicación entre los agricultores y los pastores, pero cayó en desuso en la década de 1960, cuando sólo un puñado de pastores sabía todavía cómo comunicarse con ese sistema. Algunos historiadores afirman que los representantes políticos del general Franco en la isla trataron de disuadir a la gente de que usase este lenguaje, porque no eran capaces de entenderlo.

A finales de los noventa, debido al peligro de que se perdiera para siempre, el Gobierno canario convirtió el silbo gomero en un contenido obligatorio en todas las escuelas de la isla. Aunque a escala planetaria existen otras lenguas silbadas, como en Alaska, por ejemplo, el silbo gomero es el único que está plenamente desarrollado y es "hablado" por una gran comunidad. Más de 22.000 habitantes de La Gomera emplean esta lengua que se usa regularmente en eventos públicos. Debido a esto, en 2009, la Unesco declaró el silbo gomero como Patrimonio Cultural Inmaterial de la Humanidad.

El autor Lawrence Green comprobó ejemplos excelentes de cómo el silbido era un requisito necesario de la vida cotidiana cuando visitó la isla, a finales de los años cincuenta del siglo XX. En términos prácticos, el silbo funcionaba casi como un teléfono móvil unas cuatro décadas antes de su invención, y permitió que las áreas periféricas tuvieran contacto, antes, también, de las conexiones telefónicas de línea fija.

La primera vez, Green fue convidado a una simple demostración por parte de su intérprete, que lo invitó a seleccionar a cualquier transeúnte en la calle para que silbara un mensaje a otra persona. Escogió a una niña pequeña, a quien se le dijo que silbara el nombre de Antonio Evaristo, realizando el silbo correspondiente con *"notas claras y bajas como la voz de un ruiseñor. A una distancia considerable del lugar donde se encontraban, un hombre se volvió y alzó el brazo derecho para demostrar que había escuchado. Ese era el método infalible para llamar la atención de la persona a la que se quería comunicar algo; el nombre de la persona y la señal de reconocimiento.*

En la ciudad había una planta que bombeaba agua hasta la meseta para irrigar plantaciones de tomate y plátano. Era un sistema intrincado, pero cada detalle era controlado por mensajes silbados entre la estación de bombeo y la meseta.

En un restaurante, una camarera silbaba las órdenes del cliente al cocinero en la cocina, desde caldo de papas a tortas rellenas de dulce. Mis amigos me dijeron que incluso podría silbarle al cocinero cómo preferían los clientes que les preparasen los huevos que pedían.

Los padres silban mensajes a sus hijos en esta isla, y cada bebé reacciona a su nombre silbado antes incluso de tener un año de edad. Los niños aprenden a silbar mensajes tan fácilmente como silban melodías. Se trata para ellos de una forma natural de comunicarse y se puede reconocer el silbido de una persona de la misma manera que se identifica su voz.

Los pescadores silban de un barco a otro, pasando información sobre los bancos de atún y sus capturas. Cuando los barcos se cargan en los fondeaderos de las islas, todos los preparativos del trabajo se comunican mediante mensajes silbados. Esto es especialmente valioso en los lugares de carga a lo largo de la costa, como Hermigua, donde la costa es tan escarpada que hace falta usar un pescante, una estructura de hierro con un dispositivo para bajar pasajeros y mercancías en una especie de cesta hasta un lanchón abierto.

En un momento en que muchas partes de La Gomera no tenían conexiones telefónicas, el silbo y los silbadores salvaron vidas en caso de emergencia médica. Así, por ejemplo, sucedió una vez que hizo falta un médico con urgencia en la zona de pesca de La Cantera, que se encuentra aislada por precipicios, en una bahía en el sur de la isla a la que sólo se puede acceder fácilmente por el mar. En menos de seis minutos, un médico de San Sebastián, la capital, supo que se le necesitaba en La Cantera y tenía detalles de los síntomas del enfermo. Cinco hombres, pescadores y pastores, habían transmitido el mensaje a la luz del día a lo largo de unos nueve kilómetros de costa".

Green cuenta una interesante historia sobre André Classe, profesor de fonética de la Universidad de Glasgow, que pasó tres meses en La Gomera, tiempo en el que él y su esposa fueron capaces de dominar los elementos del silbo gomero. Classe fue considerado la autoridad principal en este idioma fuera de la isla, siendo publicados sus trabajos sobre el tema en varias revistas científicas, incluyendo la *Archivum Linguisticum*, la *Scientific American* y la *New Scientist*.

La pareja tuvo una experiencia extraña en una zona deshabitada de bosque en las montañas cuando repentinamente oyeron nombres españoles silbados en la zona próxima a ellos.

—*"¡Felipe! ¡Alfonso! ¡Federico! ¡María de los Ángeles!"*.

Estaban absolutamente desconcertados hasta que André Classe descubrió que los silbidos provenían de los mirlos, aves de canto delicado, que imitaban las comunicaciones humanas, los silbos que oían con frecuencia.

Antes de partir, Lawrence Green escribió la siguiente anécdota para recordar el papel de apoyo que La Gomera había desempeñado en la historia universal: *"Recordé que la niña que había silbado a Antonio Evaristo realizó esa comunicación junto a la casa donde durmió Cristóbal Colón su última noche en el Viejo Mundo, antes de zarpar en su mejor viaje. Ciertamente los viajes de La Santa María, La Pinta y La Niña, habrían sido narrados a lo largo y ancho de la isla a través del silbo. Y mucho más... el amor de Colón y Beatriz de Bobadilla, viuda y gobernadora de la isla... la carga de los barcos de Colón con terneros y cabras, ovejas y cerdos, aves y frutos... Y algún tiempo después, cuando la caña de azúcar de La Gomera transformó la economía de las Indias Occidentales"*.

6.4. Llegadas de pasajeros

Entrada de pasajeros a Canarias desde aeropuertos ingleses 2001-2017

	Lanzarote	Fuerte-ventura	Gran Canaria	Tenerife	CANARIAS
2001	850.174	421.232	828.486	1.839.085	3.944.338
2002	875.346	426.585	811.461	1.847.862	3.958.355
2003	926.284	451.986	830.176	1.847.862	4.061.229
2004	915.800	434.234	761.071	1.764.939	3.880.576
2005	862.330	395.916	673.143	1.697.246	3.631.588
2006	859.881	413.355	657.131	1.711.240	3.641.634
2007	814.283	394.924	666.362	1.596.850	3.641.634
2008	823.131	388.738	601.560	1.524.614	3.355.973
2009	708.348	314.021	457.767	1.337.365	2.831.689
2010	813.171	405.237	511.872	1.442.736	3.187.891
2011	906.251	487.523	539.545	1.679.878	3.625.403
2012	903.316	422.197	520.822	1.645.612	3.509.983
2013	973.354	424.760	536.281	1.718.816	3.667.380
2014	1.117.699	514.837	586.411	1.866.709	4.102.141
2015	1.162.430	572.564	633.116	1.885.027	4.277.020
2016	1.306.266	668.010	823.326	2.228.811	5.054.105
2017	1.459.296	738.239	941.004	2.355.165	5.529.856

Fuente: ISTAC (www.gobiernodecanarias.org).

En 2017 se registró el récord de afluencia turística, con 16 millones de visitantes de toda Europa de vacaciones en Canarias, de los cuales 5,5 millones eran británicos, el número más alto de la historia.

Es interesante observar que, en el año 2016, 17 millones de británicos fueron de vacaciones a destinos turísticos de toda España (incluyendo Canarias). El 82% eran visitantes habituales y el 40% disfrutaron de un mínimo de 7 días de vacaciones en España.

6.5. ¿Tendrá el *brexit* efecto sobre el mercado de vacaciones?

La World Travel Market, WTM, celebrada en Londres en noviembre de 2016, contó con la presencia de 50.000 profesionales de la industria turística internacional y expositores de 182 países y regiones. Este evento proporcionó la primera oportunidad para determinar si la decisión del pueblo de Gran Bretaña adoptada en el referéndum de junio consistente en salir de la Unión Europea tendría un efecto negativo en el turismo del Reino Unido a las Islas Canarias.

El tema es fuente de gran preocupación para la economía canaria, ya que el 36% de la fuerza laboral total de la región está empleada en la industria turística y con esta decisión se ponen en peligro muchos empleos. Y, es más, esa actividad depende en gran parte de la cantidad de dinero generado por el turismo de Gran Bretaña.

En Lanzarote, por ejemplo, la cifra era de 1.000 millones de euros en el año 2015. Además, el gasto medio del turismo británico está por encima del los visitantes de otras nacionalidades. Cualquier disminución importante en el número de visitantes podría tener un efecto serio sobre la economía local.

Según ABTA, la mayor asociación británica de agentes de viajes, cuyos miembros facturan 32 billones de libras esterlinas en paquetes de vacaciones cada año, el Brexit no ha afectado en absoluto al mercado vacacional canario. Anunciaron en la WTM que las reservas para las vacaciones británicas a las Canarias durante los próximos 10 meses reflejaban un aumento anual del 17% sobre el año récord de 2016. Además, todas las principales aerolíneas habían aumentado su capacidad en número de plazas con más vuelos a Canarias.

6.6. Residentes ingleses en Canarias

	Lanzarote	Fuerte-ventura	Gran Canaria	Tenerife	CANARIAS
2001	2.133	471	1.589	9.090	13.598
2002	2.696	662	1.286	11.088	16.688
2003	3.201	954	2.209	13.119	19.869
2004	3.281	1.251	1.857	13.809	20.526
2005	4.091	1.782	2.309	16.466	25.013
2006	5.069	2.533	2.876	18.987	29.912
2007	5.909	3.056	3.398	20.988	33.817
2008	6.853	3.649	3.844	23.054	37.937
2009	7.439	4.019	4.130	24.635	40.542
2010	7.761	4.335	4.362	25.448	42.542
2011	8.026	4.621	4.505	24.065	41.878
2012	7.918	5.006	4.706	24.808	43.100
2013	7.566	5.365	3.973	23.723	41.171
2014	6.223	4.577	3.794	17.317	32.341
2015	6.176	3.963	3.200	15.483	29.233
2016	5.954	3.447	2.803	14.758	27.349

7. CANARIAS Y LOS ESTADOS UNIDOS DE AMÉRICA

7.1. La fundación de San Antonio (Texas, 1731)

Una hora antes del mediodía del 9 de marzo de 1731, cincuenta y seis hombres, mujeres y niños cansados de viajar desde Canarias llegaron a una fortaleza de la misión fronteriza española llamada Presidio San Antonio de Bexar en Texas. Habían estado en marcha durante más de un año, para llegar a un lugar donde harían historia como los primeros colonos destinados a establecer un municipio civil en el estado de Texas. Luego se les conoció como las "16 Familias Fundadoras"; sus nombres eran: Juan Leal Goraz, Juan Curbelo, Juan Leal Jr., Antonio Santos, José Padrón, Manuel de Niz, Vicente Álvaro Travieso, Salvador Rodríguez, Francisco Arrocha, Antonio Rodríguez, José Leal, Juan Delgado, José Cabrera, María Robayna de Bethencourt Delgado, Mariana Meliano y José Antonio Pérez Casanova.

La mayoría de los emigrantes, cuarenta y cuatro, eran de Lanzarote. Esto se debe a que al líder del grupo, Juan Leal Goraz, natural de Teguise y miembro del Cabildo General de Lanzarote, le había sido encomendado, por el Capitán General de Canarias, en nombre del rey de España, reunir a un grupo de posibles emigrantes al Nuevo Mundo.

Los otros miembros de la expedición procedían de Tenerife, Gran Canaria, La Palma y Fuerteventura. Como importante potencia colonial del continente americano en el siglo XVIII, España animaba a sus ciudadanos a emigrar y a establecerse allí para fortalecer las fronteras de sus territorios, conocidos entonces como Nueva España, en lo que ahora es América del Norte.

Además de sus pertenencias y objetos personales, estos emigrantes transportaron también consigo una gran cantidad de cereales tostados y molidos, conocidos en Canarias como "gofio". Ha sido un alimento básico en las islas desde los tiempos prehispánicos y se ha mantenido hasta el día de hoy (cambiando el tipo de cereal y la forma de procesarlo). Varios emigrantes llevaban, también, piedras de molino como parte de su equipaje, una de los cuales se exhibe en la pared en un lugar de honor al entrar en El Álamo, con una placa que indica que fue traída por los canarios originales en 1731.

Navegaron desde las Islas Canarias a La Habana, Cuba, donde pasaron seis meses antes de continuar su viaje a Veracruz, México. Desde allí afrontaron la etapa final de su expedición, una caminata de cuatro meses, acompañados por soldados españoles, hasta lo que se conocería como San Antonio, Texas. Llegaron el 9 de marzo de 1731, casi un año después de salir de sus islas nativas.

Una década de mal tiempo, iniciada en 1720, había arrasado por completo las cosechas de las Islas Canarias. Las islas orientales de Lanzarote y Fuerteventura fueron las más afectadas, ya que sufrieron varios años de sequía extrema, lo que trajo como consecuencia el hambre y la muerte. Para aliviar el sufrimiento de sus compatriotas, Juan Leal Goraz se dirigió a Tenerife para pedir ayuda al Capitán General de las Islas.

La visita del representante lanzaroteño coincidió con la petición del rey Felipe V de España de enviar a cuatrocientas familias de las Islas Canarias a establecerse en la colonia española de Texas, en Nueva España. Eran necesarios para establecer una presencia española permanente ante las reiteradas incursiones de los franceses de la vecina Luisiana, que intentaban obligar a España a retirarse de ese territorio. Los militares españoles creían que la creación de centros de población civil señalaría su decidida intención de permanecer en Texas.

El lugar al que llegaron las dieciséis familias de Canarias en esa mañana de marzo era sólo un pueblecito a orillas del río San Antonio. Estaba habitado por treinta y ocho soldados y sus familias, y más de 250 indios, principalmente de la tribu Coahuilteca, que vivían en la Misión San Antonio de Valero. Los padres franciscanos estaban a cargo del trabajo y la formación religiosa de los indios en esta y otras dos misiones.

San Antonio había recibido su nombre en 1691 durante una expedición dirigida por Domingo Terán de los Ríos, el primer gobernador de la provincia de Texas. Un diarista escribió: *"En este día, 13 de junio, encontramos en este lugar una aldea de los indios de la Nación Papaya que llamaban al río Yanagua, que significa 'agua clara'. Como era el día de la fiesta de San Antonio de Padua, nombré a la zona como San Antonio".* Los Texas eran un grupo de indígenas a los que los primeros españoles en la zona llamaron por la propia palabra de los nativos, equivalente a "amigos".

Poco después de que llegaran los isleños, un oficial inventarió y redistribuyó todo el equipo y suministros que habían recibido en el viaje. Alojó a las familias en las mejores casas de los soldados y dio instrucciones para el cuidado del ganado que habían traído consigo, incluyendo caballos, vacas, ovejas y cabras. A cada persona se le darían cuatro reales (unos 50 centavos) al día durante un año y se les suministraría carne, harina y maíz y la semilla necesaria hasta que pudieran cultivar y recoger sus propias cosechas. También se les proporcionarían bueyes para arar los campos. Durante los días siguientes plantaron todo lo que pudieron para asegurarse sustento: maíz, frijoles, cebada, algodón, pimientos, melones, sandías, calabazas, así como esquejes de frutales y viñedos.

Ocho meses después de la llegada de los colonos, cada uno de ellos fue hecho "hidalgo", miembro de la nobleza, por el marqués de Casafuerte, Capitán General de Nueva España, en nombre del Rey. La Proclamación Real declara que como recompensa por fundar un asentamiento en el extranjero, cada emigrante, y sus descendientes, serían conocidos como nobles propietarios de tierras *"con todos los honores y prerrogativas que todos los nobles y caballeros de tierra de estos reinos de Castilla deberían tener y disfrutar, según las leyes y los privilegios de España".*

Anualmente se celebra una misa especial en la Catedral de San Fernando en el domingo de la semana del 9 de marzo por la Asociación de Descendientes de Canarias para conmemorar la llegada de sus antepasados. San Fernando, construido por los canarios en 1738, es el lugar de culto católico más antiguo en todos los Estados Unidos de América, que ha permanecido en uso de forma continua desde entonces.

Dorothy Pérez, de San Antonio, Texas, ha proporcionado una gran cantidad de información sobre los vínculos históricos de Lanzarote con su ciudad natal durante muchos años. Todo comenzó cuando el Ayuntamiento de Teguise publicó un libro sobre cincuenta y seis canarios que emigraron en 1730 y fundaron el primer asentamiento civil en Texas, que era una colonia de España en ese momento. Al leer la obra, el autor del libro que tiene en sus manos se dio cuenta de que la gran mayoría, un total de cuarenta y cuatro, provenía de Lanzarote, incluido su líder, Juan Leal Goraz, quien se convertiría en el primer alcalde de San Antonio. Nueve de los primeros trece alcaldes de San Antonio fueron descendientes de antiguos pobladores de Lanzarote.

Era importante averiguar si algún descendiente de los emigrantes originales de Lanzarote aún vivía en San Antonio y descubrimos que existía una organización llamada Asociación de Descendientes de Canarias, a la que el autor de este trabajo dirigió una carta. En respuesta a nuestra pregunta, su presidenta, Dorothy Pérez, escribió: *"Cuando recibí tu carta, el sol entró en mi vida. Soy de Lanzarote y soy descendiente directa de Juan Curbelo y Juan Delgado, que eran concejales en Teguise antes de salir de Canarias. La tuya es la primera comunicación que mi familia ha recibido de nuestra isla nativa en más de 260 años"*. Uno de sus antepasados, Juan Curbelo, había llegado a alcanzar el puesto de Teniente Gobernador de Texas.

Dorothy fue la genealogista que investigó la historia familiar de cada persona que pidió formar parte de la Asociación de Descendientes de Canarias (CIDA), y su hermano Rubén ha investigado y publicado importantes detalles históricos de los descendientes. Debido a la participación activa de sus ancestros en el establecimiento de la independencia de los Estados Unidos de América, ambos son miembros, entre otras organizaciones, de los Hijos e Hijas de la Revolución Americana y de los Hijos e Hijas de la República de Texas.

"Cuando estaba en la escuela", recuerda Dorothy, *"mi madre y yo recogíamos a mi padre del trabajo en la oficina de correos justo enfrente del edificio de El Álamo. Siempre decía: Allí es donde estuvieron tu bisabuela y tu bisabuelo durante la Batalla de El Álamo"*.

El 23 de febrero de 1836, el general mexicano Santa Anna y su ejército de 1.500 soldados profesionales comenzaron el asedio de El Álamo. Aunque desesperanzados, muy superados en número y mal equipados, el grupo de 157 voluntarios se dispuso a dar su vida, en lugar de entregar su posición, ya que El Álamo era la clave para la defensa de Texas. Su comandante, William B. Travis, envió desesperadamente mensajeros a otras comunidades que llevaban súplicas de socorro, dos de los cuales fueron capturados y asesinados por los mexicanos mientras trataban de pasar de contrabando a través de las líneas. Ambos eran descendientes de emigrantes de Canarias, cuyos nombres se conmemoran en el Cenotafio de El Álamo junto con todos los demás defensores que perdieron la vida.

En el octavo día del asedio, llegó una banda de 32 voluntarios del asentamiento de González, con lo que el número total de defensores fue de 189. Una vez desvanecida toda posibilidad de recibir ayuda adicional y escuchándose el temido toque a degüello, con los cornetas del ejército mexicano señalando que los defensores de la guarnición no recibirían tregua ni cuartel y que aunque se rindieran serían degollados, el Coronel Travis trazó una raya en el suelo y pidió a todos sus hombres que estuvieran dispuestos a permanecer y luchar para que no la cruzaran. Con una sola excepción, todos lo hicieron aunque sabían que se enfrentaban a una muerte casi segura. Todos fueron héroes, aunque hoy en día la mayoría de la gente sólo recuerda los nombres de Jim Bowie, que fue asesinado mientras yacía en un catre, gravemente enfermo, y Davy Crockett.

El asalto final llegó antes del amanecer del 6 de marzo, cuando columnas de soldados mexicanos surgieron de la oscuridad y se dirigieron hacia las murallas de El Álamo, pero los defensores repelieron varios ataques con cañones y otras armas de fuego de menor entidad. Reagrupándose, los mexicanos escalaron las murallas y reventaron las puertas, que estaban bloqueadas con barricadas, disparando un cañón, de manera que entraron muy bruscamente en el recinto. La lucha desesperada continuó hasta que los defensores, superados en número, quedaron completamente atrapados. Al amanecer, la batalla había terminado y Santa Anna examinó la escena de su victoria a un coste de 600 hombres muertos o heridos. Había perdido casi un tercio de su ejército luchando contra un grupo de menos de 200 voluntarios sin preparación militar. Santa Anna perdonó la vida a las mujeres y niños.

En el mes siguiente, el 21 de abril, el ejército mexicano fue derrotado en la Batalla de San Jacinto por una fuerza de la mitad de su tamaño bajo el mando del General Sam Houston impulsado por el grito de batalla "Recuerda El Álamo". El Álamo continúa simbolizando una lucha heroica contra lo imposible. En 1845, nueve años después de la Batalla de El Álamo, Texas fue proclamado el vigésimo octavo miembro de los Estados Unidos de América.

Seis antepasados directos de Dorothy Pérez y su hermano Rubén Pérez estuvieron presentes en la Batalla de El Álamo en 1836. Entre las mujeres y los niños con los que están vinculados familiarmente, cuyas vidas se salvaron después de una de las batallas más famosas de la historia americana, figuran: Juana Navarro Pérez, la hija del vicepresidente de Texas, cuya hermanastra estaba casada con James Bowie (quien dio fama en Texas a los famosos cuchillos Bowie) y el bisabuelo de Dorothy, Alejo E. Pérez, de 11 meses, el más joven que sobrevivió.

Rubén y Dorothy Pérez dieron cuenta de la primera reunión de Descendientes de Mujeres y Niños de El Álamo en 1995. Su padre, nieto de Alejo E. Pérez, pasó a la historia como la última persona en San Antonio que había tenido contacto personal con un superviviente de El Álamo, porque Alejo tenía 11 meses cuando tuvo lugar la batalla. En 1998, después de muchos años de campaña de Dorothy y Rubén, la Comisión Histórica de Texas designó la tumba de su bisabuelo "Sitio de Interés Histórico". Cuando el descendiente de Lanzarote Alejo E. Pérez falleció en 1918 fue el último superviviente conocido de la Batalla de El Álamo.

Desde que se estableció contacto con los descendientes hace más de 20 años, muchos miembros de la Asociación de Descendientes han visitado Lanzarote, algunos en varias ocasiones.

7.2. Los canarios de Luisiana

En 1976, el historiador y educador local de Luisiana Frank Fernández, con antepasados de Tenerife, y José Chilito Campos, descendiente de nacidos en Lanzarote, se preocuparon porque la generación más joven de la parroquia de San Bernardo sabía muy poco de sus raíces y orígenes y prácticamente nada de la lengua española. Para evitar el peligro de que las antiguas tradiciones se extinguieran por completo, decidieron contrarrestar el problema fundando la 'Sociedad de Patrimonio y Cultura Los Isleños', organización dedicada a preservar el patrimonio y las tradiciones canarias. Los benefactores donaron dos hogares familiares para albergar un museo y una biblioteca que ahora forman parte del Parque Nacional Jean Lafitte y están gestionados conjuntamente por el Departamento de Cultura de Luisiana y la asociación 'Los Isleños'.

Gracias a la iniciativa de Frank Fernández y Chilito Campos, más de dos siglos después de la llegada a Luisiana de sus antepasados, emigrados desde Canarias, la memoria de los isleños está viva y floreciente. En el césped de su museo se alza una tabla de madera con los nombres de los barcos que los llevaron y las fechas de su llegada al Nuevo Mundo: Sacramento, San Ignacio de Loyola, La Victoria, San Juan Nepomuceno, La Santa Faz, El Sagrado Corazón de Jesús y Margarita y Trinidad.

Los registros de la iglesia de San Bernardo, en Luisiana, dan cuenta de que Francisco Campos era natural de Lanzarote, que pertenecía a esta parroquia y que murió el 4 de noviembre de 1813. Era el abuelo de José Chilito Campos, que fue el cofundador de Los Isleños. En julio de 1783, sus antepasados partieron desde Santa Cruz de Tenerife en la fragata Margarita. Esto fue casi 50 años después de las erupciones de Timanfaya, acontecidas en el periodo 1730-1736.

Alrededor de 40.000 personas en el área metropolitana de Nueva Orleans —la mayoría de las cuales reside en San Bernardo— tienen vínculos con los originales colonos canarios. Desde su llegada en 1789, muchos miembros de la comunidad de isleños han alcanzado puestos de relevancia en la política, la ley, la administración pública, el comercio y otros campos, tanto en su estado nativo como a nivel nacional.

A principios del siglo XX, por ejemplo, Albert Estiponal, de origen canario, era teniente gobernador de Luisiana, y Billy Tauzin, también de ascendencia canaria, fue ex presidente de la Cámara de Representantes de Estados Unidos en la década de 1990.

Cuando llegaron por primera vez desde Canarias los nuevos colonos cultivaron caña de azúcar y se dedicaron a la pesca. A finales del siglo XIX, varias comunidades isleñas prósperas abastecían a los restaurantes de Nueva Orleans de una cantidad en apariencia inagotable de camarones, pescados y cangrejos. La caza de animales para el aprovechamiento de sus pieles, que siempre había sido importante para Luisiana, se convirtió en una ocupación particularmente relevante para los isleños.

Antes de la Segunda Guerra Mundial, los alrededores de los pantanos de la parroquia de San Bernardo fueron reconocidos nacionalmente por su abundancia de visones, ratas almizcleras y otros animales de este tipo, todos los cuales produjeron pieles muy apreciadas en la confección de abrigos y ropa. Muchos disfrutaron de una nueva prosperidad ya que las pieles eran una industria multimillonaria en Luisiana. La caza era otra ocupación importante de los canarios que abastecían un mercado comercial en Nueva Orleans con ella, particularmente el pato.

'Los Isleños' de San Bernardo celebran una fiesta en los terrenos de su museo que dura varios días y a la que los descendientes y el público en general están invitados. Los asistentes participan en los pasatiempos y costumbres de los habitantes originales, que van desde la cocina al canto folclórico y el baile, vestidos con los trajes tradicionales de las islas de origen de sus antepasados.

'Los Isleños' muestran algunos de los trabajos artesanales que sus ancestros llevaron a cabo en su día a día en los pantanos del sur de Luisiana. Algunas de esas habilidades fueron transmitidas de generación en generación como la caza con trampas y la preparación de pieles: la talla de señuelos de madera y los concursos de imitación del graznido de patos y gansos, todo para cazar aves silvestres.

Otra labor artesana tradicional era la construcción de barcos, especialmente la piragua, un bote de remos de fondo plano que podía entrar en las aguas poco profundas de los pantanos. Una de estas piraguas se construye cada año a plena vista de los espectadores y el bote ya terminado se subasta a beneficio del fondo de mantenimiento de la 'Sociedad de Los Isleños'.

Otras artes tradicionales y tareas artesanas incluyen el acolchado, bordado de rosetas, encajes de Tenerife y el tejido con hojas de palma. También la recolección de musgo, que fue una industria artesanal local. El musgo se vendía a los fabricantes de muebles para relleno de tapicería.

La cocina canaria, adaptada a las costumbres de Luisiana, también está representada con varios alimentos. Se celebra un concurso de cocina de *jambalaya*, una versión local de la paella, y se degusta también el típico caldo canario.

Entre los remedios caseros para dolencias, transmitidos de generación en generación desde tiempos en los que los médicos escaseaban en esta parte del mundo, se encuentran algunos como los que relata la descendiente de lanzaroteños Celie Robin: *"una cebolla cortada dentro del calcetín hará bajar la fiebre; frotar un diente de ajo contra la piel cuando vayas a pescar o en el jardín sirve para repeler a los insectos; cortar una rodaja de limón y mantenerla sobre un callo con un vendaje durante varios días".*

En una fiesta reciente, a un miembro de 'Los Isleños', que enseña a los jóvenes a tallar madera y construir barcos, se le preguntó por qué se había unido a la organización. Su respuesta fue: *"Debemos algo a la gente de antes que nos trajo aquí hace tantos años y nos dio todo lo que tenemos hoy. Vamos a agradecérselo enseñando a la generación más joven todo sobre sus orígenes. Por eso me uní a Los Isleños y estoy muy orgulloso de ello".*

8. AGRADECIMIENTOS

Un agradecimiento muy especial al historiador y escritor D. Agustín Pallarés por haberme introducido a las fuentes más importantes de la cultura y la historia de Canarias cuando comenzó mi investigación, hace más de 30 años.

Agradecimientos adicionales a D. Francisco Hernández Delgado, cronista oficial de la villa de Teguise, al diseñador arquitectónico D. Luis Ibáñez, al artista D. Santiago Alemán y al autor Félix Martín Hormiga.

En el capítulo de los descendientes canarios de San Antonio (Texas), gracias a Dorothy Pérez, a John Leal, archivista e historiador del condado de Bexar ya fallecido, y al Dr. Alfonso Chiscano, por su amistad y ayuda en las últimas dos décadas.

En el capítulo de los canarios de Luisiana, gracias a la ex residente Joan Philips y al historiador William "Bill" Hyland de Marigny.

Gracias a la profesora, ya fallecida, Vivian Pinto, de la Universidad de Londres y a Chris Johnson, de Bath, por su ayuda en las bibliotecas de referencia del Reino Unido, especialmente en lo tocante a los vinos de Canarias en las obras de Shakespeare.

Mi agradecimiento también a César Manrique, por el privilegio de ver Lanzarote a través de sus ojos desde el principio.

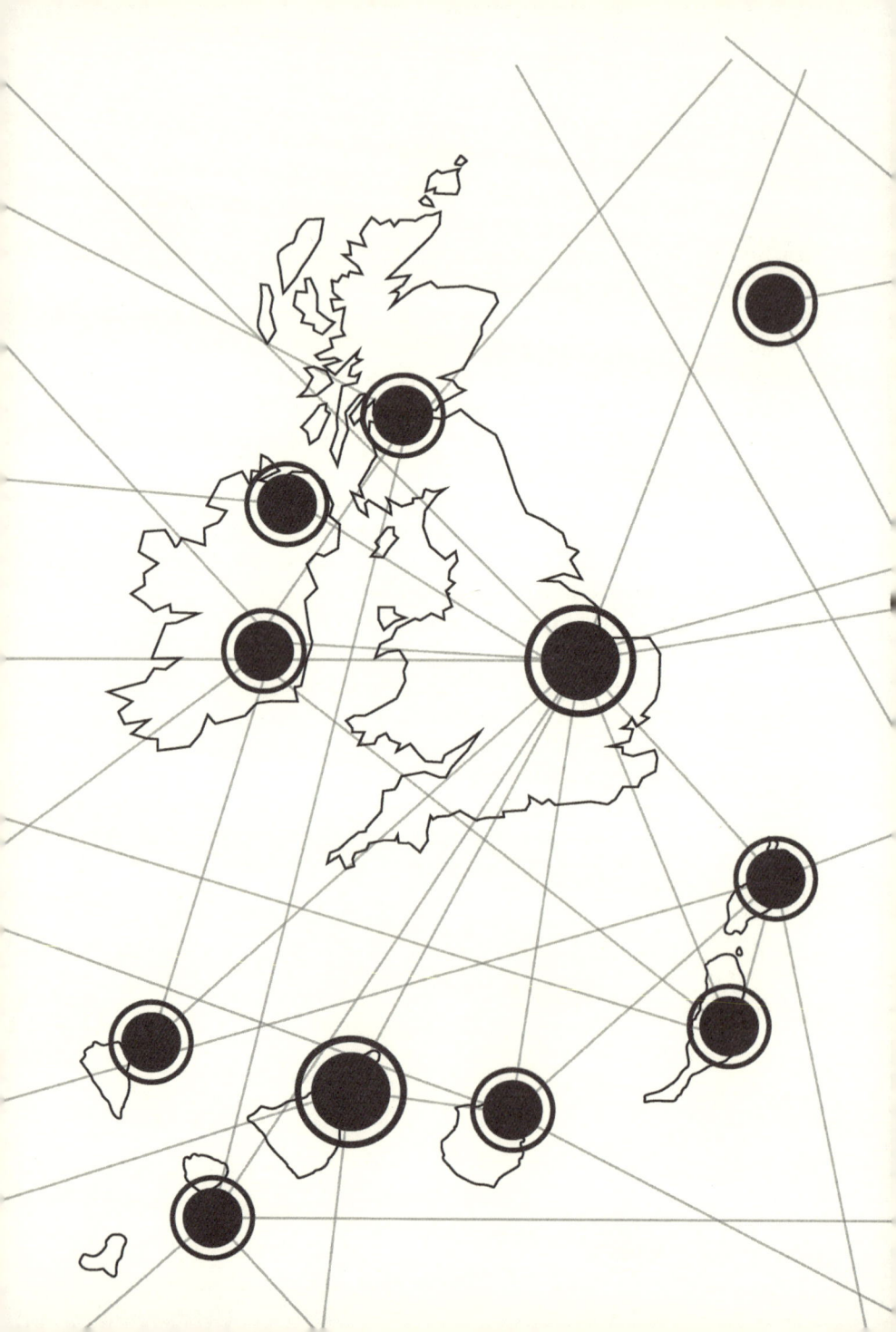

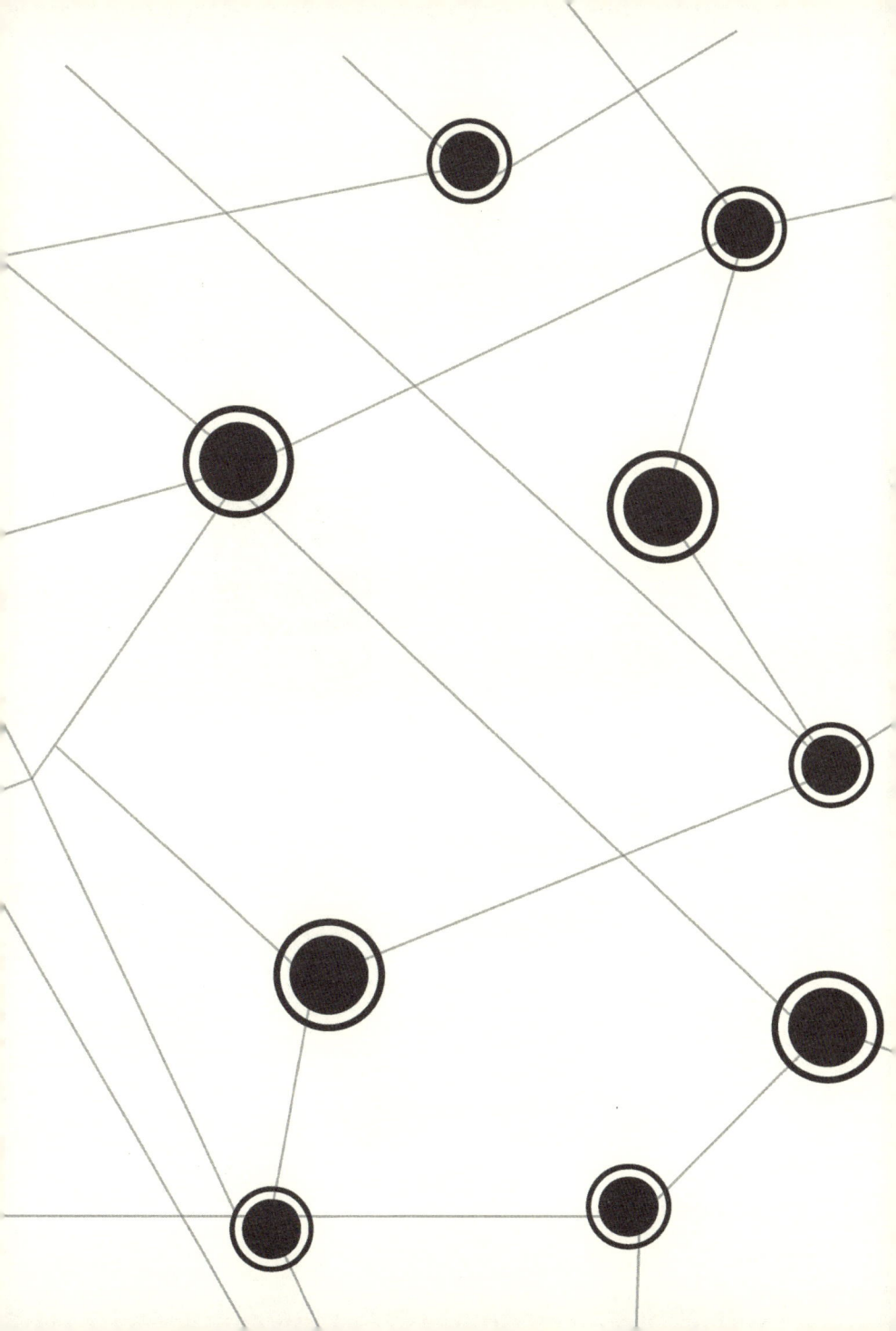

With the support of / Con el apoyo de:

With the collaboration of / Colaboran:

Ayuntamiento de Arrecife

CEP, Centro del Profesorado de Lanzarote